토막 난 우주를 안고서

토막 난 우주를 안고서

© 김초엽·천선란·김혜윤·청예·조서월, 2025. Printed in Seoul, Korea

초판 1쇄 찍은날	2025년 6월 2일
초판 1쇄 펴낸날	2025년 6월 18일
지은이	김초엽·천선란·김혜윤·청예·조서월
펴낸이	한성봉
편집	김학제·안태운·박소연
콘텐츠제작	안상준
디자인	최세정
마케팅	박신용·오주형·박민지·이예지
경영지원	국지연·송인경
펴낸곳	허블
등록	2017년 4월 24일 제2017-000050호
주소	서울시 중구 필동로8길 73 [예장동 1-42] 동아시아빌딩
페이스북	facebook.com/dongasiabooks
인스타그램	instargram.com/dongasiabook
트위터	twitter.com/in_hubble
블로그	blog.naver.com/dongasiabook
홈페이지	hubble.page
전자우편	dongasiabook@naver.com
전화	02) 757-9724, 5
팩스	02) 757-9726
ISBN	979-11-93078-56-3 03810

만든 사람들

책임편집	김학제
교정	안태운·박소연
크로스교열	안상준
표지디자인	위드텍스트 이지선
본문조판	최세정

토막 난 우주를 안고서

김초엽 천선란 김혜윤 청예 조서별

허블

차례

비구름을
따라서

제2회 한국과학문학상
중단편 부문 수상작

「비구름을 따라서」를
영원히 쓰고 있을 뻔했다.
아직도 마감 없이는
소설을 완성하기 힘들다니,
언제 '진짜' 작가가 될까?

김초엽

초대장. 누군가의 악질적인 장난이라고 보민은 생각했다. 초대장은 아파트 현관문 앞에 보란 듯이 놓여 있었고, 추도식 초대장이라기에는 다소 밝은 색의 봉투에 담겨 있었다. *최이연의 추도식에 참석해 주세요.* 날짜는 일주일 뒤. 보낸 사람은 최이연이었다.

죽은 룸메이트가 보낸 그 자신의 추도식 초대장.

보민은 이따위 장난을 친 사람을 찾아내야겠다고 중얼거리며 초대장을 바닥에 던져버렸지만, 다음 날 그 초대장에 대해서만 생각하다 하루 업무를 망쳤다. 오후에 중요한 미팅이 있었는데 가까스로 준비된 설명을 마쳤으나 평소 친하던 동기가 오늘 무슨 일 있냐며 어깨를 두드리고 지나갔다. 그 초대장은 대체 뭘까? 정말 최이연의 추도식이 열리는 걸까? 하지만 누가 어떻게? 보낸 사람을 최이연의 이름으로 쓸 필요는 없지 않나? 보민과 이연 사이에는 공통 지인이 거의 없었다. 돌이켜 보면 딱 한 군데, 소모임 사람들 정도가 이연을 알 법도 했지만, 딱히 보민이 잘못한 것도 없는데 그들이 왜 그런 못된 장난을 친단 말인가?

환장할 노릇인 건, 또 다른 초대장들이 나타났다는 것이었다.

퇴근했더니 식탁 위에 초대장이 있었다. 쓰레기통 뚜껑 위에도 초대장이 있었다. 침대 베개 밑, 옷장 안, 싱크대 옆에 또 다른 초대장이 있었다. 싱크대 옆에서 발견된 건 물에 젖어 글씨가 잔뜩 번져 있었다. 그리고 한동안 들어가 보지 않았던, 예전에 최이연이 썼던 방에도 있었다. 보민은 그 문을 벌컥 열었다가 이런 미친, 하고 욕을 내뱉었다. 바닥에 잔뜩 널브러진, 대충 봐도 스무 장은 될 것 같은 봉투들. 겉면에 적힌 보낸 사람은 전부 최이연이었다.

"이게 무슨… 귀신이라도 있나?"

귀신을 믿지도 않으면서 보민은 중얼거렸다. 더 어이없게도 초대장에 적힌 추도식의 날짜는 모두 달랐다. 제일 먼저 발견한 초대장의 날짜는 일주일 뒤, 그러니까 4월 30일이었다. 책상 위와 베개 밑에 있던 것은 4월 29일이었다. 어떤 것은 4월 28일이었다. 심지어 4월 31일로 적힌 초대장도 있었다. 4월에는 31일이 없는데? 자세히 살펴보니 어떤 초대장은 겉면의 이름이 최'아'연 되어 있었다. 보민은 자신이 약을 제대로 먹었는지, 혹시 살짝 돌아서 일주일 치를 한 번에 먹은 건 아닌지 되짚어 보다가, 흩어진 초대장들을 쓸어 모았다. 그러다 종이의 뾰족한 모서리에 손을 찔렸다. 그 짜증 나는 통증에 문득 현실감이 밀려들었다.

보민은 바닥에 주저앉아서 초대장들을 헤아려 보다가 아직 뜯지 않은 초대장 하나를 열어서 샅샅이 훑어보았다. 어떤 초대장에는 다른 초대장에 없었던 문구가 적혀 있었다.

정말 있어, 구름 관찰자도 녹색도.

보민은 초대장을 구겨버리려다가 말았다. 이연은 죽고 없는데 왜 이 초대장은 꼭 이연이 보낸 것처럼 수수께끼로 가득 차 있을까. 보민과 달랐고 멀리 있었고 어쩌면 그 때문에 가장 가까워진, 그러나 결국 가장 이해 불가능한 존재로 남은 이름. 최이연이 웃으며 말하고 있었다. 이 토큰을 뒤집어서, 이야기를 상상해 보라고.

*

이연이 보드게임 모임에 처음 나타났을 때, 이 서글서글한 인상에 조그맣고 어딘가 희한한 말투를 가진 여자에게 모두의 눈길이 쏠렸다. 그도 그럴 게 이 모임은 고질적으로 성비가 안 맞는 데다, 어쩌다 새로 오는 여성 회원들도 분위기에 잘 적응하지 못하고 한두 번 오다 떠나는 상황이었기 때문이다. 물론 멤버들이 보드게임 하러 와서 여자나 찾아대는 미친 놈들이었다면 진작 보민이 그만뒀을 것이다. 그것과 별개로 이왕 제 발로 찾아온 사람들이 떠나는 걸 좋아하진 않을 테니 다른 모임원들이 보민에게 눈치를 주면서 잘 챙겨주라고 표정으로 말하는 게 느껴졌다. 여자는 자신에게 쏠린 시선 같은 건 전혀 개의치 않는 태도로, 이름은 최이연이고 옆 동네에 산다고 짧게 소개했다. 그리고 꾸벅 인사하더니, 갑자기 이렇게 물었다.

"저기, 혹시 '노바 파우치' 아는 분 계세요?"

그러면서 기대에 찬 눈빛으로 둘러보는데, 보민은 물론이고 다른 멤버들도 전혀 그 게임을 몰랐다. 이연은 조금 아쉬워하더니 내일 노바 파우치를 가져올 테니 같이 하자고 했다. 알고 보니 수년 전 국내 회사에서 자체 개발 후 출시했다가 소리 소문 없이 묻혀 한 번 절판되었던 그 게임은, 지금은 어째서인지 보드게임 마니아들보다는 학부모들 사이에서 더 유명했다. 주로 난이도 높은 전략 게임 취향인 이 모임원들로서는 들어본 적 없는 것도 이상하지 않았다.

노바 파우치는 현실에 존재하지 않는 물건을 만들고 설명하는 게임이었다. 색깔이 다른 세 개의 주머니가 있다. 초반 라운

드에는 빨간색, 파란색 주머니만 사용한다. 빨간색 주머니에는 '물건' 토큰, 파란색 주머니에는 '속성' 토큰이 있는데, 두 토큰을 뽑아 합쳐서 현실에 없는 물건을 만든다. 만약 토큰을 조합했을 때 이미 현실에서도 흔한 물건이라면 다시 뽑아야 한다. 물건을 만들면 플레이어는 그 물건이 자연스럽게 쓰일 법한 가상의 세계나 사회를 지어낸다. 성공 여부는 다른 플레이어들이 판정한다. 설명을 받아들이면 살아남고, 실패하면 생명력을 하나 뺏긴다. 라운드가 진행되다 보면 고난도 주머니인 초록색의 '노바' 주머니가 열리면서 설명에 난해한 제약이 더해진다.

정교한 전략이 필요한 게임은 아니었다. 각자 내놓은 이상하고 설득력 있는 상상을 즐기는, 굳이 분류하자면 파티 게임에 가까웠다. 보민은 규칙을 확인할 겸 몇 안 되는 플레이 후기를 읽어보았는데, 판정 규칙도 그다지 정교하지 않아서 마니아들 사이에서는 평이 좋지 않았다. 기본적인 규칙은 단순하지만 재미있게 플레이하려면 참여하는 모두가 진심을 다해야 하고 서로 대화도 잘 통해야 해서, 소위 '멤버빨'을 심하게 탈 것 같기도 했다.

그래서인지 다음 날에 노바 파우치 룰을 숙지하고 나타난 사람은 보민뿐이었다. 사람이 열 명 가까이 모인 날인데도 그랬다. 플레이타임이 10시간쯤 되는 전쟁 게임을 하기로 작정한 팀이 하나, 요즘 해외에서 인기 있는 신작을 누군가 직구해서 그 게임을 하겠다고 모인 팀이 또 하나였다. 보민은 이연과 눈을 한 번 마주친 다음 아지트의 구석 자리를 가리켰다. 딱 두 명만 앉을 수 있는 작은 테이블에, 자칫 부담스럽다 싶을 만큼 가깝게 마주 보는 자리였다. 아무래도 같은 여자 회원인 보민이 이연을 챙기는 게 낫겠지만, 꼭 그 때문인 건 아니었다. 보민은 이연에게 노바 파우치 박스를 건네받았다. 인터넷에서 찾아본 노바 파우치 패키지는 알록달록한 어린이용 패키지였는데 이연이 가져온 건 어딘가 미래적이고 번쩍번쩍한 금속 색상의 상자였다. 보민이 박스를 테이블 위에 펼쳐놓으며 물었다.

"이거, 둘이서도 할 만해요?"

"다섯 명까지 되는데, 둘이서 해도 재밌대요."

이연이 생글거리며 고개를 끄덕였다. 보민은 생각보다 단출한 주머니와 토큰들을 유심히 보았고 타원형의 유백색 토큰 뒤에 점처럼 찍혀 있는 색깔들에 따라 토큰을 주머니에 분류해 넣었다. 솔직히 보민은 미리 살펴본 규칙만으로는 재미 요소를 알 수 없었고 취향이 아닐 것도 분명했지만 이연의 저 기대에 찬 눈빛을 피하기가 어려웠다. 그런데 이 사람, 어쩌다 이 게임에 꽂혔을까.

이연도 다른 사람과 하는 건 처음이지만 1인용 하우스 룰로 여러 번 플레이해 보았다고 했다. 보민이 시작 턴을 잡았다. 먼저 빨간색 주머니에서 '우산'을 뽑았다. 파란색 주머니에서는 '그물망처럼 구멍이 뚫린'을 뽑았다. 그물망처럼 구멍이 뚫린 우산. 그야말로 쓸모없는 물건이었다. 이제 뭘 하면 되지?

멀뚱히 토큰을 들고 있는 보민을 향해, 이연이 웃으며 물었다.

"그물망처럼 구멍 뚫린 우산이 평범하게 있을 법한 세계는?"

어떤 답을 해도 되고, 어느 것도 정답이 아니다. 보민이 딱 싫어하는 규칙이었다. 짧은 후회가 보민을 스쳤다. 보민은 정답을 향해 효율적인 루트를 찾아 착착 나아가는 게임이 좋았다. 그렇지만 자신을 가만히 보고 있는 이연을 마주하니 뭐라도 말해야겠다 싶었다.

"일단 구멍이 뚫려 있으니, 우산으로서는 쓸모가 없겠네요."

보민은 그럼 우산이 아니잖아, 하고 속으로 투덜거렸지만 그 생각을 입 밖에 내는 대신 신중하게 제안했다.

"혹시 우산이 비를 막는 용도가 아니라 장식품이면 어떨까요?"

이어질 말을 아직 기다리는 시선이 느껴졌다. 판정 규칙에 물건의 용도와 존재 이유를 설명하기 위한 가상의 사회적, 문화적 근거를 제시해야 한다는 것이 있었다. 보민은 말을 이었다.

"어쩌면 귀걸이나 목걸이 같은 장신구를 몸에 직접 걸치지 못하는 곳일 수도요. 몸을 장식하는 것에 금기가 있거나, 혹은 심한 피부 알레르기가 흔한 사회? 그에 더해서 철저한 계급사회일 수도 있겠어요. 장식용으로 우산을 들고 다니는 건 손 하나를 못 쓰게 되니 너무 번거로운데, 누군가가 장식품 우산을 들어줄 만큼 계급이 철저히 구분되어 있다든지."

말하면서도 너무 되는대로 막 지어내는 거 아닌가 했는데, 이연은 만족했는지 활짝 웃었다. 보민이 토큰을 구석에 쌓으며 물었다.

"흠, 근데 이거 어디까지 나가도 되는 거예요? 예를 들어 사람 팔이 여덟 개인 세계… 뭐 그런 것도 되나요?"

"상상이 합리적이면 멀리 나가도 괜찮대요."

팔이 여덟 개인 세계가 합리적일 수가 있나? 보민은 역시 구멍투성이 룰이라고 생각하며 이연에게 차례를 넘겼다. 주머니로 손을 뻗는 이연의 눈이 반짝였다.

'손목에 차는 한 묶음의 향수병.'

"감정을 냄새로 표현하는 곳이에요. 특정 감정을 표현하기 위해서는 어떤 향을, 혹은 어떤 조합을 내뿜어야 하는 거죠. 안면 근육을 마음대로 움직일 수 없는 바이러스가 세상을 휩쓸어서, 다들 감정을 표현하기 위한 다른 수단이 필요했던 거예요. 매일 아침 감정을 채워 넣어야 하는데, 깜빡하면 사람들에게 오해를 사기도 해요. 그날은 울적함을 표현하고 싶은데 너무 울적해서

향을 채워 넣는 것도 잊어버린 나머지, 실성한 것처럼 웃고 다닌 다든지."

보민은 자신의 차례를 대충 대답해서 넘기고, 다음 턴을 받는 이연을 지켜보았다.

'네/아니요 표시가 된 노란색 청진기.'

"상대의 심장박동을 읽어서 진실을 판별하는 것이 일상화된 거예요. 직장 상사가 부하를 질책하거나, 연인의 바람을 캐물을 때… 하필 노란색인 이유는, 노란색이 배신의 상징이어서일까요? 거짓말 탐지기의 진위를 알 수 없듯이, 사실 이 물건도 진위를 알 수는 없어요. 그런데도 다들 그냥 이 청진기를 믿는 거예요. 너무 당연하게 쓰여왔으니까. 그래서 사람들은 더 불신에 휘말리고요."

'실시간으로 숫자가 표시되는 열쇠고리.'

"그 사람의 사회 평판을 수치화해서 과시할 수 있는 사회예요. 너무 노골적으로 자랑하는 것도 평판에 나쁜 영향을 미칠 수 있으니, 그보다는 은근한 과시가 유행할 거고요. 열쇠고리나 지갑처럼, 슬쩍 꺼내 보여줄 수 있는 액세서리에 평판 수치가 연동되겠죠. 보여주는 순간에 평판이 올라가면 더 짜릿할 거예요."

이연이 뽑은 물건들은 하나같이 이상했는데, 물건이 이상할수록 이연은 더 열심이었다. 이런저런 세상을 떠올리는 거야 소설이나 영화를 좀 많이 본 사람이라면 가능할 수도 있겠다 싶지만, 어쩜 저렇게 망설임이 없을까. 훈련이라도 받았나? 보민이 황당해서 물었다.

"미리 생각해 오신 거 아니죠?"

"네에, 이거 조합이 되게 다양해서….."

이연이 웃으며 다음 토큰을 집어 들었다.

중반부터는 속성 토큰이 서너 개씩으로 늘어나고, 새로 열리는 노바 주머니에서 제약 토큰이 등장해 설명을 더 어렵게 만든다. 이게 꽤 까다로웠다. '이 세계는 중력이 약하다.' '이 세계에는 금속이 존재하지 않는다.' 제약 토큰은 도저히 생각이 안 나면 두 번까지 버리고 다시 뽑을 수 있지만, 그렇게 뽑은 게 더 가관이었다. '이 세계의 사람들은 진동으로 소통한다'. 이쯤 되자 보민은 쥐어짜 내는 일에 한계를 느꼈다. 반면 이연은 여전히 생기 넘쳤다. 저녁부터 시작했는데 어느새 늦은 밤이었다. 잠깐 휴식을 선언하고 보민은 의자에 등을 기댔다. 연휴가 아직 하루 남아서 오늘은 다들 밤샐 생각으로 왔는지 아지트에는 남은 사람이 꽤 있었다. 하지만 늦은 밤 특유의 피로가 공기에 섞여 있었고, 한참 와자지껄하다가도 다음 순간에는 침묵이 공간을 채웠다.

"이연 씨는 집에 안 가도 돼요?"

"네, 첫차 탈래요."

느긋하게 대꾸하는 이연은 노트에 무언가를 그리고 있었다. 뭘 하는 건가 보니, 아까 토큰으로 뽑은 물건들을 그리는 것 같았다. 보민은 말도 안 되는 물건이라고 생각했는데 이연의 손을 거치니 향수병 묶음이니, 거짓말 탐지 청진기니 하는 것도 실제로 어디선가 판매할 법한 물건 같았다. 혹시 전공이 그림 쪽인가. 자세히 보고 싶었지만 너무 빤히 보면 이연이 무안할 것 같아 보민은 시선을 슬쩍 돌렸다.

보민은 플레이를 되짚어 보았다. 사실, 취향인가 아닌가 하면 취향은 아니었다. 새로운 게임을 할 때마다 조목조목 따져보는 보민의 성격상 거슬리는 부분도 많았다. 예상했던 대로 판정 기준이 모호했고, 게임 테마와 디자인도 잘 맞지 않았다. 노바 파우치의 게임 테마는 주머니 속에서 판타지 세계의 물건을 꺼내는 느낌을 의도한 듯한데, 패키지 디자인은 우주선에 실려 있을 법한 첨단 과학 장비처럼 해두었으니 영 딴판이다. 보민 자신이라면 고풍스러운 판타지 느낌으로 전체를 디자인했을 것 같았다. 아니면 파우치 대신 좀 더 미래적인 금속 상자 같은 것을 쓰거나….

하지만 그 모든 불만에도 불구하고 보민은 조금 전의 플레이가 즐거웠다. 그건 아마도 노바 파우치보다는, 노바 파우치를 같이 하고 있는 이연 때문인지도 몰랐다. 결국 보민은 밤새 이연과 노바 파우치를 했다. 나중에는 게임을 한다기보다 게임을 하는 이연을 구경하는 수준이었다. 밤을 새서 비몽사몽인데, 옆 테이블에서 전쟁 게임을 하던 멤버들이 우르르 일어나 창문 커튼을 걷었다. 햇빛이 실내로 쏟아졌다. 아지트를 돌아보니 다들 얼굴이 초췌했다. 이제 놀다가 밤새울 나이도 지났는데. 게임으로 날 밤을 새워본 건 오랜만이었다.

"아, 재밌었다. 너무 재밌었어요."

말을 많이 해서 목이 잠긴 이연이 말했다. 보민은 대꾸도 힘들 정도로 지쳤다. 심장이 빠르게 뛰는 건 밤을 새서 그런 것 같았다. 이 밤샘의 후유증이 며칠은 가겠다 싶었지만, 어딘가 들뜬 기분으로 보민이 말했다.

"그러게, 재밌네요. 다음에 또 할까요?"

"네, 우리 또 해요."

서로 반대편으로 가는 지하철역에서 손을 흔들고 돌아선 다음에야, 보민은 이연의 연락처를 모른다는 걸 깨달았다. 그렇게 긴 시간을 같이 떠들어 댔는데 이연에 대해 아는 것이 거의 없었다. 이연이 놀이공원 캐스트로 일한다는 것 정도가 다였다. 그래도 다음 모임에 올 테고, 그때 번호를 물어보면 되겠지. 보민은 대수롭지 않게 생각했다.

그런데 다음 모임에 보민은 가지 못했다. 중요한 미팅이 월요

일에 급하게 잡혀서 주말 내내 회사에 있었다. 그다음 주에는 가기 싫은데 얼굴이라도 비쳐야 하는 결혼식 탓에 정신이 없었다. 결국 월말이 되어서야 보드게임 모임에 나타난 보민에게 누군가가 말해주었다.

"맞다, 보민 누나. 최이연 씨가 저번에 왔는데, 누나 없으니까 그냥 가시더라고요."

낭패였다. 오면 전화해 달라고 말이라도 해놓을걸. 뒤늦게 후회하며 다른 멤버들에게 연락처를 받아둔 게 있냐고 물었지만, 다들 고개를 저었다.

"그냥 카페 글만 보고 오신 거라… 아마 우리 모임 성향이랑 좀 안 맞았나 봐요."

확실히 이연은 보드게임을 좋아해서 찾아온 게 아니라 오직 노바 파우치를 하기 위해서 온 사람 같았고 그래서 다른 멤버들은 미련이 없어 보였다. 그러니까, 미련이 남은 건 보민뿐이었다. 혹시나 하는 마음에 보민은 다음부터 꼬박꼬박 모임에 갔다. 하지만 이연이 다시 모임에 나타나는 일은 없었다.

보민은 그 한 번의 만남에 대해서, 이연에 대해서 생각했다. 가끔은 노바 파우치를 인터넷에 검색해 보았다. 플레이 후기는 대부분 아이들 교육에 관심이 있는 학부모였다. 성인 게이머들의 후기는 별로 없었고, 어쩌다 보이는 것들도 대부분 '괜찮았다' 정도였다. 혹시 이 중 한 명이 이연일까? 하지만 고작 이 정도 단서로 사람을 찾아보는 것도, 좀 징그럽지 않나.

그 무렵 보민은 소모임에 나가는 것이 지루해졌다. 원래 보민은 테이블 맞은편에 누가 앉든 관심이 없는 편이었고, 다른 멤버들의 이름을 자주 까먹었다. 그 모임은 보민과 비슷한 성향의 회원이 많았다. 일종의 농담 섞인 태도로 서로를 판마다 바뀌는 마커 색깔로 불렀다. 그런데 보민은 어느 날 테이블 맞은편에 앉은 사람의 표정이나 말투 같은 것을 무심코 관찰하다가, 자신이 무언가 중요한 걸 놓친 것 같다는 이상한 생각을 했다.

그리고 두 달 뒤에 보민은 정말로 생각지도 못한 곳에서 이연을 마주쳤다.

굉음과 먼지, 기계들 사이에서.

보민은 한 폐품 처리 업체의 현장에 나가 있었다. 회사를 통해 분류 최적화 컨설팅 의뢰를 받은 건으로, 비교적 간단한 업무였지만 최적화 알고리즘을 짜기 전에 현장을 살펴보기로 했다. '도시광산'이라고도 불리는 이 작업장은 금속 폐기물에서 희귀 금속을 재회수해 사용할 수 있도록 분리하는 작업이 주였다. 온갖 금속 쓰레기가 몰려드는 곳이었다. 직원이 건네주는 안전 헬멧을 쓰고 작업장에 들어섰더니, 밖에서부터 들려오던 거대한 기계 소음과, 폐품 위에 또 폐품 더미가 쏟아지는 소리로 정신이 하나도 없었다. 담당자가 잠시 통화 좀 하고 올 테니 한번 둘러보라며 자리를 비운 사이, 보민은 정신없는 현장을 혼자 살펴보았다. 온몸이 울릴 듯한 진동이 이어졌고 이 정도면 귀마개가 꼭 필요하겠다 싶었다. 차체 높은 트럭들이 오가며 시야를 가렸다. 폐품들이 밖에서부터 컨베이어 벨트를 타고 들어오는 입구에 분류 작업을 하는 직원들이 모여 있었는데, 그중 하나가 고개를 돌리는 순간 보민은 저도 모르게 어, 하고 큰 소리를 내고 말았다. 안전모를 눌러썼지만 곧바로 알아볼 수 있었다. 어느 날 밤새 그 얼굴을 마주 봤던 탓에.

보민은 어리둥절해졌다. 최이연이 왜 이런 곳에 있을까? 분명 놀이공원에서 일한다고 하지 않았었나? 가만 지켜보니 이연은 벨트에 실려 오는 폐품을 분류하고 있었다. 보민이 이연을 큰 소리로 불렀다. 워낙 시끄러운 곳이라 어쩌면 못 들을지도 모른다고 생각했는데, 잠시 뒤에 이연이 고개를 살짝 돌렸다. 보민과 눈이 마주쳤다.

이연의 눈이 놀란 듯 커졌다. 몇 초쯤.

그러더니 곧 활짝 웃었다. 꼭 보민을 여기서 다시 만날 줄 알았던 것처럼.

이연이 옆 직원에게 뭐라고 말하고는 보민을 향해 걸어왔다. 보민은 약간 멍청해진 기분으로 가만히 서 있었다. 무슨 인사를 건네야 할까? 왜 여기서 일하냐고 물을까? 무례한 질문 같지 않을까? 어떻게 이런 우연이 다 있냐고 호들갑을 떨어야 하나? 아니면….

"저기, 그때 재밌었는데…."

보민은 저도 모르게 내뱉은 말이 스스로 생각하기에 너무 바보 같아서 당황스러울 지경이었다. 이연이 웃으면서 보민을 올려다보았다. 안전모에 짓눌린 앞머리와 땀자국이 보였다. 먼지 때문인지 이연의 눈은 충혈되어 있었다. 이렇게 시끄럽고 이렇게 정신없는 곳에서, 굉음과 분진과 금속 맞부딪히는 소리 한가운데에서, 이런 식으로 마주칠 줄은 정말로 몰랐는데. 보민은 초조해졌다. 이연이 입을 열어서 뭐라고 말했는데, 폐품들이 시끄럽게 쏟아지면서 목소리가 묻혔다. 주말에 또 할까요? 그런 말인가? 아니면 모임에 또 갈까요, 하는 말이었나?

어쩌면 소음 때문에, 기계들 때문에, 먼지 때문에 잘못 들은 건지도 모른다고 생각하면서도 보민은 되묻는 대신 말했다.

"그러면, 주말에 저녁도 같이 먹어요. 어, 음… 둘이서요."

이연이 잠시 멍한 표정을 짓더니, 웃으면서 말했다.

"좋아요."

이번에는 보민도 분명히 들었다. 소음 속에서도 선명했다.

*

초대장에 적힌 주소는 분명 여기가 맞는데, 도무지 확신이 서지 않았다. 보민은 건물 앞에서 한참을 두리번거렸다. 휑하고 넓은 부지에 덩그러니 있는 회색 건물은 창고처럼 보이는 단순한 형태였고 입구 쪽이 아케이드형 천장으로 비를 피할 수 있게 되어 있었다. 주위에는 오래전 영업했을 법한 복지관 같은 건물들이 드문드문 있었는데, 빛이 다 바랜 간판의 상태로 보아 지금은 운영하지 않는 듯했다. 사람이 살긴 할까 싶은 동네였다. 녹슨 울타리를 넘어 입구로 갔더니 벽에 덕지덕지 붙은 종이가 보였고, 자세히 보니 지금까지 붙어 있는 것이 대단하다 싶을 정도로 너덜너덜해진 포스터들이었다. 내용으로 짐작해 보건대 이곳은 교외의 버려진 창고를 개조해 소규모 전시니 공연이니 하는 것들을 열기도 했다가 지금은 다시 방치된 공간인 듯했다. 이런 곳에서 무슨 추도식을 연단 말인가. 보민은 미간을 찌푸렸다.

"저기요. 누구 있어요?"

철문을 쳐봐도 대답은 돌아오지 않았다.

보민은 조심스럽게 문손잡이에 손을 올렸다. 혹시 안에서 누가 나타날까 봐 경계를 늦추지 않고 주머니에 넣어둔 멀티툴 나이프를 확인했다.

철문이 삐걱거리며 열렸다. 실내는 어두웠다. 매캐한 먼지 냄새가 났다. 벽을 더듬어 전등 스위치를 찾았는데 작동되지 않았다. 창문에 쳐진 블라인드를 올렸더니 빛이 약간 들어왔지만 워낙 구름이 많이 낀 날씨여서 크게 소용은 없었다. 보민이 들어선 곳은 예전에는 공연장 안내 창구가 있었을 법한 작은 공간으로, 흩어진 상자와 잡동사니로 엉망이었다. 자세히 살펴보니 안쪽 공간으로 이어지는 문이 또 있었고 그 양옆은 온통 까만 암막으로 덮여 있었다.

보민은 혹시나 해서 안쪽 문을 열어보려고 했지만 단단히 잠긴 듯했다.

배구공과 인형, 사무용품 따위가 널브러진 바닥은 어딘가 익숙했다. 예전에 이연의 방이 그렇게 지저분한 상태였던 적이 있었다. 진짜 여기 이연이 있는 건 아니겠지. 보민은 발 앞에 툭 차인 병 하나를 노려보며 생각했다. 죽은 이연이 보민을 이곳으로 초대했을 리는 없고, 그렇다면 이연이 아닌 다른 누군가가 초대장을 보냈을 텐데.

인기척은 느껴지지 않지만, 아직 안심할 수 있는 상황이 아니었다. 이런 외진 곳으로 보민을 일부러 유인한 거라면, 분명 나쁜 의도가 있을 테니까.

그때 갑자기 앞에서 쿵 하고 큰 소리가 났다.

잠시 뒤, 몇 미터쯤 떨어진 곳에서 문이라고는 생각지 못했던 벽 일부가 신경 거슬리는 쇳소리를 내며 열리더니 틈 사이로 빛이 들어왔다. 남자 한 명이 나타났다. 자세가 어딘가 구부정하고 덩치가 큰 남자였다. 언뜻 40대쯤 되어 보였다. 혹시나 하는 마음에 보민은 주머니를 더듬어 나이프를 확인했다. 안을 살피던 남자가 뒤늦게 보민을 발견했는지 소스라쳤다.

"으악! 뭐, 뭐, 뭡니까?"

보민도 놀라기는 마찬가지였지만, 일부러 태연한 척하며 물었다.

"저는 먼저 와 있었는데, 혹시 누구신가요?"

"그… 초대를 받고 왔습니다."

"혹시 최이연의?"

"맞습니다."

남자가 허둥지둥 고개를 끄덕였다. 보민은 남자에게 다가갔다. 남자는 큰 체격에 어울리지 않게 몸을 움츠렸는데, 겁이 많든지 아니면 숨기는 게 있든지 둘 중 하나일 터였다. 보민은 남자를 찬찬히 살펴보다가 기분이 좀 상했다. 이연이 이런 중년의 남자를 알고 지냈는데도 보민에게는 완전히 초면이라는 것과, 추도식에 초대할 만큼 가까운 사이였으리라는 점이 거슬렸다. 보민이 퉁명스럽게 물었다.

"이연과 무슨 관계셨는데요?"

"죄송하지만, 그게 좀 답하기 곤란한데요…."

"왜요?"

"어어, 굳이 말하자면, 아무 관계가 아니어서요."

뜻밖의 말에 보민은 눈을 깜빡거렸다. 남자는 보민보다 더 난감해하며 서 있더니, 갑자기 서류 가방 안을 더듬어 명함을 꺼냈다. 이름은 정찬현. 그 아래 회사 로고는 놀랍게도 보민에게도 익숙했다.

"작은 보드게임 회사에서 일합니다. 그냥 '정 실장'이라고 부르시면 됩니다. 다들 그렇게 부르니까요. 웬만한 업무는 다 합니다. 가끔 자체 개발도 하고요."

보민이 미간을 살짝 찌푸리며 입을 열었다.

"혹시, 노바 파우치라는 게임을…."

운만 뗐을 뿐인데 정 실장은 흠칫했다.

"엇, 어떻게 아십니까? 제가 개발한 게임입니다."

보민은 이연이 노바 파우치를 아주 좋아했다든지, 사실 자신이 이연과 가까워진 계기도 그 게임이었다든지 하는 이야기는 굳이 하지 않고 정 실장의 말을 기다렸다.

"기대를 걸었는데 대차게 망해서 아픈 기억도 있는 게임입니다만, 그래도 최이연 씨와 알게 된 건 그 게임 때문입니다."

"아까는 아무 관계도 아니라고 하셨는데요."

"초대장을 받기 전에는 본명조차 몰랐던 사이인 건 맞습니다. 사실, 정말 여기 와도 되는지 고민도 했습니다. 저는 그분을 닉네임으로만 알았거든요. 그렇지만 저에게는 무척 특별한 인연이었기도 합니다. 돌아가신 줄도 모르고 있었는데, 갑자기 추도식이라니요…."

정 실장의 목소리가 떨리기 시작해서, 보민도 그쯤에서 추궁을 멈추었다. 뭐라도 좀 알고 있을까 싶었는데, 이 남자도 아무것도 모른 채로 무작정 온 것 같았다.

정 실장이 잠시 호흡을 가다듬는 동안, 보민은 창고를 둘러보았다. 플라스틱 상자 같은 것이 널려 있었는데, 텅 빈 것이 대부분이었다. 보민은 그중 의자로 쓸 만한 것을 끌고 와 앉을 공간을 만들었다. 정 실장은 아주 심란해 보였다. 겁도 많아 보이는데 용케도 수상한 추도식에 참여하겠다고 이런 외진 곳까지 오다니. 보민은 말했다.

"일단 우리 말고는 아무도 없는 것 같아요."

"그렇습니까…."

"같이 한번 살펴보면 좋겠는데요, 문제가 있어요."

보민이 창고 안쪽으로 향하는 문을 가리키며 덧붙였다.

"저 문이 단단히 잠겨 있어요. 이 창고 자체는 지금 우리가 있는 공간보다 훨씬 커 보이니 아마 저 안쪽에 뭐가 더 있을 텐데 말이죠."

정 실장도 그 문을 열려고 해보았지만, 역시 열리지 않았다. 그러고 보니 문 양옆에 검은 커튼이 죽 늘어선 것도 좀 이상했다. 혹시 예전에 공연장이었을 때 소음을 줄이거나 가벽 틈새의 빛을 가리기 위한 용도였을까 싶었다.

보민과 정 실장의 시선이 동시에 바닥을 향했다. 바닥에는 동전, 금속 스트립, 정체를 알 수 없는 천 조각을 비롯한 온갖 잡동사니와 쓰레기가 나뒹굴었다. 대부분은 손대고 싶지 않을 만큼 지저분했다. 혹시 저기 열쇠가 있을까? 쪼그려 앉아서 저걸 다 뒤져봐야 할지도 모른다는 생각에 보민은 울적해졌다.

그때 아주 높은 톤의 소리가 들려왔다.

"이연 언니! 안에 있어요?"

이번에는 보민과 정 실장 둘 다 깜짝 놀랐는데, 거의 비명에 가까운 목소리여서였다. 아까 보민이 열어둔 정문 앞에 어떤 여자가 서 있었다.

보민이 가까이 다가가자 여자가 잔뜩 긴장한 얼굴로 보민을 보았다.

"이연 언니는요? 분명 언니가 초대했는데요."

"여기 없어요."

"그럼 제가 잘못 찾아온 건가요? 언니는 지금 어디에…."

"최이연은 죽었어요."

무심코 짜증 섞인 대답이 튀어나와서, 뒤늦게 보민은 아차 싶었다.

"네?"

분명 추도식이라는 말을 봤을 텐데도 여자는 예상하지 못한 것 같았다. 아니면 믿고 싶지 않았거나. 보민은 무슨 말이라도 덧붙이려 하다가 여자의 표정을 보고 입을 다물었다. 이미 늦은 듯했다. 여자는 말도 안 돼요, 하고 중얼거리더니 대답이 없는 보민과 정 실장을 보고는, 갑자기 엉엉 울기 시작했다. 이 여자도 이연이 죽었다는 사실조차 모른 채 이연의 추도식에 초대된 건가. 그럼 무슨 생각으로 온 거지. 보민은 한숨을 푹 내쉬었다. 어째 도움이 되는 사람은 없고, 아무것도 모르는 사람만 모이는 꼴이었다.

"아무래도 우리 셋뿐인 것 같네요."

보민의 말에 다른 두 사람이 고개를 끄덕였다. 한참을 울어서 코와 눈이 시뻘게진 다음에야 겨우 진정한 여자는 이름이 강승희, 이연과는 친한 대학 선후배 사이였다고 했다. 나이는 밝히지 않았지만 20대 중반 정도로 보였다.

"최이연의 죽음에 대해서 알고 있었던 건 저밖에 없었고요."

정말 하고 싶지 않은 일이었지만, 다른 것도 아니고 하필이면 추도식인데, 이연의 죽음을 알고 온 사람이 보민뿐이었기에 별 수 없이 보민은 이연의 마지막에 대해 입을 열었다.

그건 미심쩍은 죽음이었다. 사고사와 의도된 죽음 사이에 있었다. 이틀째 폭우가 내리던 날이었고, 룸메이트인 이연이 하루 내내 연락이 되지 않아 보민은 실종 신고를 했다. 그 직후에 전화가 왔다. 이연은 호우주의보가 내린 날, 낭떠러지 도로에서 차를 몰다가 빗물에 미끄러져서 물에 빠져 죽었다. 차량은 브레이크 자국 없이 그대로 떨어진 것처럼 보였지만 노면이 워낙 미끄럽기도 했다. 사고 현장에는 목격자도 카메라도 없었고 보민이 알기로 이연은 그날에 꼭 그 도로를 지나야 할 이유가 없었다. 심지어 이연은 운전을 아주 잘했고 늘 안전하게 운전했다. 보민은 도무지 이 모든 상황을 받아들일 수 없었다. 혹시 그때 쫓아오는 사람이 있었거나 누군가 협박해서 억지로 운전한 경우까지 상상했지만, 의무 부검 결과상으로는 음주도 아니었고 외상도 없었다. 보험 조사관이 나와 들쑤셔 대자 유족들은 별로 사이가 좋지 않았던 이연의 죽음을 적당한 선에서 빨리 매듭짓고 싶어 했다.

보민은 자책했고 괴로워했고 나중에는 이연과 이연의 유족들을 원망하다가, 이 일을 비극적인 사고사였다고 받아들이기로 했다. 이연이 죽은 이유를 계속 파고드는 것보다는 나았으니까. 하지만 문득 스치는 의문 때문에 미칠 것 같은 순간들이 있었다. 정말 만약에, 이연이 그 죽음을 선택한 것이라면 어떡하지? 그 의문들이 피부 위로 비집고 나왔고 한동안 보민의 팔다리는 긁어 생긴 딱지가 져서 엉망이었다. 끔찍한 기분으로 통과해 온 시간을 일축하며, 보민이 결론지었다.

"미심쩍은 부분이 없진 않지만, 이연은 사고로 죽었어요."

승희가 머뭇거리다 입을 열었다.

"하지만 이연 언니가 스스로 추도식에 우리를 초대했다는 건….

끝을 흐린 승희의 말이 무슨 의미인지 보민은 알 것 같았다. 보민도 초대장을 받은 순간부터 머리가 복잡했다. 만약 정말로 이 셋을 초대한 사람이 이연이라면, 이연이 자신의 죽음을 스스로 계획하고 그 시점까지 정해두었어야 한다. 보민은 그 가능성을 외면하며 말했다.

"글쎄요. 죽을 사람이 다음 해 날짜로 제 추도식 초대장까지 미리 발송해 놓고 죽는 건 너무 이상하잖아요. 제가 아는 이연은 그렇게 극적인 자기 연출을 하는 사람도 아니에요. 그렇다고 이연이 죽은 이후에 우리를 초대하는 건 불가능하고요."

별다른 반응이 없어서 보민은 두 사람의 표정을 살피며 말했다.

"설마 귀신이나 사후 세계 같은 걸 믿진 않으실 테죠."

정 실장은 말이 없었고, 승희는 생각에 잠겨 바닥을 내려다보다가 말했다.

"네, 확실히 이연 언니답지 않아요. 죽기 전 미리 계획했다는 건."

어떤 것은 이연답고, 어떤 것은 이연답지 않다. 그건 합리적인 추론은 아니었지만, 여기 있는 이들이 유일하게 기댈 수 있는 단서였다. 보민은 자신을 괴롭히던 가설을 떨쳐 내고, 가장 수상한 부분으로 넘어가기로 했다.

"우리가 받은 초대장, 좀 이상했죠?"

세 사람의 초대장을 전부 모아놓고 보니 분명 그랬다. 모두가 초대장을 여러 장 받았다. 정 실장은 회사 우편함으로 두 장, 승희는 오피스텔 우편함과 문 앞으로 네 장. 보민은 그보다 훨씬 많이 받았지만 다 가져오지는 않아 일부만 꺼냈다. 받은 초대장들은 대체로 비슷했는데, 날짜와 시간이 조금씩 달랐다. 오늘 날짜는 4월 28일이었는데, 초대장 전체를 모아보면 4월 29일로 기재된 초대장이 가장 많았고, 29일을 중심으로 뒤집은 종 같은 분포를 이루었다. 심지어 4월 31일이라고 적힌 초대장도 두 장 있었다.

"4월에는 31일이 없잖아요?"

승희가 황당해하며 그 초대장을 뒤집어 보았다. 시간은 대체로 오전이었다. 하지만 어떤 것은 오후 1시였고, 또 어떤 것은 오후 3시였다. 여기 모인 셋은 가장 이른 날짜와 시간에 맞춰서 왔다. 보민과 승희가 초대장의 날짜와 시간을 유심히 보고 있는데, 정 실장이 헛기침하더니 말했다.

"혹시 다른 초대장에도 이런 말이 있었습니까?"

정 실장이 내민 초대장에는 토큰을 또 발견했어요라는 문장이 적혀 있었다.

"아뇨, 없어요."

보민이 대답했다. 승희는 뭔가 하고 싶은 말이 있어 보였지만 머뭇거리고 있었다. 보민은 자신의 초대장에 적혀 있던 다른 문구, 구름 관찰자와 녹색에 대해서는 말하지 않았다. 설명한다면 너무 개인적인 이야기가 될 것이고, 혹시나 두 사람의 초대장에서도 같은 단어를 발견한다면 괴로울 테니까.

정 실장이 가방에서 무언가를 꺼냈다. 그건 보민에게는 무척 익숙했다. 납작한 타원형의, 언뜻 보면 유백색 보석 같기도 한 플라스틱 토큰.

"노바 파우치의 속성 토큰이네요."

보민의 말에 승희가 의아해하는 표정을 지었다. 보민은 노바 파우치를 해본 적 없는 승희에게 토큰의 쓰임새를 간단히 설명했다. 안 해봤으면 이해가 어려울 법도 했는데 승희는 곧바로 알겠다며 고개를 끄덕였다. 정 실장이 말했다.

"그런데 이 토큰, 좀 이상합니다. 보민 씨도 아시겠습니까?"

보민은 토큰들을 살펴도 보고 여기저기 만져도 보았지만 특별히 이상한 점은 없었다. 뒷면에 적힌 속성도 보민에게는 그럭저럭 익숙했다. '달력이 없는 세계.' '이 물건은 한 사람이 하나씩만 소유할 수 있다.' '이 세계에서는 각자 보는 빨간색이 다르다.' 그러고 보니 이 속성들로 플레이한 기억은 없었다. 보민이 토큰들을 정 실장에게 돌려주며 말했다.

"잘 모르겠네요. 제가 보기엔 평범한 노바 파우치 토큰인데요."

"네, 제작자인 제가 보기에도 그렇습니다."

"그럼 어떤 점이 이상하죠?"

"문제는 우리 회사에서 이런 토큰을 만든 적이 없다는 겁니다."

보민은 아, 하면서 토큰을 다시 한번 보았다. 그럼 혹시 누군가 자체 제작한 토큰일까. 보드 게이머들이 부품을 직접 만들거나 대체하는 경우는 흔하지만, 이렇게까지 원본과 동일한 형태는 아직 본 적이 없었다. 이연과 셀 수 없이 많은 게임을 했던 보민에게는 이 토큰의 질감과 미묘한 굴곡 같은 것이 완벽하게 친숙했다. 사용된 플라스틱 재료도 거의 같아 보였다. 보민은 말이 없는 정 실장을 기다렸다. 정 실장은 잠시 뒤에야 어떤 결심이 선 듯했다.

"이연 씨가 저에게 이 토큰들을 가져왔습니다. 그러면서 아주 이상한 이야기를 해주었지요. 어쩌면, 그게 제가 이 추도식에 와야 했던 이유일 겁니다."

정 실장이 복잡한 표정으로 이야기를 시작했다.

*

음, 어떻게 시작하면 좋을까요. 최이연 씨와 이 토큰들에 대해서요.

일단 저에게는 최이연보다 '비구름'이라는 이름이 익숙합니다.

비구름 님이 곧 최이연 씨라는 것은 추도식 초대장을 받고 나서야 알았습니다. 잘못 온 줄 알고 우편함에 도로 두려다가, 어디선가 본 적 있는 이름인 걸 기억해 냈어요. 메일함을 한참 뒤지다가 비구름 님과 주고받았던 메일을 찾아냈지요. 메일 주소가 '최이연'을 영어로 쓴 것이더군요.

이연 씨는 제가 만든 게임을 처음으로 좋아해 주셨던 분입니다. 그러니 특별한 사이라고 할 수는 있지만, 정확히 무슨 사이인지 묻는다면 대답하기 어렵습니다. 보드게임 개발자와 게이머. 현실에서는 크게 교류가 없는 사이니까요. 그렇지만, 네, 분명 무슨 일이 있었지요. 설명해 보겠습니다.

노바 파우치는 제가 처음으로 정식 출판한 보드게임이자, 제 어린 시절이 담긴 게임이었습니다. 어렸을 때 저는 사람들과 눈을 마주치는 게 싫었어요. 그냥 생긴 것이, 눈매가 사나울 뿐인데 어른들에게는 늘 노려본다고 혼이 났고 또래 아이들은 저를 경계했지요. 그래서 늘 물건들에 관심을 쏟았습니다. 저 자판기를 누르면 외계에서 온 음료수가 나오는 거 아닐까? 저 장난감은 혹시 살아 있는 게 아닐까? 의자나 책상 아래, 볼트와 조임쇠 하나까지 들여다보면서 사람과는 도통 대화를 하지 않는 저를 아버지는 병원에 데려가 온갖 검사를 받아보게 했지요. 어찌저찌 자라서 사회인으로 살아가고 있습니다만 여전히 사람들을 마주하는 건 겁이 납니다. 하지만 물건들은 가만히 그 자리에서 저에게 이야기를 들려주지요. 우리가 어디서 왔을까? 정말 네가 상상하는 그게 전부일까? 마치 그렇게 묻는 것 같습니다. 자라면서 저는 보드게임을 아주 좋아하게 됐는데 비디오게임보다 손에 잡히는 물성이 좋았던 탓이지요. 언젠가는 그 유년기를, 이상한 물건들로 가득 차 있던 어린 시절을 보드게임으로 풀어내고 싶었습니다.

보드게임 마니아들은 대부분 전략가입니다. 목표를 향해 전진하고 승리 조건을 달성하거나 점수를 따내는 게임을 선호하고요. 한편, 가볍게 즐기는 사람들에게는 복잡한 규칙보다는 같이 웃을 수 있는 경쾌한 시스템과 테마가 중요하지요. 제가 만든 노바 파우치의 프로토타입은 마니아도 대중도 만족시킬 수 없는 애매한 형태였습니다. 지금보다 세계를 설명하는 기준은 더 촘촘한데, 정작 승리라는 개념은 모호했던 겁니다. 저는 먼 길을 돌아가는 수밖에 없었습니다. 보드게임 회사에 입사해 해외 게임을 수입해 오는 일을 하면서 제 작품을 만들 기회를 기다렸지만 쉽지 않았지요. 신뢰하던 사람에게 아이디어를 뺏긴 적도 있고, 파티 게임을 크라우드 펀딩으로 제작했는데 공장에서 엉망진창인 물건이 와 환불해 주느라 큰 손해를 보기도 했습니다. 그런 와중에도 노바 파우치를 다듬고 발전시켜 나갔습니다. 규칙과 세부 사항, 속성 하나하나까지 제 손이 닿지 않은 부분이 없었지요. 그러니 정식 출판 계약을 했을 때 얼마나 심장이 터질 것 같았는지 짐작하실 수 있을 겁니다.

하지만 세상에 나온 노바 파우치는 처참하게 망했습니다. 마니아들에게는 모든 면에서 평가가 좋지 않았고, 파티 게임으로도 진입 장벽이 있었던 겁니다. 아이들 대상으로는 너무 난해하다는 평이 많았지요. 회사에서도 예전의 펀딩 성과가 있어 기대작으로 밀었던 탓에 실패가 더 고통스러웠습니다. 팔리지 않아 쌓인 은색 상자들이 조각난 꿈의 파편 같았습니다. 좋아하고 사랑하는 것을 게이머들에게 설득하는 데에 실패했다는 좌절감이 밀려왔습니다. 사람의 눈을 피하며 늘 잠동사니들만 들여다보고 있던 유년기의 제가 슬픈 얼굴로 저를 마주 보는 것 같았습니다. 그때도 지금도 외로운 건 마찬가지였지만, 이제는 제 외로움에 책임을 져야 할 나이가 되어 있었지요.

그러다 어느 날 비구름이라는 사람에게 메일이 왔습니다.

비구름 님은 대뜸 노바 파우치와 같은 놀라운 게임을 어떻게 만들었냐는 질문으로 메일을 시작했지요. 이어지는 문장은 전부 노바 파우치에 대한 감탄이었습니다. 작고 사소한 물건들이 각각의 세계를 품고 있다는 설정이 매력적일 뿐만 아니라 진짜 현실을 그대로 담고 있는 것 같다고, 토큰 조합을 이용한 게임 시스템이 너무나 적절하게 낯선 소품들을 만들어 내고 있다고도 하셨죠. 저는 그 메일을 받고 너무나 기뻐서 열 번은 넘게 다시 읽었습니다. 노바 파우치를 플레이해서 행복하다는 사람을 처음 만난 것이었거든요.

이후에도 비구름 님은 저에게 여러 번 메일을 보내주셨습니다. 다른 사람들과 함께 플레이했던 후기와, 인터넷에 리뷰를 올렸더니 관심을 갖는 사람들이 늘어나 익명의 채팅방을 만들었다는 이야기, 그리고 게이머들이 만든 창작 룰과 속성에 대한 소감들이 있었지요. 저는 비구름 님의 메일을 읽으며 오랫동안 바랐던 소망이 실현되는 느낌을 받았습니다.

네, 분명 특별한 인연이었습니다. 고마운 분이었고요.

하지만 이 정도로는, 그렇게 놀라운 인연까지는 아니라고 생각하실지도 모르겠습니다.

솔직히 말하면 그렇습니다. 비구름 님이 저에게 보내준 메일은 저를 무척 기쁘게 했지만, 그것만으로 영화 같은 일이 벌어진 건 아니었습니다. 한 번의 격려만으로 제가 기적처럼 다시 일어서기에는 상황이 좋지 않았지요. 노바 파우치의 판매량은 여전히 미미했고, 제가 구상한 차기작 구상안은 전부 퇴짜를 맞은 데다가, 굳이 만들고 싶다면 아름다운 테마나 컴포넌트로 승부를 보아야 하는데, 저조차도 그럴 바에는 더 가능성이 있는 다른 수입 게임을 들여오는 게 낫다고 현실적으로 판단한 겁니다.

그렇게 끝날 수도 있었습니다. 특별한 추억으로요. 설령 다음 보드게임을 만들지 않더라도, 보드게임을 평생 좋아했던 사람으로서 직접 게임을 출판하고, 누군가에게 최고의 게임이라는 말을 들어본 것만으로도 더없는 의미가 있겠지요.

그런데 일은 다른 방향으로 흘러갔습니다. 아니, 이상한 방향이라고 할까요.

어느 날 비구름 님에게 메일이 왔습니다. 짧았고 급해 보였습니다. 보여줄 것이 있다고 했지요. 잠깐이어도 좋으니 시간을 내달라고, 업무 시간 이후에 회사로 오겠다고 하셨습니다. 다음 날 저는 비구름 님, 그러니까 최이연 씨를 처음 보았습니다. 어째서인지 저는 비구름 님을 남자라고 생각했기 때문에, 젊은 여성이라는 사실에 당황했습니다. 하지만 직접 마주하고 인사를 나누자 늘 활기찬 어조로 메일을 보내오던 비구름 님이라는 걸 금세 알 수 있었습니다. 비구름 님은 저를 보자마자 오늘의 습기 가득한 날씨나 여기까지 오는 길에 대한 두서없는 수다를 잠시 늘어놓았는데, 저는 그게 마치 감당하기 힘든 본론을 이야기하기 전에 뜸을 들이는 것처럼 느껴졌어요. 그러더니 비구름 님이 가방에서 무언가를 꺼냈지요. 그게 바로 이 토큰들이었습니다.

순간 소름이 돋았습니다. 그 토큰들 뒷면에 적힌 속성들을 이미 알고 있었거든요.

그것들은 노바 파우치 토큰과 완전히 똑같았지만, 단 한 번도 제작된 적 없는 토큰이었습니다. 그럼에도 저는 그 속성들을 분명히 기억했습니다.

비구름 님이 들뜬 어조로 계속 말했습니다. 노바 파우치의 확장판이 나온 게 분명하다고, 엄청나게 많은 사랑을 받았다고, 그러니 꼭 후속작을 만들라고요. 귀에 잘 들어오지 않았습니다. 도저히 이해할 수 없었지요. 도대체 노바 파우치의 확장판이 언제 어디서 나왔다는 뜻일까요? 상상 속에서? 비구름 님은 미래에 다녀온 걸까요? 아니면 저도 모르는 사이에 제가 확장판을 출판했다는 것일까요? 현실과 환상과 시간과 공간이 마구 뒤섞여 있는 비구름 님의 말들을 저는 멍하니 들었습니다. 그리고 넋이 나간 채로, 비구름 님에게 이렇게까지 원본과 같은 토큰을 직접 만드셨다니 정말 대단하다고, 손재주가 뛰어나신 것 같다고 말했지요. 비구름 님은 그게 아니라며 손을 내저었어요. 당황한 저를 향해 비구름 님이 무어라고 말했습니다.

그 말을 저는 지금도 잊을 수 없습니다.

비구름 님을 실제로 만난 건 그날이 마지막이었습니다. 저는 이 토큰들에 대해 다시 묻지 않았습니다. 그건 어쩐지 감당하기에 너무 거대한 진실처럼 느껴졌거든요. 비구름 님은 이 토큰들을 꼭 제가 가져갔으면 좋겠다고 했고, 저는 그렇게 했습니다. 하지만 한동안은 그것들을 거실 한구석에 놓아두고 쳐다보지도 않았습니다. 제가 알던 세계가 쪼개지는 듯한, 그 틈으로 이해할 수 없는 것이 와르르 쏟아지는 듯한 기분이 들었으니까요.

이후에 노바 파우치의 판매량은 아주 천천히 늘어났습니다. 그리고 언젠가부터 학부모들 사이에서 입소문을 타기 시작했습니다. 아동용 패키지로 재디자인해서 출시하자 판매량이 확연하게 늘었습니다. 아동용으로 룰을 단순화하지 않은 것이 좋은 평가를 받은 이유였습니다. 엄청난 성공은 아니었습니다만, 제가 보드게임 개발자로서의 경력을 이어가기에는 충분했습니다. 하지만 막상 그런 일들이 일어났을 때 저는 담담했지요. 이미 그 일들을 보고 온 것처럼요. 그리고 저는 비구름 님이 그날 한 말을 계속해서 생각했습니다.

—이 토큰들은 세계의 반투막을 건너온 거예요. 다른 세계에서 왔죠. 우리가 노바 파우치를 통해서 하는 일이 바로 그거잖아요? 작은 물건에서 그 세계 전체를 추론하는 일이요. 개발자님은 이미 알고 계셨던 거 아닌가요?

프로토타입 개발 초기에, 노바 파우치가 크게 성공할지도 모른다는 꿈에 부풀었을 때 저는 확장판에 넣을 속성들을 구상했습니다. 작업 노트에 빼곡하게 속성들을 기록했지요. 바로 그 구상의 일부가 실제로 손에 잡히고 만져지는 사물이 되어 나타났던 겁니다. 그러나 맹세컨대 저는 한 번도 그 작업 노트를 누군가에게 보여주지 않았습니다. 그렇다면 이 토큰들은 어디서 온 걸까요?

한동안은 그 토큰들이 미래에서 왔다고 생각하기도 했습니다. 비구름 님은 저에게 노바 파우치가 바로 '현실'이라고 여러 번 단서를 준 셈이었지만, 정작 노바 파우치를 개발한 저는 그것이 현실임을 받아들이기 어려웠거든요. 다른 세계가 정말로 있다니, 그걸 믿기보다는 차라리 토큰이 미래에서 왔다는 게 더 납득하기 쉬웠지요.

하지만 막상 시간이 흘러 정말로 이 세계에서 노바 파우치의 확장판을 출판하기로 했을 때, 저는 그 토큰들을 만들지 않았습니다. 일종의 실험이었던 겁니다. 인과관계가 뒤틀리면 어떻게 되는지 보려고 한 것이지요. 그리고 확장판이 나오고 나서, 아무 일도 일어나지 않았습니다. 어떤 문제도 없었어요.

그 토큰들은 정말 다른 세계에서 왔던 겁니다. 어딘가, 노바 파우치의 확장판이 먼저 나왔던 다른 세계에서요. 남들이 들으면 비웃을 이야기였지만, 토큰들의 속성 하나하나까지 기억하는 저로서는 믿을 수밖에 없었지요.

자주 비구름 님에 대해서 생각했습니다. 연락해 볼까도 생각했지만 용기가 없었지요. 다른 세계에서 물건들이 건너온다면, 비구름 님은 어떻게 이 진실을 감당했을까요? 비구름 님은 노바 파우치의 개발자인 제가 이 현상을 알고 있다고 확신했던 걸까요? 노바 파우치의 게임 시스템은 정말로 다른 세계에서 온 물건을 통해 그 물건이 담고 있는 세계를 추론하는 것이니까요. 그 마지막 만남에서, 비구름 님은 자신이 다른 세계에서 넘어온 물건들을 더 '잘' 발견할 수 있었던 건 노바 파우치를 플레이했기 때문이라고 했지요.

그럼에도 저는 비구름 님이 저를 만나러 오기까지, 긴 시간 망설였을 마음을 생각합니다. 오래전, 물건들이 다른 세계에서 왔다고 상상했던 어린 시절의 저는 무척 외로웠습니다. 세상에 나온 노바 파우치의 콘셉트도 많은 사람들에게 외면받았지요. 어떤 낯선 생각은 품는 것만으로도 그 사람을 외롭게 만드는 것 같습니다. 그러니 물건들은 정말로 세계의 반투막을 건너온다는 발견을 했던 비구름 님 역시 외로웠던 게 아닐까요. 저에게 이 토큰들을 직접 건네기까지 아주 큰 호의와 용기와 결단이 필요하지 않았을까요.

그렇게 생각하면 정말로 후회스럽습니다. 만약 그때 제가 도망치지 않았더라면, 작은 물건들이 다른 세계를 품고 있다는 걸 알고 있었던 유년기의 저를 조금만 더 믿어주었더라면. 그랬다면 비구름 님에게는 이 세상의 아주 낯설고도 중요한 진실을 공유할 한 사람이 더 있었을 텐데요. 추도식 초대장을 받아 든 순간 저는 긴 탄식을 내뱉었고, 그 후회가 저를 이곳으로 오게 했습니다.

비구름 님이 건넨 토큰들은 저희 집 거실의 장식장에 놓여 있습니다. 그것들은 작고 사소한데, 엄청난 존재감으로 다른 세계 전체를 투사하지요. 노바 파우치가 많은 사랑을 받은 세계. 확장판이 계속해서 출시된 세계. 반투막 너머에 있는 수많은 세계들. 제가 구상했고 기록했지만 결코 만든 적 없는, 그러나 그곳에 실재하는 토큰들은 자신의 질량 전체를 동원해 말하는 것 같습니다. 다른 세계는 정말로 있다고, 이 토큰이 품고 있는 허구는 분명 현실이라고요.

*

삼투. 서로 다른 농도의 두 용액 사이에 반투막이 놓이면, 용질 농도가 낮은 쪽에서 높은 쪽으로 용매가 이동하는 현상. 작은 크기의 용매 분자는 반투막을 통과할 수 있고, 용매에 둘러싸여 크기가 커진 용질 분자는 반투막을 통과할 수 없다. 반투막 양쪽을 오갈 수 있는 것은 용매뿐이다.

그날 이연이 보민에게 삼투현상에 대해 물어 온 일을 보민은 그다지 이상하게 여기지 않았다. 같이 살기 시작한 이후로 보민은 이연에게 희한한 관심사도 많고 이상한 취미도 많다는 걸 새삼스레 알게 됐다. 어디선가 뜬금없이 삼투현상에 대한 유튜브라도 봤겠지. 아니면 갑자기 과학책을 읽는 취미라도 생겼거나. 보민이 화학을 마지막으로 배운 건 거의 10년 전, 대학 신입생 때였지만 간단한 설명이라면 문제없었다. 보민은 냉장고 옆 메모지를 한 장 뜯어냈다. 그런 다음 볼펜으로 메모지에 반으로 나누는 선을 그었다. 한쪽에는 '설탕물 A', 다른 한쪽에는 '설탕물 B'라고 쓰고, 메모지를 나누는 선에는 '반투막'이라고 적었다.

보민은 설탕물 안에 크고 작은 동그라미를 여러 개 그렸다.

"작은 동그라미가 물 분자, 큰 동그라미가 설탕 분자. 설탕은 원래도 물보다 크고, 물에 녹으면 물 분자가 주위를 둘러싸서 더 커지거든. 그래서 설탕은 반투막을 못 지나가고, 작은 물 분자만 자유롭게 막을 넘을 수 있어. 이렇게 놔두면, 두 용액이 평형을 이루려는 경향을 따라서 연한 설탕물에서 진한 설탕물로 물이 이동해. 그러면 진한 쪽의 물이 높아지면서, 양쪽의 농도 차이가 줄어들지."

이연이 보민의 설명을 가만히 듣더니 물었다.

"설탕은 반투막을 통과 못 한다고 했잖아."

"그렇지."

"정말 통과할 확률이 아예 없어? 완전히 0이야?"

"희한한 걸 묻네."

보민은 어깨를 으쓱했고, 설명은 조금 복잡해졌다. 통과할 확률이 완전히 0이냐고 한다면 엄밀히 말해 0은 아니다. 화학에서 '일어나지 않는다'라는 말은 보통 통계상으로 관측하기 힘들다는 것이고, 확률이 너무 작은 수치여서 0이나 다름없다는 것이다. 화학이 다루는 분자 수는 인간의 직관을 넘어설 만큼 많기 때문이다. 만약 이상적인 반투막이라면 설탕이 통과할 구멍이 아예 없겠지만, 실제 현실의 반투막은 자세히 들여다보면 흠집도 있고 미묘하게 더 크거나 작은 구멍도 있다. 그러면 드물게 설탕 분자가 몇 개쯤 막을 넘어가는 일도 생길 수 있다.

"하지만 이 설탕물에는 분자가 너무 많아. 자릿수가 최소 스물세 개가 넘어가. 그러니 그 정도로 희박한 일은, 어쩌다 일어나도 결과적으로 아무 의미가 없지."

이연은 그렇구나, 대꾸하고는 생각에 잠겼다. 방금 설명을 납득한 건지 표정으로는 알 수 없었다. 보민은 샌드위치를 마저 먹으려는데, 이연이 식탁 위의 토마토로 손을 뻗으며 말했다.

"확실히 삼투현상과 꽤 비슷해."

"뭐가?"

"작고 사소한 물건들이 세계 사이의 막을 건너오거든. 평행 세계들 사이에 반투막이 놓여 있는 것 같아. 머리끈이나 양말 한 짝이나 볼펜 같은, 흔하고 아무도 눈여겨보지 않는 것들이 자주 건너와. 아마도 돌멩이, 마른 나뭇가지 같은 건 더 흔하겠지. 그게 네가 말하는 용매 분자, 물 같은 건가 봐. 너무 흔하거나 사소해서 존재감이 희박하고, 세계와 상호작용을 덜 하고, 그래서 이쪽과 저쪽을 쉽게 오갈 수 있는 것들."

보민은 태연히 말하는 이연을 물끄러미 보았다. 이연에게는 이런 습관이 있었다. 일어날 수 있는 일, 일어나지 않은 일, 허구의 일을 이미 일어난 일처럼 이야기하는 것. 보민은 그런 이연의 습관마저도 좋아했지만 때로는 물에 빠진 사람을 볼 때처럼, 그 허구에서 건져 현실의 뭍으로 데려다 놔야 한다는 충동을 느끼기도 했다.

"가끔 사소하지 않은 물건도 건너온다는 뜻이네?"

"맞아. 그런데 그쪽에서는 없어졌다고 해도 누가 눈치채지 못할 물건들이거든. 그리고 이쪽에서도, 누군가 상상을 동원해서 이야기를 부여하기 전까지는 아무것도 아닌 게 대부분이고."

"뭐야, 마음대로네. 그런 건 현상이 아니라 상상이지."

보민 딴에는 빈정거리는 말이었는데, 이연은 무척 진지했다.

"나도 궁금해. 왜 어떤 것들은 막을 건너고 어떤 것들은 못 건널까? 지금까지 막을 건너온 것 중 살아 있는 것은 아무도 본 적이 없다는데, 생물은 주위 환경을 거슬러 살아남고 퍼져 나가려는 본능이 있어서겠지? 하지만 정말 사소한 생물이 있다면 또 어떨. 증식하지도 않고, 자기 자신의 영향조차도 최소화하려는 생물이라면? 좀 이상한 말이지만, 살아남기 위해 애쓰지 않는 생물이라면?"

말도 안 되는 가설을 늘어놓는 이연을 보면서 보민은 불안해졌다.

다른 세계에 매료된 사람. 다른 세계가 있다고 확신하는 사람. 그 세계를 말할 때 눈이 빛나고, 당장이라도 그곳의 공기를 들이

쉴 수 있을 것처럼 말하는 사람.

그런 사람은 다른 세계로 건너가려고 할까? 무슨 수를 써서라도?

보민은 대화를 멈추고 싶어서 토마토를 더 가져오겠다는 핑계로 자리에서 일어났다가, 식탁 옆에 떨어진 양말 한 짝을 발견했다. 빨래 바구니에서 떨어진 것 같았다.

"여기 있네. 다른 세계로 못 넘어간 양말."

보민이 의기양양하게 양말을 주워 내밀며 말했다.

"이거, 내가 눈여겨봐서 못 건너갔나 봐."

시간이 흐른 뒤에 보민은 그날의 대화를 곱씹곤 했다. 그 양말을 내려다보던 이연의 표정이 어땠더라. 어두웠나. 아니면 슬펐던가. 반투막에 대해서 이연이 물을 때, 그때는 또 어땠더라. 혹시 바라는 답이 있지는 않았을까. 아니면….

생각하고 생각할수록 고통스럽게 하는 기억들.

먼지와 소음 사이에서 이연을 마주친 이후, 보민은 이연을 자주 만났다. 보드게임을 하고 저녁을 먹고, 또 보드게임 없이도 같이 커피를 마시고 영화를 보고, 그러다 밖에서 만나는 날보다 자신의 집으로 초대하는 날이 많아졌다. 이연과 점점 가까워지면서도, 보민은 왜 자신이 이연을 이렇게 궁금해하는지 잘 몰랐다. 좋아하는 것을 말할 때 반짝이는 눈과 상기된 뺨에 시선이 갔고, 어떤 사람은 왜 그렇게까지 다른 세계에 매료되는지, 별처럼 멀기만 한 세계를 손에 닿을 것처럼 이야기하는지 알고 싶었다. 그 호기심이 보민을 이연으로 끌어당기는 중력이었다. 종종 보민은 헷갈렸다. 그냥 새로 사귄 친구라기에는 어딘가 들뜬 느낌이었다. 우정인지 아닌지 확인해 보기에는 자신이 없었다. 그러는 동안 둘 사이의 침묵이 점점 익숙해졌고, 언젠가부터 주말을 늘 함께 보냈다. 운동 매트만 깔아놨던 방에 이연의 짐이 늘기 시작했다. 욕실에서 이연의 칫솔을 세 개쯤 발견했을 때, 보민은 제안했다. 어차피 방이 하나 남으니 같이 사는 건 어떠냐고. 내심 거절할까 조마조마했는데 이연은 당황한 기색 없이 보민을 보더니 대답했다. 응, 좋아. 그러고는 웃었다.

이연과 같이 사는 건 좋았다. 주말이면 언제든 보드게임을 할 수 있었고, 이연의 이야기를 듣는 건 이상하게도 드라마나 영화보다 더 재미있었다. 보민이 읽다 포기한 소설책을 이연이 가져가 끝까지 읽고 결말을 들려주었다. 보민은 이연을 위해 퇴근길에 디저트를 포장해 왔고, 이연은 아침마다 냉장고에 쌓인 재료들로 멋진 도시락을 싸주었다. 둘 다 집안일은 며칠 내버려뒀다가 몰아서 하는 성향도 잘 맞았다. 비 오는 휴일에는 거실 소파를 한 자리씩 차지하고 창밖의 빗소리를 듣다가 낮잠을 잤다. 보민은 어느 날 문득, 이연이야말로 자신이 이전에는 가까워질 리 없다고 생각했던 사람이라는 것을 떠올렸다. 아득한 세계에 속해 있어서, 자신처럼 현실에 딱 발을 붙여야 안심하는 사람에게는 먼 곳의 구름처럼 느껴지기도 하는. 타인에 대해서 이렇게 깊이, 자주 생각하는 스스로가 보민은 낯설게 느껴졌다.

가까워진다는 건 그림자까지 시야에 들어오는 것이었다. 보민 앞에서 잘 웃는 이연은 자주 혼자 방에서 울고 나왔다. 사이가 나쁜데도 정기적으로 돈을 부쳐주는 가족이 있었다. 예전에는 꽤 오래 죽고 싶어 한 적이 있었다. 다니던 대학을 자퇴했고 지금은 전공과 상관없는 일만 했다. 보민은 이연이 죽고 싶어 한 이유를 몰랐고, 이제 혹시 살고 싶어졌다고 해도 그 이유 역시 몰랐다. 그래도 살고 싶은 이유를 같이 찾아줄 수 있다면 좋을 텐데.

보민이 이연에 대해 가장 이해할 수 없었던 점은 툭하면 일을 그만두고 다른 일을 구한다는 거였다. 처음 만났을 때 이연은 놀이공원 캐스트였는데, 보민과 우연히 마주친 그 시점에 아직 캐스트가 주된 일이고 폐품 처리 업체 일은 일주일에 한두 번쯤 가는 부업이었다. 그런데 함께 살기 시작했을 때는 캐스트 일을 그만두고 폐품 처리 작업장으로만 출근하더니, 또 두 달 뒤에는 작업장을 그만두었다. 잠시 일을 쉬나 싶었는데 갑자기 이사업체 보조 일을 한다고 했다가, 한 달도 채 지나지 않아 그 일을 그만두고 호텔 청소 일을 시작했다.

계속해서 그런 식이었다. 딱히 적성에도 맞지 않는 것 같은 일들을 계속 옮겨만 다녔다. 이유도 좀 이상했다. 힘들어서, 지루해서, 하다가 질려서, 다칠 것 같아서, 사람들과 트러블이 생겨서. 평소에는 보민보다 어른스럽게 굴기도 하면서, 일에 대해서만 그런 철없는 이유를 대는 걸 보민은 납득할 수 없었다. 두 군데서는 일을 제대로 못 해서 잘렸다고 했는데, 보민이 보기에는 애초에 그 업종에 맞을 것 같지도 않은데 굳이 지원한 거였다.

보민은 같이 쓰는 생활비, 공과금, 대출 이자 따위를 이연에게 받기로 한 것보다 일부러 적게 받았다. 생각보다 관리비가 덜 나와서, 집에서 요리해 먹었더니 식비가 덜 들어서, 그때그때 적당한 이유를 댔다. 그런데도 이연은 늘 낡은 옷을 입고 다녔다. 집 밖에서는 대충 인스턴트로 끼니만 때우는 것 같았다. 이상하게 돈은 늘 부족해 보였다. 보민은 이연이 미래를 생각해서 전망이 있는 일에 정착하기를 바랐지만 그 이야기를 꺼내면 이연은 늘 말을 돌렸다. 자신에게는 미래라는 게 있지도 않은 것처럼.

1년 사이에 이연은 일을 여섯 번 갈아탔다. 그다음 번 구한 일은 당분간 숙소 생활을 해야 한다고 했다. 주말에나 돌아올 테니 잘 지내고 있으라는 문자를 받고, 보민은 진심으로 이연이 걱정되었다. 혹시 가족에게 너무 많은 돈을 보내는 걸까? 아니면 모르는 사이 사기라도 당했나? 보민은 닫힌 방문을 보았다. 지난주부터 이연이 당분간 방에 들어가지 말라고, 지나가는 말로 지저분하니까 나중에 자신이 직접 치우겠다고 했던 것이 생각났다. 어차피 보민은 이연이 불편해할까 봐, 혹시나 혼자 울고 있을 때 방해할까 봐 이연의 방에 잘 들어가지 않았다. 같이 살아도 각자의 공간은 중요하니까. 그런데 이연이 굳이 그런 말을 한 것이 마음에 걸렸고, 그래서 망설이다 문을 열어보았다.

보민은 놀라서 그 자리에 멍하니 서 있었다.

쓰레기장을 떠오르게 하는 방이었다. 분명 지난달까지만 해도 이렇지 않았는데. 들어가지도 못한 채 보민은 방 안을 살펴보았다. 자세히 보니 생활하며 나온 쓰레기가 아니었다. 농구공, 시계, 책, 금속 벨트, 인형, 우산, 의미 모를 장식품들. 보민은 극심한 우울증 때문에 집을 쓰레기장처럼 만든 사람들을 유튜브 영상에서 봤다. 하지만 이건 그런 것도 아니었다. 보민은 그 물건들 사이에서 청동 조각품을 들어 올렸다. 바닥에 가격표가 붙어 있었다. 값이 비쌌다. 보민은 잡동사니의 산더미에서 또 다른 가격표가 붙은 물건들을 발견했다. 다 해진 옷을 입고 다니던 이연. 늘 피곤해 보이던 이연. 다른 세계에서 물건들이 넘어온다고 말하던 이연. 이연은 자신을 돌봐야 할 돈으로 이런 것들을 사들이고 있었던 건가.

보민은 먼저 화가 났고 다음에는 무서웠다. 이연이 허구와 현실을 구분하는 능력을 잃어버린 것일까 봐. 허구에 너무 깊이 빠져서 익사할까 봐. 끝내 현실에서 도망치려고 할까 봐 겁이 났다. 이연은 현실이라는 게 수백 페이지 소설의 낱장 단면밖에 안 되는 것처럼 굴고 있었다. 이 물건들로 뭘 하려는 거지? 이걸 다 어떻게 하려고?

이연이 전화를 받는 것을 기다리는 수십 초 동안, 보민은 겪어본 적 없는 불안이 요동치는 것을 느꼈다. 나쁜 말을 해야 할까. 화라도 낼까. 정신 차리라고, 이런 것들이 너를 구해주지 않는다고, 적어도 같이 사는 나에 대한 책임감을 가져달라고 할까. 정작 휴대폰 너머에서 응, 보민아, 하는 목소리가 들려왔을 때 보민은 아무 말도 하지 못했다. 이연의 목소리는 조금 피곤한 듯 갈라졌지만 여전히 다정했다. 보민은 심호흡을 크게 한 다음 말했다.

—돌아오면 어디 멀리 여행 갈까? 열흘 정도, 나 휴가 내고.

—갑자기? 넌 연차 써도 나는 일해야 하는데.

—어차피 너 그 일도 곧 그만둘 거잖아.

짧은 정적 뒤에 이연이 웃었다. 정말 너는 나를 다 알아, 하고 이연은 키득거렸다. 이상하게 그 웃음소리가 보민을 안심시켰다.

돌아온 이연에게 보민이 아무것도 묻지 않고 그저 방을 정리해 달라고 말했을 때, 이연은 대수롭지 않은 듯 알겠다고, 대신 시간이 조금 필요하다고 했다. 그런 다음 시간을 들여서 실제로 물건들을 정리해 나갔다. 의자와 책상, 침대 위까지 온갖 잡동사니로 난잡했던 방은 점점 깨끗해졌고 한 달쯤 뒤에는 다시 보민이 기억하던 말끔한 모습으로 돌아왔다. 떠나기로 했던 여행 계획은 계속 나중으로 미루어졌다. 이연은 뜻밖에도 금방 일을 그만두지 않았고, 보민은 한동안 연차는 엄두도 못 낼 정도로 아주 바빴다.

그리고 모든 게 문제없이 제자리로 돌아왔다고 생각했던 날에 그 일이 일어났다.

어느 비 오는 날에, 전조도 없이.

어떤 예고도 직감도 없었다. 갑자기 일어난 일이었다. 폭우가 쏟아졌지만 그런 날들은 수도 없이 있었다. 이연이 떠나버릴 거라는 불안도, 익숙한 세계가 뒤틀릴지도 모른다는 두려움도 그 무렵에는 옅어져 있었다. 그렇지만 돌이켜 보면 이연은 늘 떠날 준비를 하고 있었고, 모든 것이 다 전조였는지도 모른다.

이연의 사망 원인이 사고로 결론 난 후에도 보민은 왜 사람이 스스로 죽는지를 한참이나 검색했다. 상실. 실패. 무기력. 중독. 통증. 실연. 충동. 이어지는 끝없는 목록. 그 무엇도 이유가 될 수 있어서, 무엇이 이연을 죽였는지는 결국 알 수 없게 되었다. 이연은 그 모든 것을 던져놓고 가버렸다. 이제 상실과 실패와 중독은 보민의 것이 되었다. 말없이 소파에 기대 웃고 있는 이연의 꿈을 꿨다. 그때 왜 그랬을까, 말이라도 해주지. 보민은 '만약에'로 시작하는 말들로 이연이 죽지 않는 경우의 수들을 헤아렸다. 그리고 '어차피'라는 말로 일어날 일은 일어났을 거라고 그 가능성들을 폐기했다. 이연과 달리 보민의 상상은 빈약했고 멀리 뻗어나가지 못해서, 보민은 이연이 죽지 않은 세계를 구체적으로 그려볼 수도 없었다.

그리고 이제 눈앞에 있는, 다른 세계에서 온 토큰들.

정 실장이 내민 토큰들이 보민의 죄책감을 헤집었다.

보민은 이연의 말을 끝내 믿지 않았다. 작고 사소한 물건들이 세계의 반투막을 건너온다는 말. 어쩌면 그게 너무 사소한 진실이기 때문에, 보민은 이연의 말을 흘려들었다. 이연의 이야기를 항상 듣고 있었으면서도 그것이 단지 꾸며낸 이야기라고, 재미있지만 중요하지는 않은 상상 같은 것이라고 여겼었다.

하지만 만약 이연의 말이 사실이었다면, 이연은 어떤 것들은 왜 막을 건너고 또 어떤 것들은 건너지 못하는지 그 산더미 같은 물건들을 통해 알아내려 했던 것인지도 모른다. 막을 건너간

생물을 찾아내고, 어쩌면 이연 자신이 이 세계를 떠나 다른 세계로 영영 건너가려고 한 것인지도 모른다. 아주 사소해짐으로써. 자기 자신의 존재감까지 지워 없애버려서.

다른 세계로 넘어가지 못한 양말 한 짝을 내려다보던 이연을 보민은 떠올렸다.

보민은 죽은 이연을 보았다. 이연은 다른 세계로 가지 못한 채로 이쪽 세계에서 죽었다. 어쩌면 보민이 이연을 지켜보아서, 소중히 여겨서, 사소해질 수 없었던 것이다. 보민이 이연을 이곳에 붙들어 버렸다. 그러면서도 정작 보민은 이연의 말을 끝까지 믿지 않았다. 이연이 원한 것은 아무것도 해주지 않았다.

"저, 죄송한데. 잠시만요."

토할 것 같은데 당장 갈 곳이 없었다. 정문 쪽에 화장실 표지가 있었지만 버려진 창고에 물이 나올 리 없었다. 보민은 비틀거리다가 다급히 밖으로 나갔다. 바깥에는 공터뿐이었다. 망할 창고. 보민은 비참했고 먹은 것도 없는데 속이 울렁거렸다. 정 실장이 보민을 따라 나왔다.

"괜찮습니까?"

보민은 맨땅에 주저앉아 한참이나 숨을 몰아쉰 다음에야 정신을 차렸다. 조금 부끄러웠다. 아까 승희가 한참 울 때 짜증을 낸 건 보민 자신이었는데.

승희와 정 실장은 보민이 진정할 때까지 기다려 주었고, 보민은 약간 차가워진 양손을 만지작거리며 방금 떠오른 기억과 추측을 두 사람에게 공유했다. 만약 세계의 반투막을 물건들이 통과해 오는 게 사실이라면, 이연은 직접 세계를 넘어가는 방법을 찾고 있었는지도 모른다고. 하지만 동시에 더 많은 의문이 생겨나는 것도 사실이었다. 보민은 이 세계에서 죽은 이연을 봤는데, 그렇다면 이 초대장은 누구에게서 온 걸까? 평행 세계의 이연에게서? 보민이 두서없이 의견을 늘어놓는데, 가만히 듣고 있던 승희가 입을 열었다.

"저는 아니라고 생각해요."

"뭐가요?"

"이연 언니가 다른 세계로 넘어가려고 했다는 것 말이에요."

보민은 순간 울컥해서 목소리를 높였다.

"그럼, 뭔데요? 망할 최이연, 무슨 생각으로 그랬던 거냐고요."

"어, 그게…."

승희는 눈을 크게 뜨더니 갑자기 딸꾹질을 시작했다. 보민은 아차 싶어 입을 다물었다. 방금은 승희가 아닌 이연에게 화가 난 거였지만, 결국 잘못한 것 하나 없는 승희에게 화를 낸 꼴이 되어버렸다.

"죄송합니다. 제가 지금 좀 정신이 나갔나 봐요."

딸꾹.

결국 승희가 진정할 때까지 잠시 기다렸다. 정 실장이 승희에게 생수를 건넸고, 보민은 자신의 성질머리와 인내심을 자책하다가 밖에 나가 찬 바람을 한 번 더 맞았다. 고개를 들어보니 아까 도착했을 때보다 하늘이 약간 더 어두워져 있었고 공기가 축축했다. 주위에는 여전히 아무도 없었고 멀리서 풀벌레 소리만 잠시 들려오다 끊겼다. 그 적막한 풍경을 보자 머리가 식었다. 생각해 보면 이연은 자기 입으로 세계의 막을 건너가고 싶다고 말한 적은 단 한 번도 없었다.

"저, 제가 언니의 대학 동기라고 했잖아요."

승희가 입을 열었다.

"사실 아니에요. 실은 놀이공원에서 일하다 알게 된 사이예요. 그러면 좀 말이 길어질까 봐 아까는 둘러댔는데…."

어쩐지 그럴 것 같았다. 이연은 대학에 다니는 둥 마는 둥 하다가 자퇴했다고 했으니까. 뭐, 그렇다곤 해도 후배 한 명쯤 아는 건 가능했지만.

"언니랑 그 일을 했어요. 둘이서요. 원래는 시간이 지나면 무조건 폐기해야 하거든요. 그런데 둘이다 보니 다른 사람들 눈을 피하기가 더 쉬웠어요."

"저기, 뭘 했다는 거예요?"

어리둥절해진 보민이 물었다. 승희가 당황한 표정을 하더니, 한숨을 쉬고는 말했다.

"다른 세계에서 온 물건들이요. 우린 그걸 같이 찾아다녔거든요."

*

지금 이 이야기를 하려면, 저의 부끄러운 점을 드러내야 해서 망설여지지만… 그래도 하는 수 없겠죠. 언니와의 일들을 이야기하려면요.

언니랑 저는 놀이공원 캐스트 일을 하다가 친해졌어요. 놀이공원에 가면 뺨에 별 모양 스티커 붙인 직원들 있잖아요. 캐스트라고 부르거든요. 저는 기념품 숍에서 일했는데, 하루는 이연 언니가 우리 매장으로 새로 들어왔어요. 인사를 들어보니 원래 인기 있는 어트랙션 담당인데 자원해서 MD 파트로 오게 되었다는 게 좀 특이했죠. 보통은 반대로 가고 싶어 하거든요. 언니의 첫인상은 동글동글하고 착해 보이는데 어딘가 멍하고 붕 떠 있는 느낌이었어요. 친해지고 싶다고 생각했지만, 오후에는 다른 사건이 터져서 그럴 틈도 없게 됐죠.

음, 그러니까… 제가 휴게실에서 뭔가 훔치다가 걸린 거예요.

고치려고 정말 많이 노력했는데, 저에게는 도벽이 있었어요. 다른 사람들의 작은 소지품을 훔치는 버릇이요. 휴대폰 충전 케이블이나, 머리끈이나, 화장품 같은 거 말이에요. 필요해서 훔친 것도 아니고, 훔쳐서 잘 쓰는 것도 아니고, 그냥 그 행위 자체가… 저에게 주는 어떤 자극이 있었던 것 같아요. 원래는 매장 휴게실에 다들 자기 파우치를 편하게 가져다 놓고 썼어요. 그런데 제가 한동안 참아왔던 그 짓을 또 시작해 버렸고 자잘한 소품 같은 게 없어지니까 다들 신경이 예민해지더니, 결국 날을 세우다 저를 현장에서 적발한 거죠. 이연 언니가 온 그날 오후에요. 훔치다 걸린 건 동료 캐스트의 선크림 샘플 팩이었어요.

공용 물품인 줄 알았다는 말도 안 되는 거짓말을 해가면서 사과했지만, 그런 거짓말이 통할 리 없잖아요. 매장에서 없어진 상품들도 혹시 승희 씨가 훔친 거 아니냐고 동료들이 묻더라고요. 맹세컨대 그런 일은 없었지만, 그렇게 몰려도 할 말이 없는 처지라는 게 괴로웠어요. 동료들은 다들 화가 나서 우르르 야외 가판으로 나가버리고, 저는 혼자 매장을 청소하고 있는데 자꾸 눈물이 났어요. 늘 이런 식으로 모든 걸 망치는 제가 너무 싫었거든요. 하면 안 되는 걸 알면서도 충동적으로 일을 저질러서 엉망으로 만들었어요. 거짓말로 수습해 보려다 더 부끄러워지고요. 비참했고, 지금까지의 이 모든 비참한 상황이 제 탓이라는 것 때문에 더욱 비참했어요. 제가 미친 것 같고 한심했어요.

계속 울고만 있을 수는 없어서, 휴게실 세면대에서 차가운 물을 받아 빨개진 얼굴을 식히고 다시 나오는데, 이연 언니가 제 앞에 서 있었어요. 저는 새로 온 캐스트 앞에서 망신을 당한 게 부끄럽기도 하고 또 무슨 말이라도 하면 울게 될까 봐 고개를 숙인 채 지나가려는데, 언니가 아무 말 없이 저에게 손수건을 내밀었어요. 제가 고개를 드니까 언니가 안 돌려줘도 된다면서 제 손에 쥐여주더라고요. 그거 아세요? 안 울려고 하는데 누가 휴지 챙겨주면 눈물이 걷잡을 수 없이 나잖아요. 그 작은 호의 때문에, 그 손수건 때문에 눈물이 또 안 멈춰서, 나중에는 언니가 원망스러울 지경이었어요.

그래도 저를 그렇게 대해준 게 너무 고마워서 다음 날부터 언니한테 매장 일을 제가 아는 한에서 정말 하나하나 처음부터 다 알려줬어요. 혹시 저랑 친하게 지내면 안 좋은 눈길을 받을까 봐, 다른 캐스트들 앞에선 무시해도 된다고도 했죠. 그런 일이 있었으니 곧 잘릴 줄 알았는데, 사람이 많이 필요한 시즌이어서였는지 잘리지는 않더라고요. 매니저님에게 혼이 나긴 했어요. 다른 캐스트들은 저를 노골적으로 싫어했고요. 그렇지만 이연 언니는 늘 저를 보면 반갑게 인사해 주었죠.

그런 이연 언니를 보면서 궁금했어요. 도벽이 있는 애. 구질구

질한 애. 처음 본 날 모두에게 망신을 당하던 애. 보통은 엮이기 싫을 텐데, 언니는 왜 나를 피하지 않고 손수건을 건네줬을까. 그냥 착해서일까.

언니에게도 비밀이 있다는 건, 조금 나중에 알게 됐죠.

저는 곧 이연 언니와 가까워졌어요. 야외 가판도 상품 검수도 둘씩 짝지어 할 때가 많은데, 선크림 사건 이후로 동료들이 다들 저를 피하니 늘 이연 언니와 일하게 됐죠. 점심도 같이 먹으러 가고요. 스케줄이 비슷해서 나중에는 출근하며 유니폼을 받으러 의상실에 들렀다가 퇴근할 때까지 언니랑 붙어 다녔어요. 언니는 늘 호기심 어린 눈으로 주위를 관찰했는데, 말수도 많지 않고 수줍음도 있는 것 같아서 어쩌다 테마파크에서 일하게 된 건지 궁금했죠. 하루는 가판대에서 비눗방울을 시연하고 있는데 언니가 갑자기 묻더라고요. 퇴근하고 시간이 남으면, 분실물 센터에 같이 가지 않겠냐고요.

웬 분실물 센터, 뭘 잃어버린 건가 생각하며 언니를 따라갔죠. 데스크 대신 후문으로 갔는데 들어가는 건 쉬웠어요. 상품 파트는 유니폼이 공통 복장이어서 테마파크 전체를 헤집고 다녀도 별로 눈에 띄지 않거든요. 그냥 어디 직원이겠거니 하니까요. 언니는 익숙한 듯 분실물 센터로 들어가더니 구석에 '폐기 예정'이라고 붙어 있는 물건 함에서 뭔가를 꺼냈어요. 그건 정말 평범한 금속 줄이 달린 손목시계였죠.

　—이 시계, 뭔가 좀 이상하지 않아?

　언니의 말을 듣고, 좀 속물적이지만 저는 브랜드부터 확인했
어요. 사려면 만 원에도 살 수 있는 시계였죠. 아마 너무 흔해서,
잃어버린 이후에도 찾을 생각을 하지 않아 폐기함까지 오게 된,
그런 시계인 것 같았어요. 언니는 자세히 보라고 했어요. 그랬더
니 보이더라고요. 하루가 12시간이 아니라, 14시간으로 되어 있
는 것이요. 제가 눈을 크게 떴더니 언니가 웃었죠. 언니는 그 시
계를 다시 폐기함에 돌려놓았는데, 저는 그걸 슬쩍 주머니에 집
어넣었어요. 분실물 센터를 나오면서 언니가 태연하게 말하더라
고요.

　—분명 다른 세계에서 온 거야. 하루가 28시간인 곳에서.

　그 말이 이상하게 들려야 하는데, 제가 그 말을 곧바로 받아
들였다고 하면 두 분은 믿으실 건가요? 저는 주머니에서 슬쩍한
시계를 언니에게 보여주었고, 언니는 조금 놀란 얼굴을 하더니
키득 웃고 말았어요. 언니도 저와 비슷한 사람일 거라는 확신이
들었죠. 이 현실이 나에게 맞지 않다고 생각하는, 어딘가 내게
맞는 다른 세계가 있을 거라고 믿는 사람이요.

　그리고 언니가 저를 꺼림칙해하지 않았던 이유도 알 수 있었
죠. 언니의 마음은 다른 세계에 살고 있는 거예요. 이 현실이 아

니라 어떤 다른 차원에. 그래서 이곳의 사소한 문제, 사람들의 사소한 흠결 같은 건 언니에게는 아무것도 아닌 거예요.

—같이 할래?

언니도 제가 동족인 걸 알아본 게 분명했죠. 이연 언니의 웃는 얼굴에는 마법 같은 설득력이 있어서, 길게 잴 것 없이 고개를 끄덕이게 되고요. 그렇게 저는 언니의 비밀에 휘말렸어요.

저 사실은, 물건들이 반투막을 건너온다는 것을 안 순간부터 방법을 찾고 있었어요. 다른 세계로 넘어갈 방법이요. 하필이면 놀이공원에서 일한 건 그곳이 그나마 저를 현실과 단절시켜 주기 때문이었는데, 결국 나쁜 버릇도 못 고치고 사람들 앞에서 망신까지 당했더니 모두 버리고 도망가고 싶어졌어요. 어딜 가든 제가 망쳐버린 것투성이였거든요. 정말 다른 세계가 있다면, 아예 막을 넘어가면 다를지도 모르잖아요. 망치지 않은 곳이, 아직 기회가 남은 곳이 있는 거잖아요.

이연 언니도 그걸 원할 거라고 생각했죠.

자라온 환경이나 가정사 같은 건 서로 묻지도 않았어요. 도망치고 싶은 게 당연하다고 생각했거든요. 특별한 불행의 연쇄가 아니어도요. 다들 그랬던 적이 있지 않나요? 눈 감았다가 뜨면 다른 곳이기를 바란 적이요. 지금 여기만 아니면 좋겠다고, 제발

숨을 쉬게만 해달라고요.

언니와 물건들을 찾기 시작했을 때, 처음에는 다른 세계가 정말 있다는 것만으로도 들떴어요. 전엔 그런 것들이 곳곳에 숨어 있는 줄도 모르고 살았는데, '이상함'을 인지하기 시작하자 자꾸 눈에 들어왔죠. 이런 걸 도대체 어디 쓰나 싶었던 물건들이 자기 세계를 찾아주면 다 쓸모가 있었던 거예요. 그게 이상하다는 건 어디까지나 이 세계의 기준이었던 거죠. 이연 언니는 물건을 잘 찾아내기도 했지만 무엇보다 그 물건에서 세계 전체를 추론해 내는 일을 잘했어요. 가끔은 물건 자체보다 세계를 지어내는 데에 더 매료된 것 같았어요. 어떻게 그리 가뿐하게 해내는지 물었더니, 언니가 무슨 보드게임을 하면서 연습했다는 거예요. 보드게임에 관심이 없어서 그땐 농담인 줄 알았는데 지금 생각해 보니 그게 노바 파우치였나 봐요.

하지만 저는 그것만으로 만족할 수 없었어요. 그래봤자 저는 여전히 이 세계에 묶여 있고, 이 삶은 바뀌는 게 없잖아요? 좀 더 대단한 걸 원했어요. 저를 구원해 줄 무언가를요. 큰돈이 될 만한, 만병통치제 같은 걸 찾아내도 좋겠죠. 하지만 무엇보다 저는 막을 건너고 싶었어요. 사람이 양말이나 머리끈 따위보다는 훨씬 크지만, 그조차도 우주 전체에 비하면 어마어마하게 작은 거잖아요. 세계 사이의 반투막이라는 게 정말 있다면, 인간이 그걸 못 지날 만큼 크겠어요?

그 무렵 우리는 쓰레기 집하장을 서성이다 마주친 우리 같은 부류와 나눈 정보와, 예전이라면 괴담 취급했을 법한 온라인 포럼에서 얻은 토막글을 따라 한 골동품 가게를 찾아갔어요. 장사를 할 생각이 없는 것처럼 먼지 긴 문은 불투명했지만, 무작정 문을 열고 들어가자 주인 아주머니는 우리 얼굴을 보더니 한숨을 쉬며 우리를 안으로 들여줬어요. 시계와 나침반, 지도 같은 도구들이 많았는데 자세히 보니 전부 다른 세계에서 온 것처럼 이상한 모양새였죠. 카운터 앞 의자를 드르륵 끌어당겨 앉은 아주머니는 시큰둥하게 말했어요.

—딱 보니 초심자들인데, 이거 하나만 기억해. 대단한 물건은 애초에 못 건너와. 무슨 불로불사약이라도 찾아낼 것처럼 떠들썩하게 다니던 사람들, 지금은 다 손 뗐어.

아주머니는 우리 둘 중에서도 하필 저를 빤히 보더니 또 덧붙였어요.

—쓸데없는 생각은 하지도 말아. 사람은 당연히 못 건너가니까.

저는 울컥했어요. 아주머니가 뭘 잘못 아는 거라고, 애초에 사람들 대부분은 이런 현상이 있는 줄도 모르는데 어떻게 거기까지 아냐고 따져 묻고 싶었지만, 그 가게에 켜켜이 쌓인 먼지와 천장까지 가득 진열된 물건들이 제 입을 다물게 했어요.

물건들을 제대로 살펴보지도 않고 가게를 나오는데 이연 언니
는 의외로 무덤덤한 표정이었어요. 딱히 싫지도 좋지도 않고 그
럼 그렇지, 하는 얼굴.

—언니는 눈치채고 있었어요?

—응, 그럴 거 같았어.

—억울해요. 난 이 세계와 털끝만큼도 상호작용하고 싶지 않
은데. 그냥 막 너머로 사라지고 싶은데. 태어났다는 이유만으로,
여기 묶여서 건너갈 수도 없다니.

—맞아. 나도 그런 생각 많이 했었지.

이연 언니는 담담하게 대꾸하고는, 잠시 침묵했다가 말했어요.

—이상한 일이지만… 우리가 반투막을 통과할 수 없다는 건,
우리가 이 세계에 책임이 있다는 뜻인지도 몰라.

그땐 화가 나서 대답하지 않았는데, 하루이틀이 지나도 그 말
이 머리를 떠나지 않았어요. 언니가 생략한 말들이 자꾸 어깨에
들러붙었죠. 인간은 살아가는 매 순간 너무 많은 것들과 상호작
용을 하고, 너무 많은 것들을 상처 입히는 존재라고. 살기 위해
발버둥 치는 움직임마다 이 세계의 것들이 몸에 감겨든다고. 누
구도 원해서 태어나지는 않지만, 태어난 이상 이미 이 세계와 연
루되기 시작한 것이라고.

돌멩이처럼 사소해지면 건너갈 수 있는 게 아니라, 애초에 돌

멩이가 될 수 없기 때문에….

며칠은 울면서 지냈어요. 길가 화단에 놓인 자갈을 부러워하면서요. 어찌저찌 버티던 놀이공원 캐스트 일도 그때 그만뒀고요. 그러다가 갑자기 머리가 맑아졌죠. 한참을 울고 나면 머리도 아프고, 더 나올 눈물도 없고, 갑자기 이제 점심 뭐 먹지, 하고 정신 확 들 때 있잖아요. 꼭 그런 느낌이었어요.

저는 이연 언니에게 전화했어요. 반투막을 건널 수 있는 것은 세계와 아주 미미하게 상호작용하는 것들. 큰 쓸모가 없는 것들. 그걸 확인해 버린 지금 언니는 뭘 하려는 걸까. 이연 언니는 뜬금없이 폐품 처리 업체 아르바이트를 시작했다고 하더라고요. 그리고 그곳에서 재미있는 금속 배지를 발견했는데, 자신이 예전에 발견한 '녹색 세계'에서 넘어온 것 같다고 했죠. 햇볕을 쬐면 숫자가 올라가고, '잘하고 있습니다' 같은 글자가 희미하게 뜬대요. 언니는 아직도 그 물건들을 통해서 뭔가를 하고 싶은 모양인데 그게 뭔지는 알 수 없었죠. 제가 물었어요.

—있잖아요. 언니는 앞으로 뭘 할 거예요?

이연 언니가 뭐라고 답을 했더라. 잘 기억이 안 나요. 아마도 두서없는 말이었겠죠. 언니도 그때는 아직 생각이 잘 정리되지 않았나 봐요.

그래도 그건 기억해요.

보여주고 싶어, 하고 언니가 말했던 것이요. 이제 일해야 한다며 전화가 끊겨서 무엇을 누구에게, 어떻게 보여준다는 건지는 들을 수 없었지만요.

이후로 저는 서서히 물건 탐색에 흥미를 잃었어요. 이연 언니도 일주일 내내 놀이공원과 폐품 처리장으로 출근하니 언니랑 만나는 날도 적어졌죠. 전 이제 놀이공원 캐스트도 아니었고, 다니던 대학에선 진작 잘렸고, 당장 취업을 하려 해도 아무런 경력도 없는, 여전히 폭탄처럼 도벽증을 숨기고 다니는 형편없는 백수였어요. 그런데 정말 이상하게도 저 밖에 있는 세계들이 저를 현실에 붙들어 주더라고요. 늘 여기가 아닌 저곳, 지금이 아닌 다른 시간을 갈망해 왔는데, 그런 도피처는 없다는 사실이 저에게 얼음물을 끼얹은 것 같았죠. 가능성의 세계들이 있는데 그 세계들은 구원이 될 수 없고, 가능성을 실현하는 건 제가 살아가는 여기여야 했던 거예요. 그거 아세요? 얼음물 목욕을 하면 너무 고통스럽고 온몸이 덜덜 떨리는데, 그러고 나면 기분이 좋아진대요. 우린 어떻게든 고통에 적응해 살아갈 방법을 찾는 이상한 몸을 가졌나 봐요. 그 사실이 지긋지긋한데 또 저를 살게 했어요.

언니와 함께 물건 탐색을 다니던 시절 나누어 가졌던 물건들을 하나씩 골동품점에 팔거나 버리면서 문득 생소하게 느껴졌어요. 놀랍고 빛나는 것처럼 보였던 물건들이 더는 그렇게 놀랍지 않다는 것이요. 그 너머의 세계와 이야기를 상상하지 않으면, 평범한 소품점에 놓인 기이한 오브제와 별반 다를 바 없는 모양새였죠.

집 앞 편의점 야간 아르바이트를 시작하고, 병원에 가서 상담을 받고, 이연 언니에게 전화를 걸어 말했어요. 당분간 약물 치료를 받으려고 한다고, 언니랑 폐품 더미를 헤집고 다니는 건 더는 하면 안 될 것 같다고요. 언니가 어쩐지 그럴 것 같았다고 웃으며 말문을 열었죠.

—승희 네가 전에 물어봤잖아. 앞으로 뭘 할 거냐고. 그래서 나도 생각해 봤는데….

언니는 새로 하고 싶은 일이 생겼다고 했어요. 지금까지는 하나의 물건에서 하나의 세계를 추론했는데, 요 몇 달간 '녹색 세계'라는 곳에서 넘어온 것으로 보이는 물건들을 여럿 발견했대요. 당분간 물건과 물건들을 엮어서 하나의 세계를 구체적으로 그려나가는 일을 해보려고 한대요. 그건 너무 머리 아픈 계획 아니냐는 제 말에 언니는 또 웃었죠. 아, 그때 언니가 그런 말도 했던 것 같아요. 물건들을 보관해 둘 만한, 버려진 공간 하나를 사들일지 고민하고 있다고. 언니 성격에 분명 관리도 안 될 거라며 저는 말렸었는데….

—정리되면 초대할게. 꼭 와야 해.

전화를 끊고 나서 알게 됐어요. 건너온 물건들에 의미를 깃들게 했던 건, 그 사소한 물건들이 커다란 세계를 품게 했던 건 이연 언니였구나. 언니가 부여한 세계와 이야기가 아니었다면 그것들은 반투막을 건너왔더라도 아무런 의미가 없었겠구나. 그리고 어쩌면 땅에 발을 못 붙이고 풍선처럼 떠다니던 이연 언니를 이 세계에 붙들어 매주었던 것도, 그 이야기들이었을지 모른다는 생각을 했죠. 저는 지금까지 허구인 줄 알았던 진짜를 발견하고 있다고 믿었는데, 사실은 그 발견조차도 허구의 이야기에 기댄 것이었고, 우리가 발견하고, 때로는 사랑했던 그 세계들이 정말로 있는지 없는지는… 결국 영원히 확신할 수 없는 것이겠구나.

그게 어쩐지 좋았어요. 정말로 있거나 없는, 둘 중 하나인 것보다는요.

있잖아요. 저는 이연 언니가 정말 우연한 사고로 죽은 건지, 스스로 다 계획한 건지, 실수였는지, 충동이었는지 그런 것까지는 잘 모르겠어요.

어떤 죽음은 명확하게 해명될 수 없는 건지도 몰라요.

진짜인지 아닌지를 영원히 알 수 없을 그 세계와 이야기들처럼요.

살고 싶었던 언니, 하고 싶은 일이 있었던 언니, 세상에 속한 느낌을 받지 못했던 언니, 잘 웃던 언니와 잘 울던 언니, 전부 다 우리가 알던 최이연이잖아요.

지금 우리가 알 수 있는 건 딱 하나뿐이죠.

이연 언니가 우리를 이곳으로 불렀다는 것 말이에요.

*

'비가 오는 날만 켜지는 라디오.' 그건 노바 파우치의 주머니에서 뽑은 조합이었다. 그 토큰들을 뽑은 다음에 이연은 꽤 오랫동안 생각에 잠겨 있었다. 빗소리가 들렸고 보민은 꾸벅꾸벅 졸면서 이연을 기다렸는데, 그냥 오늘은 이대로 까무룩 잠이 들어도 괜찮을 것 같다는 생각이 들었을 때 이연이 입을 열었다.

—오래전부터 생각했던 세계가 있어. 그곳 사람들은 열두 살이 되면 '녹색'이 될지를 결정해야 해. 녹색은 먹지 않아도 살아갈 수 있는 사람들이지. 광합성을 할 수 있게 엽록소를 피부에 심거든. 먹을 것도 부족하고, 전력 수급도 어렵고, 모든 게 엉망이 된 세상에서 녹색은 스스로 자신을 먹일 수 있는 자유로운 존재인 거야. 녹색들이 많이 모여 있으면 꼭 숲처럼 보일 거야.

녹색들은 햇볕을 따라 이동하지. 해가 뜰 때 눈을 뜨고, 해가 지면 잠들 거야. 그리고 비가 오는 날만 켜지는 라디오를 들으며 낮잠을 자겠지.

보민은 오늘 같은 날에 제법 어울리는 이야기라고 생각하고는 곧 잠들어 버렸다. 그 이야기마저도 곧 잊었다. 아마도, 낭만적이지만 어떤 세계가 그렇게 낭만적이기만 할 리는 없다고 생각했던 것 같다. 다시 그때를 떠올린 건, 어느 날 이연이 뺨이 잔뜩 상기된 채로 밤늦게 집에 들어온 날이었다. 이연은 자신이 우연히 물건 하나를 주웠는데, 그게 꼭 예전에 상상한 녹색들이 사는 세계에서 온 것 같다고 말했다. 물건에서 세계를 발견하기도 하지만, 가끔 세계를 먼저 그려놓고 나면 그 세계의 물건들이 뒤늦게 눈에 들어오기도 하는 것 같다고.

이연은 여러 달에 걸쳐서 이상한 물건들을 계속 가져왔고, 그중 일부에 대해서는 보민에게 이야기를 들려주었고 또 몇 개는 직접 보여주기도 했다. 햇볕 아래 오랜 시간 놔두면 초록색에 웃는 얼굴이 뜨고, 그늘에 놔두면 빨간색에 화난 얼굴이 뜨는 반투명한 배지. 물에 젖었을 때와 말랐을 때 무늬가 다른 망토 같은 것들. 언뜻 보면 재미있지만 쓸데없는 물건을 파는 온라인 숍에서 팔 법한 소품들이었다. 보민은 이연이 또 자기 공상에 잠겼구나, 하고 이연의 말을 들었을 뿐이다. 당연하게도 녹색 세계가 존재한다고 생각한 적은 없었다. 그런데 보민이 이연의 말들을 흘려듣는 동안 이연의 세계는 점점 구체화되었고 하나의 이야기가 되어갔다.

—그러니까, 사실은 평화롭고 낭만적인 곳이 아니었던 거야. 그곳에는 구름 관찰자도 있고 광합성 감시인도 있어. 녹색은 단순히 자신을 먹여 살릴 수 있는 사람들이 아니라 전력을 만들 의무를 가진 계급이고, 원하지 않아도 살아남기 위해 전환해야 했던 사람들이지. 그 지역의 미기후를 관찰하는 구름 관찰자들의 조언을 따라 햇볕을 부지런히 따라다녀야 하고. 이 배지도 녹색들이 제대로 일하는지, 쓸모를 증명하고 있는지 확인하기 위한 감시 배지였을 거야.

이연의 이야기를 들으며 보민은 때로 묻고 싶었다. 이연은 수없이 많은 세계를 상상하는데, 왜 그런 세계들에 매료된 걸까? 그곳들은 유토피아도 아니고, 이곳보다 더 아름답거나 더 낭만적이지도 않고, 약한 사람들에게 특별히 더 상냥하지도 않고, 여기와 같은 고통과 억압과 불행이 존재하는데, 어쩌면 더 버겁고 숨 막히는 형태로. 그곳에 사는 사람들에게는 그 세계 역시 벗어나고 싶은 새장일 텐데. 단지 지금 이곳이 아니기만 하면 되는 건가? 보민은 이연이 흩어지고 달아날까 봐 무서웠고, 붙잡고 싶었다. 또 말하고 싶었다. 다른 세계 말고, 그 세계의 빛과 그림자 말고, 지금 여기 있는 네 얘기를 하라고. 그래서 보민은 물었다.

　―만약 이연 네가 그 세계로 가면, 녹색이 될 거야?

　이연이 곰곰이 생각하더니 대꾸했다.

　―선택의 여지가 없겠지? 대부분 떠밀리듯 녹색이 될 테니까.

　―그래도 선택할 수 있다면?

　―음, 나는….

　이연은 의자에 등을 기댄 채 생각하고 또 생각하다가 말했다.

　―녹색이 될래.

　―왜, 광합성을 하려고?

　―아니. 구름 관찰자를 만날 거야.

　―그런 다음엔?

　―비구름이 다니는 곳을 알려달라고 할 거야. 그래서 온종일 비 오는 곳만 졸졸 따라다닐 거야. 광합성은 안 할 거야. 내가 숨 붙어 있을 만큼만, 몰래 할 거야. 비가 아주 잠깐 갤 때만.

　―진짜 어이없네. 왜 굳이 그러는데?

　―음, 그건 아마도….

　이연이 진지한 표정을 하더니 곧 장난기 어린 웃음을 지었다.

　―쓸모를 증명하라고 말하는 세계에 저항하려고.

　그 이유가 너무 철없고 황당해서 보민은 나 참, 하고 고개를 내저었다. 이연은 깔깔 웃었다. 정말로 심각한 일은 하나도 없는 것처럼. 모든 것이 농담인 것처럼. 녹색 세계도 구름 관찰자도 모두 가볍게 지어낸 상상인 것처럼. 이연이 그러는 걸 보니 애초에 지금까지 들려준 이야기도 전부 하나의 농담이었구나 싶어 보민은 픽 웃으며 소파에 기대 누웠는데, 갑자기 이연이 자세를 고쳐 앉으며 물었다.

—보민 너도 거기 있을까?

—글쎄.

—있잖아, 만약 우리가 거기서 만나면 말이야.

—응.

—너도 동참해야 해.

—나도?

—우리 같이 비구름을 따라가자.

보민은 이연의 얼굴을 빤히 보았다. 순간, 이연이 진심인지 장난인지 알 수 없었다. 보민은 이연이 자신과 너무 다른 사람이어서 좋았고 또 슬펐다. 그런 이연을 붙잡을 수 없어서 괴로웠고, 그래도 이연이 아직은 여기에 있어서 안도했다. 보민은 무어라고 말할까 망설이다가 입을 다물고, 또 망설이다 입을 다물었다. 비구름을 따라가는 게 무슨 의미가 있느냐는 질문은 필요 없겠지. 녹색이 되어서 비구름만 따라다니면 녹색 몸은 더 짙게 물들고, 더 쓸모를 잃겠지만, 분명 자유롭겠지. 언젠가 이연이 말했다. 어떤 세계에서든 거기 속하지 못한 사람들이 있는 거야. 밤하늘만 올려다보는 사람들이 있는 거야. 그러니 서로 닿을 수 없어도 먼 곳의 별처럼 말해줄 수는 있겠지. 다른 가능성이 있다고. 그곳이 전부가 아니라고.

보민은 이연의 눈을 들여보았다. 깊이 보고 있으면 녹색을 발견할 것 같았다.

—알겠어, 꼭 그럴게.

낮게 대답하고 보민은 눈을 감았다. 녹색 잔상이 남았다.

*

어디선가 축축한 비 냄새가 느껴졌다.

약간 서늘해진 공기에 보민이 고개를 들었을 때, 투둑 툭 하는 빗소리가 들리기 시작했다. 보민은 그 빗소리에 귀를 기울였다. 그러자 조금 이상하게도 그 툭 툭 건드리는 소리 사이에 작은 말소리가 섞인 것처럼 들렸다. 정 실장과 승희도 그 소리를 들은 건지는 알 수 없었다. 두 사람은 각자의 이야기를 마치고 잠시 입을 다문 채였다. 빗소리가 들리는데도 실내는 아까보다 그다지 어두워지지 않았다. 가끔은 비구름 사이로 해가 비치는 일도

있으니까. 보민은 눈을 감고 이곳의 냄새를, 공기를, 소리를 짚
어보았다.

여전히 긴 침묵이 세 사람 사이에 있었다.

그렇다면 이 소근거림은 어디서 오는 걸까.

"건너편 세계의 이연 언니가 우리를 여기로 불렀을 거예요."

승희가 말했다. 보민이 그 말에 눈을 떴다.

"저는 다른 세계에 이연 언니가 살아 있을 거라고 생각해요.
지금 이곳이 아닌 다른 세계에, 사고를 당하지 않은, 아니면 어
떤 이유에서든 사고에서 살아남은, 어쩌면 살기로 결심한 언니
가 있는 거예요. 그리고 그 건너편 세계의 언니들이… 우리에게
초대장을 보낸 거예요."

그건 보민도 믿고 싶었던 바였다. 하지만 여전히 마음에 걸리
는 것이 있었다.

"어떤 물건을 일부러 막을 넘겨서 보낼 수는 없다고 했잖아요.
아주 사소하고, 눈여겨보지 않을 정도로 흔해야 건너갈 수 있다
면서요."

보민의 말에 승희가 고개를 끄덕였다.

"맞아요. 그래서 언니는 아주 많은 초대장을 써야 했을 거예
요. 정말 너무 많아서, 그중 한두 장쯤은 막을 건널 만큼 흔하고
사소해질 정도로 수없이 썼을 거예요. 그리고 겨우 일부가 막을

건너온 거죠. 봐요. 우리가 가진 초대장, 날짜와 시간이 비슷하지만 다 달랐잖아요. 이곳 세계와 막을 사이에 둔 무수히 많은 세계에서, 이연 언니가 초대장을 썼을 거예요. 자신이 죽고 떠난 이 세계의 우리를 초대하려고요. 그러니까 언니는… 여기로 우리를 꼭 불러야만 했던 이유가 있었던 거예요."

"그럼 그게 뭘까요?"

보민은 아직도 승희의 말이 잘 믿어지지 않았다. 그 모든 이야기를 듣고 모든 일들을 겪었는데도 보민은 여전히 현실에 묶인 사람이었다. 그럼에도 지금 할 수 있는 것은 믿는 일뿐이었다. 사소한 것들이 세계의 막을 건너온다는 것을, 저 너머에는 죽지 않은, 살아가기로 결심한 이연들이 있다는 것을. 그리고 그 이연이 세 사람을 이곳으로 초대했다는 것을.

보민이 자리에서 일어났다.

"저기, 두 분도 빗소리가 들려요?"

"네. 비가 오기 시작했나 봐요. 그런데 왜…."

의아해하는 승희의 시선이 보민을 향했다. 보민은 잠겨 있던 문을 향해 걸어갔다.

이곳이 정말로 이연이 사들이려고 했던 그 버려진 공간이라면.

세 사람에게 이연이 꼭 보여주고 싶은 것이 있었다면….

보민은 문 앞에 섰다. 이번에는 문이 아니라 문 옆을 짚어보았다. 검은 막의 질감이 먼저 손에 닿았고 그 뒤의 벽이 느껴졌다. 툭툭, 두드려 보니 벽에서 빈 것 같은 소리가 났다. 정 실장이 보민의 행동을 보면서 말했다.

"만약 가벽이라면, 장비를 가져오면 부술 수 있을 겁니다."

"뒤에 뭐가 있는지 모르잖아요. 게다가 이연 언니의 공간이라면 부수고 싶지 않아요."

"그렇지요. 무엇보다 여기가 이연 씨의 공간인지도 확인을 해야 하고요."

등 뒤에 따라붙는 정 실장과 승희의 말을 흘려들으면서 보민은 계속 검은 막을 툭툭 쳐보았다. 그러면서 옆으로 조금씩 향했다. 가벽에 한 사람 넘어갈 정도의 구멍만 낼 수 있는지에 대해 토의하던 두 사람은 보민이 똑같은 행동을 반복하자 입을 다물었다. 보민을 바라보는 두 사람의 시선이 느껴졌다.

보민은 계속해서 옆으로 향했다.

이연이라면 어떻게 했을까?

이연은 이곳에서 무언가를 보여주고 싶었다. 보민은 검은 막 가까이에 귀를 가져다 댔다. 빗소리가 들려왔는데, 마치 이쪽 너머에서 들려오는 것 같기도 했다. 그리고 소근거림이 섞여 있었다. 보민은 막을 건드리고, 또 건드려 보다가 어느 지점에서 멈추었다.

한순간 막 일부분이 반투명해 보였다. 밖에서 비치는 희미한 햇빛 때문인지도 몰랐다.

"어렵게 생각했어요."

보민이 말하며 벽을 향해 걸어갔다.

"문이 아니라 막이었는데."

보민이 망설임 없이 벽으로 몸을 밀어붙였을 때 뒤에서 승희가 놀라는 소리를 냈고, 길고 검은 장막이 보민의 몸을 온통 휘감았다. 막 너머에 뭐가 기다리는지, 디딘 발밑에 땅이 있는지 없는지 모르지만 때로는 그렇게 무작정 내디뎌야만 했다. 감긴 장막에 숨이 막혀 답답해질 무렵이었다. 막이 걷히면서, 보민의 눈앞에 다른 풍경이 나타났다.

창고의 안쪽이었다.

부서진 구석 천장을 통해 희미한 빛이 들어왔다.

바닥에는 물이 고여 곳곳에 풀들이 자라 있었다. 낡고 녹슨 선반들이 줄지어 서 있었고 그 위에는 다른 세계의 물건들이 놓여 있었다. 보민은 곧바로 그 물건들을 알아볼 수 있었다. 한때 이연의 방에 쓰레기 더미처럼 그저 쌓여 있었던 잡동사니들. 하지만 이제 그 물건들은 전혀 다른 방식으로 배치되어 있었다. 질서와 맥락을 가지고, 하나의 이야기와 세계를 형성하며 놓여 있었다. 보민은 알 수 있었다. 이곳이 이연이 상상했던 세계로 가득하다는 것을. 선반마다 건너온 물건들과 그 물건들의 연결이 만들어 내는 세계가 깃들어 있었다.

가볼 수도 없는 너머의 세계들이 누군가를 구할 수 있을까?

보민은 아직도 대답할 수 없었다. 그러지 못한다는 게 답일 수도 있었다. 그 세계들이 있는데도 이쪽 세계의 이연은 떠났다. 그럼에도 저 너머 세계의 이연이 보민을 이곳으로 초대했다. 보여주고 싶어. 이연을 붙들어 주었던, 이연을 살게 했던 그 세계들을 보여주고 싶어서.

뒤돌아보니 막을 건너온 정 실장과 승희가 있었다. 둘 다 놀란 얼굴이었다.

구석을 응시하던 정 실장이 천천히 선반 하나를 향해 다가갔다. 노바 파우치의 또 다른 토큰들이 선반에 놓여 있었다. 승희는 시계와 나침반이 놓인 선반 앞에 멈춰 섰다. 아마도 승희가 이연과 함께 물건을 찾아다니던 시절에 모은 것들 같았다. 언젠가 이연은 보민에게 건너온 물건들이 너무 사소하기 때문에, 다시 원래 있던 세계로 반투막을 통과해 가버리기도 한다고 말했었다. 하지만 이 물건들은 돌아가지 않고 여기 남았다. 이연이 발견했고, 소중히 여겼고, 그 물건들에 이야기를 부여했기 때문에. 그래서 다시는 사소해질 수 없었던 것이다.

모든 물건들에 이연이 사랑했고 이연을 붙잡아 주었던 이야기가 담겨 있었다.

왜 어떤 사람들은 가볼 수도 없는 너머의 세계에 매료되고, 그 세계들에 기대어 일생을 살아갈까. 보민은 물건들 사이를 걸었다. 그러면서 생각했다. 어쩌면 갈 수 없어서. 별들처럼 닿을 수 없지만 빛을 내고 있어서. 이야기로 진공을 채워 넣을 수 있어서. 그러나 그 이야기가 진짜인지 아닌지는 영원히 알 수 없을 것이어서.

빗소리에 섞여 들리던 희미한 말소리가 아까보다 선명해졌다. 라디오 소리였다.

보민은 소리가 들리는 쪽으로 가까이 다가섰다. 오래된 라디오에서 지지직하는 소음과 드문드문 끊긴 말소리가 들렸다. 바닥 시멘트를 뚫고 자라난 덩굴줄기가 선반을 칭칭 감고 있었다. 보민은 그 선반 앞에서 잠시 말문이 막혔다. 녹색들은 비가 오는 날만 켜지는 라디오를 들으며 낮잠을 자겠지. 구름 관찰자와 녹색들의 세계였다. 이연의 이야기가 시작되었던 배지와 망토와 막대 같은 물건들이 선반에 놓여 있었다. 정말 어딘가에 그 세계가 있을까? 그곳에도 이연과 보민이 있고, 두 사람은 만났을까? 함께 비구름을 따라다닐까?

알 수 없었다. 막을 건너온 것은 사소한 물건들, 그 너머에 존재하는 것은 거대한 세계와 사람들. 할 수 있는 것은 오직 상상하는 일뿐.

보민의 어깨에 물방울이 툭 떨어졌다. 바로 앞 바닥에 고인 물 웅덩이에도 잔물결이 일었고 몸을 감싸는 약한 바람이 느껴졌다. 부서진 창고 천장으로 바깥 공기가 들어오는 것 같았다. 내일도 이곳에 오려면 더 도톰한 겉옷이 필요할 거라고 생각하면서, 보민은 고개를 들어 위를 올려다보았다.

그곳에 있었다. 비구름과 햇볕이.

할 수 있는 일은 오직

이 소설은 작업하는 데 무척 오래 걸렸다. 한국과학문학상으로 데뷔하고 작품 활동을 한 지도 어느새 8년째, 그동안 단편을 많이 써봤으니 이 정도 분량에 이만큼 시간을 들이면 충분히 완성할 수 있겠다는 판단으로 여유 있게 계획했는데, 어느 것 하나 계획한 대로 되는 게 없었다. 일상이 그럭저럭 이어질 거라는 믿음이 통째로 흔들리는 일련의 사건들(내란을 비롯한 이후의 여러 사태들)이 있었고, 개인적으로 감당해야 할 큰 일도 겪었다.

잠시 정신을 차리고 보니 몰려드는 출장과 행사 일정 사이에 노트북을 내내 끼고 살았다. 기차에서, 비행기에서, 출장지 숙소에서, 강연 대기실에서, 택시에서 틈만 나면 소설을 들여다보았다. 마음처럼 소설이 끝나지 않아서 난감한데, 그 사이에는 이런 마음도 있었다. 이 소설을 계속 쓸 수 있어서 좋다고. 영원히 써도 괜찮겠다고. 다행인지 아닌지 앤솔러지 출간 일정이 이미 잡혀 있어서 영원히 쓰지는 않았다. 관대하게 기다려 주시면서도 현실적인 마감 시일을 명시해 준 편집자님 덕분에 나도 궁금했던 '비구름'의 결말을 볼 수 있었다.

부서진 천장으로 비가 새어드는 그 창고를 빠져나와 돌이켜 보니, 이 글을 그렇게 오래 붙들고 있었던 이유를 뒤늦게 알 것도 같다. 데뷔한 이후로 나는 늘 "왜 이런 이야기를 좋아하세요?"라는 질문을 듣고 살았다. 하필이면 왜 현실이 아닌 다른 세계를, 너머의 이야기를, 비현실과 낯선 시공간의 이야기를 쓰냐는 물음인데, 딱히 날카로운 질문은 아니었지만 어쨌든 늘 대답할 말을 고르기가 곤란했다. 그냥 재미있어서, 현실을 한발 떨어져서 볼 수 있어서, 다른 세계를 여행하는 느낌이 좋아서…. 다 진심으로 한 대답이었는데, 어딘가 찝찝했다. 진심이라는 게 양파처럼 여러 겹을 가지고 있다면 아직 속 알맹이를 꺼내보지 못한 기분.

「비구름을 따라서」는 그 마음을 들여다보려던 시도였다. 그러니까 "왜 이런 이야기를 좋아하세요?"라는 질문에 대한 답을 찾겠다는 게 아니라, 왜 그런 질문에 그토록 대답하기가 어려울까,

하는 의문을 파고들어 본 것이다. 「비구름을 따라서」에서 이연이 너머의 세계에 매료되는 이유는 어디까지나 이연의 이유이고, 심지어 이연 자신의 목소리로는 한 번도 말한 적이 없다. 「비구름을 따라서」를 완성한 이후에도 나는 "왜 이런 이야기를…"이라는 질문에 명쾌하게 답할 말을 아직 찾지 못했다. 이럴 수도 있지 않을까? 저럴 수도 있지 않나? 진실일 수도 아닐 수도 있는 추측만 무성할 뿐.

어쩌면 지금껏 써온 이야기와 써나갈 이야기가 각각 다른 방식으로 그 질문에 다른 답을 하고 있는지도 모른다고 생각하면서, 정작 이야기 바깥에 있는 나는 앞으로도 제대로 된 대답을 못 할 거라고도 생각하면서, 상상하는 일의 거대한 무력함과 미약한 힘을 곱씹는다. 왜 나는 그 미약한 힘을 자꾸 믿고 싶어 하는지에 대해서도.

우리를
아십니까

제4회 한국과학문학상
장편 부문 수상작

'상상하고 쓰는 사람'으로
소개되고 싶은 소설가.
여전히 외계인과 지구의
마지막을 상상한다.

천선란

이혼하기 싫어서 스스로 죽어버린 아내와 내가, 거북이를 바다에 방생한 기록을 담았다.

더 짧게는 좀비가 된 두 여자와 거북이의 기록이다.

거북이 이름은 장수풍뎅이. 줄여서 장풍.

우리의 이름은….

*

어디서부터 설명해야 할지 모르겠다. 내가 정확한 어순과 단어로 이야기할 수 있을까. 문제는 이야기가 샛길로 빠진다고 해도 그걸 알아차리지 못할 것 같다는 점이다. 하지만 무슨 상관인가. 말이 뒤섞여도 어차피 이 말들은 모두 내 중얼거림일 뿐이다. 매일 아침 검진표를 따라 읽으며 달달 외우던 순간처럼.

동료나 환자, 보호자에게 설명하지 않아도 되는 유일한 시간. 탈의실 캐비닛에 붙은 거울을 보고 머리카락이 흘러내리지 않게 머리끈으로 단단히 조이며 홀로 검진표를 읊조리던 그 시간을 좋아했다. 말에 어떤 무게도 실리지 않은 순간이었다. 그리고 그 시간이 끝나갈 때면 검지에 묻힌 립밤을 입술에 풀칠하듯 발랐다. 이제부터는 입을 조심해야 했기 때문이었다. 사실일지라도 발설을 보류해야 하는 곳이 병원이었다. 내 말 한마디에 누군가가 천당과 지옥을 오간다. 눈앞에서 순식간에 나락으로 떨어지는 표정을, 환희의 빛에 휩싸이는 순간을 몇 번 목격하면 종교가 없어도 자연스럽게 천당과 지옥 정도는 믿게 된다. 신은 모르겠지만. 나로선 신이란 있으면 밉고 없으면 야속하다고 생각하는 정도였다.

기억은 드문드문하다. 시골 밭, 1차선 도로에 띄엄띄엄 세워진 가로등 같다. 그마저도 구청에서 전기를 절약한다는 명목하에 세 개 건너 하나꼴로 켜놓은 것 같은, 그런 기억들만이 남아 있다. 가로등 아래에는 연극 무대 위에서 동작을 멈춘 배우들 같은 인물들이 서 있다. 언젠가 저런 연극을 봤던 기억이 있다. 반지하층, 관객석 50석짜리의 조그만 극장이었고, 60분짜리의 짧은 연극이었다. 두 인물이 나와 치열하게 싸운다. 무엇 때문에 싸웠는지 내용은 기억나지 않는다. 그러다 순식간에 모든 것이 멈춘다. 헛기침도 소음처럼 들리는 정적. 일시 정지 버튼을 누른 것만 같은 그 순간, 무대를 방관하며 지켜보던 관객들도 순식간에 등장인물의 일부분이 되어 무대의 소품이 된다. 정적을 깨지 않기 위해 침도 삼키지 않는다. 눈동자까지 움직이지 않던 배우들을 보며 속으로 연신 놀라움을 삼키다가 옆에 앉은 이의, 그러니까 내 아내의 손에 깍지를 꼈다. 무대 카메라를 피해 은밀하게. 이를테면 사극 촬영 현장에서 몰래 핸드폰을 만진다거나 시체 역할 중에 몰래 눈을 깜빡이는 쾌감을, 그와 동시에 맞닿은 손바닥이 저려 올 정도로 강한 욕망을 느꼈다.

연극이 끝난 후 우리는 연극가 근처에 자리 잡은 모텔로 향했다. 최신식 OTT 상영이 가능하다는 광고판이 주차장과 출입구가 혼용된 공간에 큼직하게 붙어 있었고, 주차장의 검은 가림막 너머로 이곳과 어울리지 않아 보이는 외제 차 두 대가 주차되어 있었다. 안으로 들어가자, 무료로 이용할 수 있는 스낵 코너가 바로 보였다. 꺼진 팝콘 기계 안에 눅눅하게 식은 팝콘이 있었고, 그 옆으로 간단히 요기를 할 수 있는 간식들과 생수가 놓여 있었다. 그리고 페인트칠을 새로 한 듯 흡사 드라마 세트장같이 알록달록 꾸민 카운터가 우리를 기다리고 있었다.

부끄러워하는 어린 커플들과 달리 우리 손에는 편의점에서 산 맥주와 안주가 들려 있었다. 모텔 카운터 직원은 방 키를 건네며 배달 음식 드신 후에 남은 음식물이랑 쓰레기는 주차장 쪽 분리 수거장에 전부 처리해 달라고, 방에 그냥 두고 가지 말아 달라고 당부했다. 배달은 고사하고 사 온 맥주와 안주도 다 못 먹고 밤새 몸을 부대끼며 물고 빨 생각뿐인 우리였지만 그의 눈에는 연극을 본 후 집에 갈 체력이 없어 맥주에 배달 음식이나 시켜 먹다 지쳐 잠들 30대의 체력 부족한 친구 사이로 보였을 테지. 싫지는 않았다. 섹스하러 왔냐는 식의 눈빛을 받는 것보다야 쾌적했다. 그렇다고 유쾌한 건 아니어서, 나도 모르게 직원이 내민 키를 낚아채듯 받았다. 평소 같았으면 네, 고마워요, 하든가 네, 알겠어요, 하고 대답한 다음에 한마디라도 더 붙였을 테지만 직원에게는 네, 하고 단답형으로 치졸한 대답만 한 후 돌아섰다. 그런 오묘한 기분에 휩싸여 엘리베이터를 기다리는데, 우리 다음으로 들어온 여남 커플을 대하는 직원의 태도가 우리를 대할 때와 별반 다르지 않은 걸 보았다. 직원은 모텔에 출입하는 누구에게나 그런 식의 무미건조한 태도를 일관하고 있던 것이다.

모텔 방으로 들어서자마자 아내와 입을 맞추며 물었다.

'아무도 차별하지 않는데 차별받은 느낌에 화가 나는 것만큼 추한 건 없을 거야.'

아내는 진득하게 입을 맞추다, 잠시 숨을 돌릴 때 되물었다.

'차별받은 느낌이 들면 차별한 거지, 차별한 사람은 없다는 게 뭔 말이야?'

'있어. 자존감이 낮으면 그래. 상대방은 아무 생각도 없는데 나 혼자 판단하고 생각해서 슬퍼하고 화내는 거. 아까 그 모텔 직원. 나는 그 사람이 우리를 당연하게 친구로만 봐서 화가 났거든? 밤 10시에 성인 둘이 모텔로 왔는데도. 그래서 냉랭하게 대했는데 뒤에 들어온 헤테로한테도 똑같이 대하더라. 직원한테 싸가지 없게 대한 내가 너무 창피해. 나보다 나이도 어려 보이던데.'

'너는 좀⋯,'

아내가 머리를 긁적이며 말했다.

'과하게 생각하고, 과하게 반응하는 경향이 있는 것 같아. 싫다는 건 아니고, 그냥 그렇다고. 알아는 둬. 뭘 그렇게 신경 써. 어차피 그 직원은 우리 얼굴 기억도 못 할 텐데.'

'병인가?'

'예민함의 스위치가 남들보다 잘 작동하는 거겠지. 그럴 수밖에 없었잖아. 한국에서는 여자고, 세계에서는 아시아인이고, 성애로는 동성애고, 직업은 또 환자 걷는 것도 불안해하며 봐야 하는 간호사야. 그 정도의 예민한 스위치가 아니면 분명 뭐 하나는 말아먹었을걸? 그것도 대차게. 너를 살린 고마운 감각이라 치자. 저 직원한테는 미안하지만.'

그렇게 말하고 아내가 내 뺨과 어깨, 가슴과 배꼽에 입을 맞추었다. 입술이 닿는 곳에 온기가 돈다. 나를 살린 예민함의 스위치를 아내가 하나씩 끄고 있다.

우리가 보낸 그날의 밤이 이 기억의 가로등 한 칸을 차지하고 있다. 스포트라이트 받는 나체의 두 여인. 내 목을 만지는 척 목에 붙은 파스를 어루만지고 있는 아내의 손이 보인다. 아내는 손목에 파스를 붙이고 있다. 해외 프랜차이즈 커피숍에서 5년째 일을 하는 아내는 재작년에 매니저가 되어 지점 하나를 통으로 관리 중이었다. 원래는 상품 디자이너였다. 대학교를 졸업하자마자 K팝 엔터테인먼트에서 외주를 받아 상품을 제작하는 일을 3년 정도 해왔는데 상대 업체의 이상한 갑질과 도통 오를 기미가 보이지 않는 연봉, 그와 상대적으로 나날이 늘어가만 가는 야근에 일을 그만두었고, 구직을 위해 매일 아침 카페로 출근했다가 그곳에서 파트너를 구한다는 공고를 보고 그대로 입사했다. 연봉은 처음엔 이전 회사와 비슷했지만 해외 기업이었기에 최저임금에 맞춰 착실히 올랐고, 커피가 너무 뜨겁고 차갑다며 이상한 이유로 딴지를 거는 손님은, 자정에 전화로 이미 협의해서 넘긴 기획서를 다시 해달라던 본사 직원에 비하면 천사라던 아내의 말이 기억난다. 대학교에서 내내 배웠던 디자인을 쓰지 못하는 것이 아깝지 않냐고 물었던 적이 있었다. 간호학과에 진학해그곳에서 겪은 시험과 실습 등 그 모든 것이 고통이었기에 그것을 무용하게 만드는 일은 꿈에서도 일어나게 하지 않으려 애쓰던 나로서는 당시 아내의 결단이 경솔하고 무모해 보이면서도 한편으로는 신기하고 부러웠다. 아내는 디자이너를 포기한 게 아니라고 대답했다. 그 감각을 이용해 상품 진열을 더 감각적으로 한 결과 다른 지점들보다 오프라인 상품 판매가 더 월등했으며, 이를 토대로 나중에는 본사에 직접 디자인한 상품 기획안을 넣어볼 참이라는 계획을 이야기해 주었다.

'어떻게든 하고 싶은 걸 결국 하게 될 거야.'

저 목소리. 피투성이가 되더라도 기어코 세상의 불평등을 밟고 올라서서 승리의 깃발을 거머쥐겠다는 확신의 목소리.

'그 전에 하고 싶은 게 있어.'

'뭔데?'

나를 넘어뜨린 건 저 목소리였다.

'너랑 결혼.'

16년 전에.

'사랑해.'

너무 직설적인 단어를 들어버려 아무 반박도 하지 못하고 있으니, (당시 학생이었던) 아내는 쐐기를 박고 싶었는지 더 또박또박 말했다.

'여자 싫다는 생각 안 해봤으면 내 고백 진지하게 생각해 봐. 싫었어도 어쩌면 지금은 괜찮을지도 모른다고 고민해 봐.'

'언제부터 좋아했어, 나를?'

'입학식 때부터.'

'내일이 졸업식인데 왜 지금에야 말해?'

'내일이면 못 보는 사이가 되어야 네가 도망치지 않고 고민할 거잖아. 다음이 없어야 마음이 다급해지니까. 사람은 다급해질 때 진심을 잘 마주하거든.'

그 말이 맞은 건지, 아니면 내가 그 말에 현혹되어 착각한 건지는 모르겠지만 나는 그날 밤, 마치 나도 아내를 그간 무척 신경 써왔고, 아내가 아니면 안 될 것 같다는 절박함이 들었다. 졸업식을 마치자마자 꽃다발을 들고 아내를 찾아갔다.

내가 가자마자 아내가 웃으며 물었다.

'여자랑 키스해 본 적 있어?'

'없어. 너는?'

'나도 지금이 처음이야.'

문제가 있다. 이 모든 기억을 떠올리는 와중에 단 하나, 유일하게 떠오르지 않는 것이 있다.

아내의 얼굴이다.

가로등 밑 나체의 두 여인. 저렇게 스포트라이트를 받는 장면이라면 내 인생에서 분명 손에 꼽을 만한 중요한 순간이라는 것일 테고 가로등 밑의 대부분 순간에 아내가 있는데 어떤 얼굴을 하고 있는지 떠오르지 않는다. 기억이 이상하다. 기억 속 장면에는 재생 버튼이 없어 움직이게 할 수 없다. 나는 이 기억의 서사를 읽을 수가 없다. 뿌옇다. 기억에 안개가 낀다. 마치 물때와 이끼가 가득 낀 더러운 수조를 보는 것 같다.

처음에는 하얀 커튼이 나부끼는 줄 알았다. 눈을 떴을 때, 따스한 바람이 불면서 로맨스 영화 속 여자 주인공이 아침 햇살에 미간을 찡그리며 눈을 뜨듯이. 창밖으로 새가 지저귀고 백색에 가까운 커튼이 살랑살랑 흔들리는 그런 장면. 사실 그런 장면을 정말로 본 것인지 만들어 낸 것인지 구분되지 않는다. 뇌가 망가졌으니까. 근데 이렇게 구체적으로 떠오르는 것을 보면 실제로 본 것이 아니라 상상으로 만들어 낸 장면일 가능성이 높다. 상상은 현실의 픽셀보다 촘촘하고 선명하니까. 선명한 것은 무엇이든 오래 남는 법이다. 그렇다면 가로등 밑의 이 모든 장면들도 전부 내가 연출한 상상일까. 잠깐의 혼돈이 머물렀지만, 상상은 아니라는 결론. 선명하다고 해서 전부 상상이라면 제일 먼저 가짜가 되는 건 아내다. 아내가 가짜가 되면 내 삶도 송두리째 가짜가 된다.

어쨌거나 내 시야에 들어온 건 하얀 커튼이 나부끼는 모습이었다. 미적지근한, 체온보다 5도 정도 낮은 쾌적한 바람도 이마와 코끝으로 느껴졌으니까. 잠에서 막 깨어나 아직 흐릿한 초점이 맞춰지길 기다렸는데, 아무리 시간이 흘러도 맞춰지지 않았다. 바람을 타고서 대형 수조에서 맡았던 비릿한 향이 풍겼다. 눈을 비볐다. 눈에서 하얀 막이 딸려 나왔다. 달걀을 감싼 흰 막 같은 껍데기가 끊임없이, 실타래가 뽑히듯이. 그때 알았다. 흰 커튼이 아니라 하얀 막이 눈을 감싸고 있던 거구나. 초점이 맞춰지지 않는 이유는 내 눈이 멀어서구나.

처음에는 원래 가지고 있던 질병의 합병증이라 생각했다. 눈이 멀 방법은 많다. 종양이 시신경을 압박하거나 뇌압이 상승해서 시신경에 부종이 생기는 경우가 대표적이고. 1년 사이에 시력이 훅 떨어져 안경을 두 번이나 다시 맞췄던 기억이 난다. 실습 때 환자가 휘두른 팔에 안경을 맞아 크게 다칠 뻔한 이후 근무 시간에도 렌즈만 고집하던 내가 다시 안경을 끼자, 아내는 고등학생으로 돌아간 것 같다고 무척 좋아했었다. 그래서 시력이 또 떨어져 다시 안경을 맞춰야 했을 때, 고등학생 때 꼈던 붉은색 뿔테 안경과 비슷한 안경으로 바꿨다. 나를 보자마자 비명을 지르며 웃던 목소리. 얼굴은 기억나지 않는다. 얼굴을 떠올리고 싶은데.

그때는 내일쯤이면 아무것도 보이지 않을 수도 있으니 오늘 볼 수 있는 만큼 봐놔야겠다. 태연하게 그런 생각이나 했다.

그러다 하얀 막이 언제까지 뽑혀 나오나 궁금해져 계속 잡아당겼다. 눈알이 폭 딸려 나오는 상상을 했지만, 겁은 나지 않았다. 그러니까 그때부터 두려움 같은 악하고 약한 감정이 사라진 상태였던 거다. 한마디로 겁대가리 상실 상태. 고통에 대한 기억의 기억이 없다. '뜨거워, 아뜨, 아뜨!' 하는 보호자의 경고를 듣고도 열기에 덴 적 없는 아이가 뜨거운 주전자에 손을 올리는 것처럼. 이상하지 않은가. 나는 아이가 아닌데. 자랑할 일은 아니지만 고통이라면 누구보다도 더 많이 겪었는데. 흰 막을 뽑아내다가 눈알이 실제로 덜렁거리며 빠질 것 같은 느낌에 멈췄다. 앞서 손톱도 벚꽃잎처럼 후두둑 떨어졌으니, 눈알이라고 다를까. 아마 더 당겼으면 정말로 빠져나왔을 것이다.

하얀 커튼인 줄 알았던 건 건물 외벽에 걸려 있던 현수막이었다. 현수막인지 확인하기 위해 가까이 당겨 자세히 보았다. 절단면이 해져 있었다. 실오라기들로 나풀거렸다. 오래되어 갈라진 현수막이었다. 뭘까. 병원 건물 외벽에는 현수막을 붙일 수 없다. 존엄사 센터 신축 개업을 축하하는 의미의 커다란 현수막을 걸었다가 병실 환자와 보호자들의 빗발친 항의로 반나절 만에 뜯어냈던 사건 이후로 병실의 조망을 방해하는 어떤 것도 외벽에 설치할 수 없다는 병원 내부 조항이 생겼다. 내가 잠든 짧은 사이에, 현수막을 걸 정도의 투쟁이 있었던 걸까. 어쩌면 준비 중이던 파업에 본격적으로 들어간 걸지도 모르겠다. 우리는 정부와 병원을 대상으로 노조 파업을 계획 중이었다. 시간이 꽤 걸렸다. 근무 환경을 재조정하고자 하는 의지는 모두 한마음이었지만, 쉽게 환자를 놓을 수 없었다. 회의하는 것도, 목소리를 모아 소리치는 것도 쉽게 허락되지 않는 환경이었다. 몇몇 환자들은 우리가 이기적이라 힐난했다. 자신들은 생과 사의 경계를 오가는데 고작 일 좀 더 편하게 하겠다는 과열된 모습을 우리 앞에서 보여야겠느냐며. 행복하게 살고자 하는 욕망을 병원에서 분출하는 것이 맞느냐며. 모르는 소리다. 당신들과 우리는 다르지 않다. 우리도 살려고 하는 거라고, 잘 살려고 하는 게 아니라 살고 싶어서 하는 거라고…. 아니, 그리고 사는 김에 잘 좀 살겠다는 게 뭐가 문제지? 주어진 식사 시간에 밥 좀 천천히 꼭꼭 씹어 먹고, 퇴근하고 나서는 핸드폰 좀 끄고 사는 삶을 살겠다는데 그게 뭐가 문제지? 너무 잘 사는 인간들이나 더 살날이 없는 인간들이나 결국 만만하게 보는 건 우리같이 죽는 것만도 못하게 사는 인간들이다. 잘 사는 인간들에게 우리는 움직이는 시체에 가깝고, 죽을 이들에게 우리는 마지막 분풀이 대상인 셈이다. 이렇게 말하는 걸 누군가 듣는다면 잔인하다고 말하겠지만 나는 당당하다. 과거엔 살아 있는 내내 움직이는 시체였고 이제는 살날이 얼마 남지 않은 인간이 되었으니 마음껏 힐난할 자격이 충분하고도 남는 것이다.

그래, 나는 살날이 얼마 남지 않았었다. 의사가, 며칠 전까지

나와 병원 정원에서 커피를 마시며 나른한 오후를 견디기 위해 뉴스 이야기나 시시콜콜 나누던 동료가 한순간에 내 주치의가 되어 엑스레이와 CT 영상을 모니터에 띄웠다. 나는 나의 하얀 뇌를 본다. 뇌 사이사이에 잔뜩 낀 종양 덩어리로 인해 하얀 조약돌처럼 변한 뇌를.

'2년 전에 검사했을 때는 깨끗했는데.'

그녀가 말했다. 직업 정신이 투철한 그녀는 가운을 입은 순간만큼은 의사로서 내게 1년도 남지 않았다고 덤덤하게 선고했다. 치료를 받을 것이냐고 물었다. 그 말에는 어떤 치료를 받느냐에 따라 1년은 10년이 될 수도, 20년이 될 수도 있다는 뜻이 함께 담겨 있었다. 과정은 고통스러울 것이다. 내가 익히 봐왔던 환자들처럼. 그녀가 덧붙였다.

'좌절은 일러.'

당시 내게 가장 큰 위로가 되었던 건 내가 가입한 보험이 이 병원에서 치료할 때 보험료를 최대한 탈 수 있는 상품이었다는 것이었다. 내가 이 소식을 아내에게 언제 전했더라. 기억나지 않는다.

현수막을 바라보다 몸을 틀었다. 분명 움직이고 있는데 좀처럼 '움직인다'는 느낌이 들지 않았다. 발에 무언가 차였다. 다행히 멀리 날아가지 않고 멈췄다. 낯설게 생긴 물체. 저게 뭐더라. 잠

시 골몰하다가 다행히 떠올려 냈다. 아내가 산 녹음기다. 언젠가
부터 찾아와 추근대던 손님을 제대로 방어하기 위해 증거를 모
으려고 산 녹음기였다. 엄지 크기의 둥근 곡선을 가진 것이 꼭 여
성 자위 기구 같아서 둘이 깔깔 웃었던 기억이 스치더니 전혀 상
관없는 단어가 불쑥 뿌연 기억의 안개를 잠시 거두며 나타났다.

　존엄사 센터.

　녹음기와 센터가 무슨 상관이란 말인가.

　존엄사.

　녹음기와 존엄사가 무슨 상관이란 말인가.

　나의 죽음.

　녹음기와 나의 죽음이 무슨 상관이란 말인가. 단어가 빗물이
흐르는 도랑에 뜬 낙엽처럼 흘러오다, 내 신발에 들러붙는다. 죽
음. 이미 알고 있는 그 사실이 내 기억의 길을 묵직하게 가로막
고, 막고, 막는데….

　어라. 내가 왜 아직 살아 있지?

　송두리째 모든 것들이 도랑물에 떠밀려 내려가고 다시 아득해
지는 기억. 켜진 가로등 밑, 소파에 얽혀 앉아 있는 우리의 장면
이 돌연 재생된다.

　'하루의 절반 이상을 의식이 흐릿한 채로 있게 된다면, 그대로
편히 눈감게 해줘.'

아내가 고양이처럼 내 손가락을 아프지 않게 잘근잘근 씹고 있다가 획, 노려보는 듯하다. 얼굴이 없기에 표정을 알 수가 없지만 웃거나 울었을 것 같지는 않다.

아내가 말한다.

'너 그거 알아? 법 제도가 우리를 부부라고 인정, 외치고 나서 그 많은 권리 중에 네가 나한테 제일 먼저 권한 게 네 존엄사 동의서에 서명하라는 거야. 말이 된다고 생각해? 무슨 그런 개똥 같은 소리를 하지? 왜 입으로 똥을 싸지?'

'이혼 서류라고 생각해. 우리한테 이혼이라는 단어도 붙고, 나름 기쁘지 않아? 아!'

아내가 내 손을 아프게 깨문다. 통증에 손을 빼내지만, 장난감에 눈이 뒤집힌 고양이처럼 아내는 내 손을 끈질기게 붙잡고 놓지 않는다. 왜 또 이러느냐고 성질내고 있는 나 자신을 타인의 시점에서 보고 있으려니 웃음이 난다. 저 상황에서 왜 그러느냐며 뻔히 보이는 이유나 묻고 앉아 있다니. 속 긁는 짓은 내가 더 한다던 아내의 말이 이제 이해가 된다. 아내의 성격이 좋았던 게 맞았구나. 주변에서 아내의 성격을 칭찬할 때마다 겉으로는 고개를 끄덕이면서도, 나는 장난기도 많고 말본새도 거친 면이 많으며 욱하는 성격 탓에 눈이 뒤집히면 뒤도 안 돌아보고 싸우는 폭군에다가 이에는 이, 눈에는 눈을 누구보다 잘 실천하는 사람에게서 도대체 무엇을 보고 성격이 좋다는 거지 싶었는데, 알고 보니 다른 사람들 눈에 아내의 성격이 좋아 보였던 건 나 때문이었다. 내가 언제나 아내에게 은은하게 미쳐 있었고, 그런 나를 아내가 받아주던 모습 덕분이었구나.

'이혼 싫어. 이혼하느니 차라리 같이 죽거나 너 죽기 전에 내가 먼저 죽을게. 1초라도 빨리.'

그 황당한 말에 뭐라고 대답했더라. 가로등 밑의 두 사람을 주시했다. 흐릿하게 뭉개진 얼굴을 한참 동안 바라보자 희끄무레한 안개가 살짝 걷히며 내 입술이 보인다. 천천히 입술을 따라 읽는다.

'저승에서 일찍 만나고 좋지, 나야.'

아내의 성격이 좋긴 좋았네.

녹음기를 주우려 손을 뻗었다. 손톱이 아주 살짝 바닥에 스쳤는데 계절이 지난 잎처럼 힘없이 툭, 떨어졌다. 징그럽거나 놀랍지는 않았다. 거무튀튀한 모양새가 꼭 말라비틀어진 낙엽 같았다. 이것도 합병증일까. 병을 얻고 난 후 편한 것은 대개 많은 일들을 합병증으로 취급하면 그만이라는 점이었다. 손과 발에 땀이 많은 편이었던 내가 어느 순간 사막처럼 건조해진 것도, 싫어하던 치즈가 한없이 좋아지고, 잔잔한 음악을 들으며 눈물을 흘리는 모든 이상 행동들 전부. 그러니 손톱이 썩어 떨어지는 것도 놀랍지 않다. 죽어가던 몸이었으니, 손톱을 붙들 힘도 없어진 거 겠지.

녹음기를 더듬어 재생 버튼을 찾아 눌렀다. 그와 동시에 바깥 에서 총성이 들렸다. 아주 선명하고 날카롭게. 푸드득, 날갯짓 소리와 함께 창밖으로 천사의 깃털처럼 보이는 새 떼가 날아갔 다. 총소리가 이 땅에서 왜 들리지? 다시 창문으로 다가가려다, 나는 그제야 나풀거리는 커튼에 가려져 있던 한 사람의 형상을 봤고 녹음기에서는 익숙한 아내의 목소리가 들려왔다.

나, 오늘 밤을 못 넘길 거야. 생각보다 무섭지는 않아. 너랑 함 께 있어서 그런가. 네가 나보다 먼저 감염돼서 오히려 너랑 같은 종種이 되는 것 같아서 안심도 되고. 참나, 이것까지 같아버리네. 우리는 죽을 때까지 같은 종일 운명인가 보다. 지긋지긋한데, 마 음에 들어. 무엇보다 둘 중 하나가 남은 하나를 물어버리는 거지 같은 결말이 아니라서.

침대와 협탁 사이에 꿰맞춘 소품처럼 앉아 있는 한 사람. 이목 구비가 보이지 않았다. 시야가 흐려서인가. 아니다. 이목구비가 보이지만, 보이지 않는다. 모순된 말이지만 눈과 코와 입이 미묘 하게 움직였고, 그런 움직임이 인식될 때마다 낯설게 느껴졌다.

볼 때마다 새로운 눈과 코와 입이다. 익숙해지질 않는다. 눈에 익는다는 감각을 아예 잃은 것일까. 얼굴이 인식되지 않는다. 계속해서 낯선 얼굴. 그렇게 뿌옇게 안개 속에 묻혀버리고 만다.

네가 깨어나는 날이 오기는 할까. 감염된 이후로 너는 그냥 평상시처럼 진통제와 수면제를 맞고 자는 거 같아. 그래서 너를 보고 있으면 안심돼. 좀비로 변한 사람도 이렇게 얌전하고 평화로울 수 있구나. 나도 밖에 날뛰는 저 배고픈 개새끼들처럼 안 될 수 있구나. 뭐랄까, 인간의 품위는 유지하고 싶어. 인간의 품위라는 게 뭔지 모르겠지만. 지금 돌이켜 생각해 보면 살아오면서 품위 있는 인간보다 '왜 저래 인간'을 더 많이 만났네. 왜 저래 다음에 '진짜 왜 저래', 그다음은 '미친 왜 저래', 그러다가 '왜 저래, 좆같게'였던 것 같아. 그러니까 내 목적은 '왜 저래'가 되지 않는 거야. 물론 이제는 '왜 저래'를 내뱉을 일조차 없는 세상이기는 해. 원래부터 엉망인 세상이긴 했어도 이렇게까지 엉망이 될 거라고는 아무도 생각 못 했는데. 주말마다 열심히 교회 나가서 폭우나 태풍에 쓸리지 않게 해달라고 빌고, 평일에는 열심히 성당 찾아가서 교도소에서 죗값 치르고 있는 강간, 살인, 사기 범죄를 일으킨 인간들이 피해자가 느낀 고통의 몇 배를 느끼며 죽게 해달라고 빌고, 한 달에 두 번은 절 올라가서 온갖 바이러스도 품고서 살아갈 수 있는 마음씨 좋은 육체가 되길 바라며 명상했는데 다 부질없던 거였어.

하지만 나는 저 사람이 이 녹음기의 주인이라는 것을, 나의 아내라는 것을….

너는 혼수상태에서 물렸으니까 깼을 때 어떤 상황인지 모를 수도 있겠구나. 만에 하나 네가 기적적으로 깨어나서 이 녹음기를 켠다면 가장 최근 녹음인 이 음성부터 들을 테고. 맨 처음으로 돌려서 들어봐. 내가 다 설명해 놨다, 친절하게. 언젠가 이걸 들을 너를 위해. 그래도 놀랄 테니까 짧게 요약해서 말해줄게. 세상이 망했어. 아주 처참하게. 그리고….

아내에게 다가가 아내의 얼굴을 만졌다. 손가락 끝에 감각이 없어, 도통 어디를 만지고 있는지 알 수 없었다. 직전에 손톱이 우수수 떨어졌으니 내 거친 동작으로 아내의 얼굴이 상처 나는 일은 없을 거라는 것에 안도감이 들었다.

너는 좀비야. 물렸어.

역시 내 아내는 또라이다.

너는 존엄사를 선택했고, 원래 그날 주사를 맞기로 했는데 너한테 주사를 맞히려고 온 간호사가 주사는 안 놓고 너를 물었지, 뭐야. 불행인지 다행인지 너는 이미 환각과 환청을 듣는 상태로 며칠을 보낸 상태라 물린다고 갑자기 눈을 뜨거나 기력이 펄펄 넘치지는 않더라. 좀비로 변하면, 나를 물려고 하면 그때 내가 죽이려고 이 병실에 가두고 버텼는데 안 깼어, 여태. 몰골은 점점 좀비로 변해가는데도. 너 오래 버티는데 재능 있나 봐. 문제는 몇 년을 숨어서 잘 버티고 있었는데 물렸어, 내가. 자존심 상하게. 병원 건너편 편의점 앞에 애가 혼자 있는데, 너무 비감염자 같았거든. 수년간의 기도가 나를 천사로 승격시켰나. 지나치지를 못하겠더라고. 이미 변할 인간들은 다 변하고, 죽을 인간들은 다 죽고, 떠날 인간들은 다 떠나서 황폐해질 대로 황폐해진 세상에서 저 어린아이가 혼자 떠돌고 있을 리가 없는데. 그 순간 나는 뭘 믿었던 걸까? 어떤 희망을 품고 있었던 걸까? 내 안에도 아직 희망의 씨앗이나 뿌리랄 게, 아니면 희망의 뼛조각이랄 게 남아 있었나 봐. 그 아이에게 걸어가던 내 모습을 떠올려 보면 가냘프고 안쓰러워서 웃겨. 좀비에게 애틋하게 달려가는 꼬락서니를 상상해 봐.

그런 나를 가만 떠올리면 말이야, 어쩌면 나는 죽고 싶었던 게 아닐까 싶어. 나를 아프지 않게 물어줄 아이가 반가웠던 걸지도 모르지. 내 마음이 그걸 원했던 것일지도.

이유가 뭐가 됐든 현 상황의 전말은 이래. 비웃지 마. 내 상황이 되면 너라도 그랬겠지. 아니, 나보다 더 빨리 죽었겠지, 너는. 한 명이라도 더 살려보겠다고. 가끔 네가 혼수상태가 아니었다면 우리는 어떻게 됐을까 상상해 봐. 수송선을 타러 갔을까? 우리는 지금쯤 그걸 타고 우주를 가로지르고 있었을까? 좀비 사태가 일어나기 전에도 수송선에 아무나 오를 수는 없다고 했었잖아. 어떤 자격이나 기준이 있는 건지 궁금하긴 했는데, 그 뒤로 알아보지는 않았어. 그럼 꼭 타고 싶은 사람 같잖아…. 어쩌면 우리는 이번에도 자격이 안 됐을지도 몰라. 인간이 이렇게나 많이 죽었으니, 새 생명이 필요할 거잖아? 근데 남자랑 죽어도 섹스 못 하겠다는, 서로 사랑한다는 여자 둘은 태워봤자 자리만 아깝지. 여기서들 행복하게 사십시오, 하지 않았을까? 이거 너무 피해망상이야? 하지만 어쩌겠어. 살아가는 동안, 사랑하는 동안, 너와 나의 삶이 대개가 그랬는걸.

이게 내 녹음의 마지막이야.

사실 간호사가 떨어트리고 간 주사기. 네 숨을 천천히 멎게 할 그거. 내 손에 있어. 이걸 너랑 나에게 반씩 주입할 거야. 용량이 부족할 것 같아서 나만 맞으려다가, 나는 인간인 채 자살한 거고, 너는 괴물로 자연사한 거니까, 서로 다른 저승에 가면 어떡하나 싶어서. 내가 그간 열심히 기도하고 헌금한 걸 기특하게 여겨서

신이 우리 둘을 저승에서 만나게 해주면 좋으련만. 우리는 욕심이 없잖아. 많은 걸 바란 적이 없잖아. 천국은 바라지도 않아. 어디든 저승의 남은 땅에 같이 있게만 해줬으면 좋겠다. 그럼 우리가 그곳을 천국으로 만들 수 있는데.

맞다. 지하 아쿠아리움에 있던 장풍이, 내가 데리고 왔어. 잡아먹힐까 봐. 거북이 먹는 좀비를 본 적은 없는데, 또 모르잖아. 배고프면 뭘 처먹을지 어떻게 알아. 어디에 둬야 할지 몰라서 화장실에 뒀어. 우리도 다음 삶에서는 거북이로 태어나서 만나자. 있지, 내가 장풍이랑 지내며 곰곰이 생각해 봤는데, 우리는 공룡 시대부터 현재까지 급변하는 세계에서도 혼자 꿋꿋하게 살아남은 거북이가 되는 거야. 척수가 잘려도 신경조직이 다시 재생되고, 겨울 동안 심장이 멎어 있어도 다시 뛰는 게 아무래도 거북이가 이 세계의 신인 것 같아. 내가 어제 장풍이한테 이 말을 해봤거든? 장풍아, 장수풍뎅아, 장수풍뎅 올리브각시바다거북아, 너 사실 신이지? 그랬더니 장풍이가 뭐라 그랬게?

아내의 웃음이 들렸다.

정말 끌게. 사랑해. 이번 생은 덕분에 즐거웠어. 다음 삶에서 또 만나.

장풍이의 답은 알려주지 않고, 녹음이 끝났다.

화장실에는 정말로 지하 아쿠아리움에 있던 거북이가 있었다. 거북이의 품종은 올리브각시바다거북이다. 올리브바다거북이라고도 부르는데 우리는 '올리브'와 '거북이' 사이에 뜬금없이 있는 '각시'라는 단어의 어감이 좋아서 올리브각시바다거북이라는 학명을 더 선호했다. 나중에는 장풍이라는 이름을 붙여주었지만. 올리브각시바다거북이는 변기 뚜껑만 한 크기로, 바다거북 중 가장 작은 거북이고 수가 제일 많은 개체이기도 했다. 두 속성을 조합하면 인간에게 가장 많이 포획되며 키우다 버려지거나 죽는다는 말이었다. 기후 위기로 인한 멸종위기종으로 집단적인 떼죽음이 몇 차례 목격되기도 했는데 모순적이게도 해가 갈수록 개체 수가 줄어드는 것이 그 거북이의 몸값을 더 상승시켰다.

화장실에 있는 장풍이는 병원장이 존엄사 센터 개원으로 받은 고가의 선물이었다. 거북이를 키우기 위해 병원장은 존엄사 센터 지하에 커다란 아쿠아리움까지 만들었다. 주마다 동해에서 포획한 다양한 열대어들로 아쿠아리움을 채웠다. 오로지 거북이를 위한 공간이었지만, 뜻밖에도 존엄사 센터를 찾는 사람들에게 인기가 많던 곳이었다. 환자들이 '마지막 숨의 장소'로 가장 많이 꼽은 곳이기도 했다. 마지막 숨의 장소란 존엄사를 택한 환자가 규정에 따라 약을 투여할 장소로 지정한 곳이었다. 집일 수도 있고, 옥상이나 마당, 병실일 수도 있다. 어디가 되었든 환자는 마지막 숨을 뱉는 공간을 직접 선택할 수 있었는데, 아쿠아리움이 가장 인기가 많았던 것이다. 결국 그곳엔 '마지막 숨의 자리'까지 생기게 되었다. 아쿠아리움 구석진 곳에, 마음만 먹으면 바로 투약할 수 있게끔 설비를 마련한 것이었다. 순서를 기다리느라 투약 시기를 늦추는 환자가 있을 정도로 인기가 많았고, 나도 그랬다. 하지만 내가 마음을 뺏긴 건 거북이었다. 내 머리에 종양이 가득 차오르고 있다는 걸 몰랐을 때, 나는 아쿠아리움에 정령처럼 떠도는 거북이를 사랑하게 됐고, 결국에는 거북이밥 담당을 스스로 자처했다.

식사 시간이 되면 챙겨 온 도시락을 들고 그곳으로 갔다. 직원만 출입할 수 있는 아쿠아리움의 좁은 천장으로 기어 올라가 물 비린내를 맡으며 번갈아서 나도 점심을 먹고 거북이에게도 밥을 먹였다. 장풍이는 잡식성이었고, 나는 대개 새우나 게 또는 해파리를, 가끔 상추나 당근을 줬다. 장풍이는 단단한 턱으로 그 단단한 게딱지조차 호두 깨 먹듯이 먹었다.

아내에게도 장풍이를 보여주었고, 그때 아내는 장풍이에게 '장풍'이란 이름을 붙여줬다. 장수풍뎅이를 줄인 것인데 생김새가 닮았다는 이유였다. 공감은 되지 않았지만 잘 어울린다고 생각했다. 문 닫은 아쿠아리움에서 장풍이와 시간을 보낼 때면 나는 둘만의 낯선 행성에 표류 중인 기분을 느꼈다.

'올리브각시바다거북은 산란기에 한 마리가 한 번에 최대 150개 정도의 알을 낳는데, 그중 살아서 바다까지 가는 확률이 1퍼센트밖에 안 된대.'

'장풍이는 그럼 그 1퍼센트 확률의 거북이야?'

'그렇게 갔다가 인간에게 잡혀서 다시 돌아온 것까지 생각하면, 확률을 뛰어넘은 불사의 거북이지.'

'다시 바다로 가고 싶을까?'

'바다를 기억한다면.'

'장풍이가 바다를 기억하고 있다는 건 어떻게 알지?'

'심해 소리 같은 거 들려주면 반응하지 않을까?'

'…거북이의 반응은 어떤 식으로든 알아차릴 수 있나?'

생명이라면 모름지기 어떻게든 누군가가 알아볼 수 있게 반응한다. 그것이 아내의 철학이었다.

다시 아내에게 돌아갔다. 그 옆에 앉으려 했으나 무릎을 굽히려고 힘을 준 순간 각목이 부러지듯 무릎이 순식간에 주저앉으며 몸이 앞으로 고꾸라졌다. 낙상 사고였다. 노인이라면 넓적다리 관절에 금이 갔으리라. 하지만 통증이 느껴지지 않았다. 허벅지와 엉덩이, 그리고 그곳들을 어루만지는 손바닥이 전신 마취를 해놓은 듯이 얼얼했다. 감각도, 온도도 느껴지지 않았다. 손은 푸른 기운이 감도는 잿빛이었다. 꼭 시체의 손처럼. 가까스로 몸에 균형을 잡고 고쳐 앉았다. 아내의 손을 찾아내 손을 포갰다. 아내의 손도 내 손과 다르지 않았다. 몸이 차갑던 나와 달리 늘 따뜻했던 육체, 그 수족, 나의 손난로, 나의 아랫목, 내가 사랑했던 이 행성의 가장 따뜻한 온도. 이제 없다.

서럽다. 내게 남은 삶이 1년이 채 되지 않는다는 말을 들었을 때보다 더한 서러움의 파도가 덮친다. 그대로 잠긴다. 몸이 말을 듣지 않아 허우적거리지도 못한 채 우리는 부서진 산호처럼 심해 바닥에 나뒹군다. 그렇게 익사해도 괜찮겠다. 네 말이 사실이라면. 인간들이 바이러스에 걸려 좀비라 일컫는 괴물이 되었고, 다른 곳으로 떠난 일부에 의해 지구는 '버려진'이라는 수식어가 붙은 행성이 되었고, 그리고 존엄사를 택했으나 부활한 나와, 감염되어, 변하기 전에, 스스로 약을 놓고 죽어버린 네가 전부 뭍의 진실이라면 나는 물에 있으려고. 진실을 밟을 바에야 외면한 채 익사하려고. 우리는 좀비 사태가 일어나기 전부터 끊임없이 기울어진 땅 위에서 떨어지지 않기 위해 버티고 살았으니 이제 그만 버텨도 되지 않겠느냐고. 지켜보는 인간이 없으니 그건 추락이 아닐 거다. 우리를 보고 물에 뛰어들었다고 외칠 사람이 없으니, 우리는 그걸 다이빙이라 불러도 좋을 거야.

그렇게 병실 가득 차오른 물이 천천히 코와 입으로도 들어찰

때 화장실에서 기어 나온 장풍이와 눈이 마주쳤다. 그 순간 깨달았다. 여기는 바다가 아니고 어항이다. 장풍이가 지냈던, 바다를 흉내 내지만 바다가 될 수 없는. 장풍이가 이렇게 말하고 있는 것 같았다.

나, 바다로, 보내준다며. 보내죠오.

아니, 실제로 그렇게 말하고 있었다. 물이 매개가 된 걸까. 거북이의 말을 알아들을 수 있는 능력이 생긴 걸까. 그것도 아니면 의심과 불안이라는 인간이 가지고 있던 고유한 속성이 사라지면서 타인 혹은 다른 종의 말을 이해할 수 있는 포용력이 생긴 것일까.

장풍이에게 물었다.

가고 싶니? 바다로.

장풍이가 대답했다. 단단한 턱만큼 단단한 목소리와 말투로.

당연하지. 돌아가야지. 보내죠오.

그래. 알겠어.

상상으로 차올랐던 물이 순식간에 병실을 빠져나갔다. 그러자 포개져 있던 아내의 손이 움츠러들더니, 내 손에 깍지를 꼈다. 죽은 줄 알았던 아내의 손이 내 손을 감싸 잡았다. 아니, 죽은 아내가 내 손을 감싸 잡았다. 아니, 죽은 아내가 내 손을 물어뜯기 위해 힘을 주었다. 느리게, 거북이보다도 느린 속도로 팔을 들어

내 손을 입에 가져갔다. 물 거면 물어보라지. 아내는 원래도 내 손가락이나 손등, 팔뚝을 습관처럼 물었다. 아내가 나를 무는 건 낯설지 않다. 살점을 씹어 먹는다고 해도 상관없었다. 고통이 느껴지지 않을뿐더러 설령 느껴진다고 하더라도 배고프다는데, 살 한 점 정도야.

하지만 아내는 입술을 들썩이고, 냄새를 킁킁 맡다가 흥미를 잃고 팔을 내려놓았다. 역시 죽은 자는 죽은 자를 먹지 않는 걸까. 그렇지만 나는 아내가 나를 사랑해서, 내 냄새를 알고 있어서 먹지 않는다고 생각하기로 했다. 그게 더 로맨틱하니까.

이번에는 내가 거북이처럼 느린 속도로 팔을 들어 아내의 머리카락을 쓸어 넘겼다. 손가락에 아내의 머리카락이 뭉텅이로 걸려 뽑혔다. 이런. 탈모가 걱정이라며 검은콩을 챙겨 먹던 아내에게 미안해졌다. 여전히 이목구비가 뭉개진 듯 보이는 탓에 정확히 인식되지 않았기에 나는 멋대로 아내가 화가 난 표정을 지었다고 가정했다.

우리 장풍이 바다로 돌려보내 주러 갈까? 할 것도 없는데.

아내에게서 아무런 대답도 들려오지 않았다. 오히려 대답을 한 건 장풍이었다.

어서. 가자.

보채기는. 거북이 성격이 왜 이렇게 급해.

복도는 한산했다. 고요했고, 고즈넉했다. 인류가 멸망했다는 것이, 그저 한 종이 지배한 시대가 마무리되었다는 것이 아니라 처참하게 박멸되었다는 것이 믿어지지 않는 평화로움이었다. 하지만 병실 문 앞에 진득하게 번진 피가 보인다. 분명 며칠 사이에 묻은 피가 아닐 터인데, 얼마나 두껍게, 여러 번에 걸쳐 흘렀으면 여전히 그 진득한 농도의 질감이 보일 정도였다. 자연이 애써 덮은 평화로움 아래에 비참한 최후가 있다. 이미 한 겹의 지층이 되어버린 멸망이 있다. 희고 깨끗하게 보였던 병원 복도 난간은 온통 먼지였고, 먼지 아래에는 거뭇거뭇한 핏자국이 석유처럼 진득하게 들러붙어 있었다. 앉아 죽은 채로 식물의 지지대가 된 인간이 보인다. 벌어진 입과 귀에 잎사귀가 풍성하게 달려 있는.

그러고 보니 신발이 없다. 맨발로 밟기 싫은데. 거뭇거뭇 썩은 발톱과 잿빛 피부색을 가진 발을 하고 가지기에는 너무 사치스러운 마음일까.

병실 앞 복도에는 사람 한 명이 죽어 있었다. 그의 얼굴은 보이지 않지만, 살점이 거의 뜯겨 옷도 형태도 거의 남아 있지 않지만 발 한쪽에 벗겨지지 않은 검은색 크록스를 보아하니 아마 병원에서 근무했던 의료진이었으리라. 죽은 이의 옆에 리넨 카트가 엎어져 있었다. 사람을 실어 나르기에 딱 좋은 크기였다.

녹음기를 처음으로 돌려 재생 버튼을 누른 후, 카트를 향해 몸을 움직였다. 장풍이조차 답답해할 속도였다. 하지만 어쩔 수가 없다. 생각이 몸으로부터 한 번 떠났다 온 것처럼, 혹은 정말로 그랬으므로, 생각과 몸이 일치되지 않았다. 또 한 번 넘어졌다가는 뼈가 완전히 으스러질 거란 확신이 들었다. 고통은 없겠지만, 기어서 가야 하는 건 무리였다. 천천히 리넨 카트 앞에 도착했다. 쓰러진 카트를 일으키는 것도 일이었다. 처음으로 돌아간 녹음기에서 소리가 흘러나왔다.

앱으로 시켰는데, 여기에는 음료 나왔다고 했는데 여기 없잖아요.

손님, 지점을 잘못 선택하셨는데요.

어머. 아니, 그래서요? 일단 나는 음료를 시켰으니까 줘야 될 거 아니에요, 아가씨!

여기서 한 블록만 가면 있는 지점이에요. 거기서 찾으시는 게 빨라요. 음료 식기 전에 가세요.

이봐, 아가씨!

왜요, 아저씨!

너무 앞으로 돌렸네.

힘겹게 카트를 일으킨 후, 녹음기 버튼을 찾아 눌렀다. 카트를 끌고 병실로 돌아가는 동안 버튼을 대여섯 번은 더 눌렀다. 언제부터 쌓은 녹음인 걸까. 버튼을 누르다가 손가락이 부러질 것만 같은 실제적인 공포가 느껴졌다. 포기할까. 정말로 문명이 멸망했고 나와 아내가 좀비라는 점은 다 알았으니 무언가 더 알아야 할 건 없을 것 같은데. 여전히 궁금한 게 있다면 나는 왜 좀비의 몸으로 이런 생각을 하고, 리넨 카트에 아내를 집어넣으려고 하고 있는가. 아내는 왜 리넨 카트에 들어가는 것도 도와주지 않고 축 늘어져 짐승 같은 소리만 고롱고롱 내고 있는가.

아내는 나와 같지 않았다. 말을 하지 못할 뿐 나를 알아볼 줄 알았으나 그렇지 않았다. 먹을 수 없다는 걸 알게 된 후 흥미 없는 눈으로 허공을 응시하며 킁킁, 냄새만 맡을 뿐이었다. 영락없는 감염자의 모습이었다.

젖은 이불 같은 아내의 상반신을 가슴에 안고서 힘겹게 몸을 들어 올려 카트에 집어넣었다. 아내의 팔을 먼저 카트에 걸치고, 바지를 붙잡아 끌어 올리는 방식으로 말이다.

무거워 죽겠네, 정말.

아내의 몸이 철푸덕, 카트 안으로 청소기에 빨려 들어가듯 쏟아졌다. 생각보다 큰 소리를 내며 떨어진 몸에 서둘러(나는 서두른다고 서두른 거지만 남이 보면 아주 느린 몸짓이었을 테지) 카트 안을

쳐다보았다. 목과 팔이 전부 뒤틀려 구겨진 이불처럼 들어 있는
아내가 보였다. 목뼈가 부러지더라도 죽을 일이 없는 존재라는
게 다행이었다. 들린 상의 아래로 갈비뼈가 살갗을 뚫고 나온 것
이 보였다. 도로 넣어주는 게 편할지, 그대로 빼고 있는 게 좋을
지 고민하다가 옷만 끌어 내렸다.

오늘은 네가 죽는 날이다.

녹음기에서 아내의 목소리가 들렸다. 여기서부터 들으면 되는
건가. 녹음기를 상의 가슴 주머니에 넣었다. 이제 장풍이를 카트
에 넣을 차례였다.

너는 모르핀과 수면제를 맞고 20시간째 자고 있다. 중간에 간
혹 깨어난 듯 보일 때도 있지만 그건 어쩌다 눈이 떠진 것일 뿐이
다. 아무리 말을 걸어도 반응하지 않는다. 조금 전에 의사가 다녀
갔다. 리스트 사항은 전부 충족됩니다. 언제든, 원하실 때 말만 하
세요…. 그렇게 말하고 갔다. 그 말이 사람을 무너트린다. 아주 처
참하게. 내가 지금이요, 하고 말하면 너는 지금 죽고, 몇 날 몇 시
몇 분 몇 초예요, 하고 말하면 너는 그 시간에 죽는다는 사실에 속
이 울렁거린다. 태어나는 것도 그렇게 초 단위로 정확하게 태어날

수 없는데 죽는 건 그게 된다니. 나는 왜 반대로 알고 살아왔을까. 탄생은 계획하에 예정된 채로 태어나지만 죽음은 갑작스럽다고. 그런데 아니었다. 탄생은 기적이고 죽음이야말로 예정된 거다. 탄생의 기쁨에, 죽음의 슬픔에 휩싸여 알아차리지 못한 것뿐이다. 나는 지금 너의 예정된 죽음을 또렷하게 느끼며 마주한다.

우리가 존엄사 센터에 손을 붙잡고 들어왔을 때가 부쩍 떠오른다. 우리가 예전에 갔던 모텔 직원처럼, 어떤 의심도 없이 사무적인 친절함으로 우리한테 예약하고 왔느냐고 데스크 직원이 물었던 순간들이. 부부면 이 서류를 작성해 주세요. 한 장은 신청자 본인, 다른 한 장은 법적 보호자. 똑같은 존엄사 신청서를 꼼꼼히 읽으며 우리는 그때까지 그 순간이 마냥 즐거웠고, 가벼웠고, 산뜻했다. 직원의 친절과 태도가 좋아서 더 그랬던 것도 같다.

우리가 신청서를 작성하고 나갈 때쯤 뒤에서, 또 왔네요 박초롱초롱 님, 하고 직원이 말했다. 사람 이름이 초롱초롱이야? 하고 뒤돌았더니 사람이 아니고 노견이었다. 주인이 있었지만 직원은 커다란 이동장에 누워 숨만 간신히 헐떡이는 노견 초롱초롱을 향해 친절하게 웃고 있었다. 그 표정은 사무적인 웃음이었다. 그저 편견 없이 고객을 대하는.

우리는 그날 그 개가 신청서를 어떻게 작성했을까, 한참 토론을 펼치며 집으로 돌아갔다. 개 통역기를 썼을 것이다, 뇌 반응을 분석했을 것이다, 하며 각종 방법을 이야기했다. 우리가 신청서에 서명하고 왔다는 사실은 잊고 밤새 그 이야기를 나누었던 것 같다. 그리고 그 비밀은 다음에 갔을 때 알게 됐다. 18년 이상 산 노견이나 노묘는 담당 수의사가 대리해 서명할 수 있다고. 그러니까 그들의 대리인인 수의사와 보호자가 우리처럼 신청서를 작성하고 있더라고, 나란히.

가끔 생각난다. 초롱초롱 씨, 안녕하세요, 하고 묻던 직원의 웃음. 초롱초롱도 알지 않을까. 저 인간이 자신을 얼마나 존중하고 있는지. 살아 숨 쉬는 존재는 죽음 앞에서는 그토록 평등해진다.

그게 얼마나 위안인가.

장풍이는 생각보다 더 대단히 무거웠다. 등껍질을 붙잡아 들어 올리자, 장풍이의 손이 허공에서 헤엄치듯이 움직였다. 그 작은 손짓에도 몸이 휘청였다. 화장실에 문턱이 없는 게 얼마나 다행인지. 그 한 걸음 오르는 게 저승의 문턱처럼 느껴졌으리라.

초롱초롱의 주인은 중년쯤으로 보이는 여자였다. 흰머리를 부러 검게 덮지 않고 곱게 묶었는데 참 멋스러웠다. 침 흘리는 초롱초롱의 주둥이 밑에 파란색 손수건을 받쳐주면서 노래를 불러주었던 여자. 아내가 잠시 화장실 간 사이에 그녀와 매점에서 마주쳤다. 그녀도 우리를 인식하고 있었는지 내가 안락사 당사자가 아니라 보호자라는 걸 알고 있었다. 딱 하나 남아 있던 두유를 나한테 양보하면서, '인연이라는 게 정말 있을까요? 생의 반복이 그 인연의 치열한 복수전일까요? 그럼 나는 전생에 개였고 당신은 당신 아내보다 먼저 죽었나 봐요. 다음 생에는 먼저 복수해요, 우리' 하고 갔다.

내가 정말 전생에는 아내보다 먼저 죽었을까? 생의 순환이라는 게 고작 끈질긴 두 인연이 서로 앞다투어 죽기를 반복하는 거라니. 정말로 죄지은 사람들이 전부 지옥으로 떨어지고 일찍 죽은 자가 다음 생에 더 오래 산다면 언젠가 지구는 천국의 모습을 하고 있겠지. 선한 사람들이 억울하게 죽지 않고 영생 같은 삶을 사는. 그러면 천국은 미래에 있는 건가. 지금 이 세계의 어떤 차원에도 존재하지 않고.

그런데 인구가 이렇게 많아져서 어떡하지. 다음에 다시 태어나도 못 만날 확률이 훨씬 큰 거 아냐? 비혼율과 이혼율을 보면 그래 보인다. 다 제짝을 못 찾아서가 아니었던 거지. 인간이 너무 많아서 못 만난 거다. 하, 큰일이네. 솔직히 아내나 내가 다음 생에 인간이 아니고, 나는 한강 공원 길고양이 새끼로 태어나고, 아내는 저 할리우드 배우가 키우던 강아지로 태어나면, 우리가 어떻게 서로를 알고 만나지? 걱정이다. 우리를 이어줄 매개가 필요하다.

죽은 다음에도 우리를 기억해 줄 무언가가. 그 거북이, 장풍이를 키울걸 그랬나?

아내를 똑바로 앉히고, 장풍이를 아내의 웅크린 품에 안겼다. 장풍이를 놓쳤다가는 아내의 다리뼈를 전부 부러트릴 것만 같아, 떨어트리지 않으려 얼마나 애썼는지. 올 리 없는 근육통을 느낄 정도였다. 어쨌거나 무사히 아내와 장풍이를 리넨 카트에 담았다. 밖이 추울까. 창밖을 내다보았다. 뿌연 시야로 담장에 핀 장미꽃 형체가 어렴풋이 보였다. 장미가 피었다는 건 여름의 초입이라는 뜻이다. 해가 지고 지열이 식으면 조금 쌀쌀해질 수도 있는. 좀비는 체온이 있나. 잠시 내가 더위나 추위를 느끼는지를 판단해 보았다. 모르겠다. 돌이켜 생각해 보니 초여름 온도는 언제나 존재감이 없었다. 그래도 혹시 모른다. 아내는 자잘한 감기에 자주 걸리는 편이었으니까. 감기 걸린 좀비는 본 적 없지만, 영화감독들이 감기 걸린 좀비를 굳이 만들지 않은 것뿐이니 없다고 할 수 없지 않을까. 침대에 있던 얇은 시트를 아내에게 덮어주었다. 뭐든 없는 것보다는 낫겠지.

가볼까.

내가 말했다.

어서, 빨리.

성격 급한 장풍이가 대답했다.

어제는 새벽에 화장실이 가고 싶어 깼을 때 아내가 일어나 있었다. 혼자 무슨 생각에 빠졌는지 하염없이 창밖을 보고 있었다. 보름달이 뜬 새벽이었다. 달빛이 내려앉은 아내의 얼굴은 선명하고 아름다웠다. 열일곱 살, 처음 봤던 아내의 모습 같았다.

아내는 입학식을 지루해하면서 강당 지붕만 하염없이 보고 있었다. 재미있는 거라도 있나 싶어서 아내를 따라 지붕을 쳐다봤는데 오래된 강당 지붕에 구멍 나 있는 것이 보였다. 그리고 거짓말처럼 아침부터 우중충하게 하늘을 뒤덮고 있던 구름이 지나가면서 햇살이 내리쬤고, 햇살 한 줄기가 구멍 난 강당 지붕 틈으로 들어와 아내의 얼굴에 쏟아졌다. 아, 그게 내 인생의 명장면인데. 아무에게도 보여주고 싶지 않고, 평생 나만 보고 싶은. 가만가만 숨을 쉬다가도, 가만가만 살아가다가도, 가만가만 죽고 싶다가도 그 장면만 떠올리면 나는 영화의 두 번째 주인공이 된 기분이 들었다. 내가 느끼는 이 지루함과 무의미함, 그리고 고통이 전부 주인공을 위한 시련처럼 느껴지고는 했다. 그럼 도망치기보다 부딪치고 싶어졌는데.

그 순간이, 나 홀로 버텨 살고 있는 이 행성의 핵이 되었는지도 모른다. 이 행성의 중심, 이 행성에 자기장을 만들고, 행성을 회전

시키고, 행성을 뜨겁게 하고, 행성에 산맥과 절벽을 만드는…. 아내는 모른다. 네가 나의 내핵이었다는 걸. 굳이 말하지 않았다. 로맨틱한 비유는 아닌 것 같아서.

그 모습을 아내가 어제 새벽에 재연한 거다. 나만을 위한 재연이었다. 아내는 그대로다. 단 한 순간도 그때의 아내가 아니었던 적 없었다는 듯이.

넋을 놓고 바라보고 있으니, 아내는 내가 자신을 쳐다보고 있다는 걸 진작 알았다는 듯이 물었다. 준비됐어, 하고. 비장하지만 비범하지는 않게. 그리고 나는 비참하게 무엇을 위한 준비인지 말하지 않아도 단번에 알아들었다. 그래서 슬퍼. 내게 준비됐느냐고 묻는 아내의 말에 모든 것이 준비되었다는 뜻이 담겨 있다는 걸 알아서, 슬프다. 애석하다. 비통하다. 참담하다. 그리고 원망스럽다.

그래서 나도 그렇다고 대답했다. 하지만 아니야. 나는 준비되지 않았어. 나는 그 준비를 영원히 할 수 없어. 너도 분명 알 텐데, 눈치 빠른 너는 내가 하는 거짓말을 바로 알아차릴 거고, 평소의 너라면 거짓말하지 말라며 나를 나무랐을 텐데 이번에는 치사하게 안 그러더라. 그냥 그대로 넘어가더라. 거짓말이지, 하고 한 번만 물어봐 주지 그랬어. 아니다. 안 물어봐서 다행이다. 아내가 물어봤으면 무섭다고 그 자리에서 엉엉 울었을 거다. 나는 있지, 정말 네가 없는 세상이 무서워.

빨갛게 핀 장미인 줄 알았는데 가까이서 보니 내장이 주렁주렁 걸려 있던 담장이었다. 아내에게 한 송이 꺾어주려고 했는데. 얼마나 오랫동안 걸려 있었던 건지 건조되기를 반복해 마른 곱창처럼 보였다. 그래, 그것을 보고 맛있겠다는 생각이 든 건 이런 형태의 음식을 먹어왔기 때문이리라. 눈알이나 손가락이 주렁주렁 달려 있었다면 군침이 돌지 않았겠지. 살아 있을 때도 인간의 것과 흡사한 눈알이나 손가락을 먹지는 않았다. 하지만 내장은 다르다. 꺼내놓으면 무엇이 소의 것이고, 돼지의 것이고, 인간의 것인지 단번에 구분되지 않으니까. 배는 고프지 않은데 혀가 뻣뻣하게 굳으며 구미가 당겼다. 씹고 싶었다. 희미하게 남은 향이 풍겼다. 참기름 바른 육회와 비슷한 냄새였다.

애써 군침을 삼키며 먹지 않겠다고 다짐하는 와중에 녹음기는 다음 녹음으로 넘어갔고, 옆에는 미라 같은 앙상한 인간이 다가와 섰다. 황태 같은 몰골이다. 인간은 툭 치면 지푸라기처럼 바스러질 것 같은 팔을 뻗어 주렁주렁 걸린 내장 하나를 집었다. 드시게요?

먹는다. 젠장. 인간은 육즙 없이 바짝 말라 질긴 그것을 먹겠다고 안간힘을 썼다. 하지만 이제 씹을 기력도 남아 있지 않은 듯했고, 그대로 내장을 입에 가득 욱여넣은 채 돌연 쓰러졌다. 그리고 움직이지 않았다. 배터리가 다 되어 작동이 멈춘 건전지

인형 같았다. 전염병의 끝물인가. 역시 먹지 못하면 죽는 건가. 어떤 존재든…. 그러고 보니 대체 나는 얼마나 오랫동안 자고 있었던 거지. 슬슬 아내의 건강이 걱정되었다. 이 문장이 상황에 맞는 문장인지는 모르겠지만, 아무쪼록 뭘 먹어야 살 텐데, 뭘 먹여야 좋을까.

이게 무슨 상황인지 모르겠다. 내가 방금, 방금… 사람을 죽였다.

인간을 두고 돌아섰다. 리넨 카트를 마저 끌었다. 아내는 카트에 앉아 편안하게 하늘을 바라보고 있었다. 아까 고개가 꺾인 탓에 억지로 하늘을 보고 있는 건가 싶어 다시 원래대로 고개를 내려주었지만, 아내는 제 의지로 천천히 고개를 들어 올렸다.

하늘이 예뻐?

내가 물었다.

바다가 더 예뻐.

뜬금없이 장풍이가 대답했다.

하늘은 시시각각 변하지만 바다는 변하지 않거든. 변덕이 심해. 종잡을 수 없어. 하지만 파도가 닿지 않는 바다 깊은 곳은 묵묵해. 아름다워. 휩쓸리지 않아. 지구의 대부분은 바다였어. 지구는 원래 묵묵해. 담담하고. 하지만 변했어. 인간이, 그렇게 했어.

알아. 하지만 나한테 말해봤자 아무 소용 없으니까 책망하듯이 말하지 마. 나도 어쩔 수 없었어. 나도 살고 싶지 않았어. 아내를 만나지 않았더라면 그렇게 열심히 살지도 않았을 거야.

후련해?

장풍이가 물었다.

뭐가?

내가 대답했다.

인간이 다 죽어서.

장풍이의 말을 듣고, 내가 다시 물었다.

너는 후련해?

우리는 복수를 몰라. 후련함은 복수를 기반으로 둬. 복수를 몰라서 후련한 것도 몰라.

너를 바다에서 데리고 왔잖아. 그 유리를 부수고, 나와 아내를 죽여서 바다로 가고 싶지 않았어? 바다로 돌아가기 위해서 어떤 짓이든 하고 싶지 않았냐고.

돌아가는 것만 알아. 그리워만 했어. 복수는 뭔지 모르겠어. 복수심을 가지면 더 빠르게 갈 수 있었어?

카트가 덜그럭덜그럭 콘크리트 바닥을 뚫고 올라온 잡초들에 바퀴가 걸려 흔들렸다. 나는 장풍이와 계속 이야기를 나누었지만, 여전히 이 목소리가 장풍이의 목소리인지는 알 수 없는 상태였고, 녹음기에서는 아내의 목소리가 흘러나왔다.

아내 담당 직원을, 내가 죽였는데, 그게 인간은 맞았나. 하, 잠시 생각할 시간이 필요하다. 마음을 좀 진정시켜야겠다. 밖에서는 비명이 빗발친다. 정말로 사람이 사람을 먹고 있다.

부스럭거리는 소리가 들렸다. 커튼이 차르륵, 움직이는 소리. 치는 걸까, 여는 걸까? 커튼 뒤에 숨어 창밖을 보고 있는 아내의 모습을 떠올렸다. 두려움에 떠는 몸. 안아주고 싶다. 두려움에 떨리는 손. 잡아주고 싶다. 두려움이 가득한 숨결. 입 맞추고 싶다. 얼굴은 떠오르지 않는다. 다행이다. 두려운 얼굴을 봤더라면, 나는 무너졌을 것이다.

대체 무슨 상황이지, 미친. 일단은… 직원부터 병실 밖으로 옮겨야겠다. 하, 너무 좀비 같은데…. 정말로 영화에서 봤던 것처럼 뚝배기를 깨야 하나? 총이 없는데, 머리를 관통할 정도의 충격을 주려면 어느 정도로 내리쳐야 하는 거지.

이쯤에서 아내가 훌쩍였다. 우는 건가, 싶었는데 그냥 콧물을 훔친 것 같다.

사람을 죽였다, 내가. 사람을….

애완어 가게가 보였다. 중간까지밖에 내려오지 않은 셔터와 깨진 가게 문이 이곳에서 있었던 어느 순간의 난투를 상상할 수 있게끔 했다.

철제 셔터는 녹이 슬어 살짝만 건드려도 봉이 툭툭 떨어졌다. 녹슨 끝이 날카롭고 제법 휘두르기 편한 크기였다. 혹시 몰라 봉 하나를 카트에 넣었다.

가게 안은 습기가 가득했다. 몇 개의 수조는 깨져 있었다. 깨지지 않은 수조는 외관만 멀쩡할 뿐 속에 든 물이 바짝 말라 있는 것이 대부분이었다. 수조 벽면은 이끼로 뒤덮여 죄다 푸른색이었다. 물살이식물은 보이지 않았다. 누군가 먹었거나 그것도 아니면 사체가 썩어 사라진 것이리라. 그렇지만 진짜 목적은 다행히 온전하게 보관되어 있었다. 손으로 털어도 털어지지 않는 진득한 먼지가 쌓여 있었고 유통기한도… 아, 오늘이 몇 년도 며칠이려나, 알 수 없지만 기한이 지났거나 간당간당해 보였다. 그래도 이건 말 그대로 유통이 가능한 기한일 뿐이다. 유통기한이 지나면 죄다 버려버리는 나에게 아내가 몇 번이나 강조한 말이었다.

'유통기한과 소비기한은 달라. 좀 아껴. 그리고 며칠 지난 거

먹어도 안 죽어. 음식에는 너무 예민하게 굴지 마.'

'네가 응급실에서 하루만 있어봐. 사람들이 얼마나 다양하고 기가 차게 뭘 먹고 병 걸려 오는지. 그 사람들 대부분 잘못한 게 없어. 그냥 먹었는데 그렇대. 입으로 들어가는 건 예민하게 굴어도 돼, 좀.'

'그럼 여보는 싱싱한 거 드세요. 이것들은 다 제가 먹을게요.'

'그렇게 말하면 내가 너무 쓰레기 같잖아.'

여보, 나 쓰레기 짓 한 번만 더 할게.

장풍아. 거북이 사료 맛은 어때?

카트에 물살이 사료 한 포대를 담았다. 위를 쳐다보고 있던 아내와 눈이 마주쳤다.

너를 두고 가지 않을 거야. 나도 여기에 남을 거야. 어떤 상황에서도 같이 있을게.

미각을 잃은 건지 사료가 원래 무미無味인 알 수 없지만, 맛이 느껴지지 않는 건 여러모로 다행이었다. 사료는 생각보다 눅눅했는데 이 역시 오래되어 그런 것인지 아니면 원래부터 그런 것인지 알 수 없었다. 그렇지만 이 역시도 다행이었다. 딱딱했다면 씹지 못했으리라. 장풍이는 아예 사료 포대에 머리를 집어넣고 먹었다.

아내는 새끼 새처럼 입에 넣어주는 사료를 거부하지 않고 씹었다. 본능에 가까운 행위 같았다. 꼭 다문 입술. 틈이 벌어지지 않게끔 입술에 주름이 지도록 다문 입술이 어이가 없어 웃었다. 세 살 버릇은 여든까지 가고 길든 습관은 죽어서도 따라간다.

'내가 말한 적 있나? 내가 너랑 즉석 떡볶이집에서 제일 매운 단계 떡볶이를 먹다가 대뜸 결혼하자고 프러포즈했던 이유를.'

아내와 나의 단골집인 즉석 떡볶이집은 매운 짜장 떡볶이로 유명한 집으로, 우리가 졸업한 고등학교 앞에 있었다. 그 고등학교 학생들은 그 떡볶이집 사장님이 다 먹여 키웠다는 말이 있을 정도로 그 학교를 졸업한 사람이라면 누구나 아는 곳이었다. 물론 학생 때 우리가 같이 그곳에 간 적은 없었다. 다닥다닥 붙은 테이블 속에서 아내를 인식한 적은 있었지만. 우리는 성인이 된 뒤에야 함께 그곳에 갔다. 가끔은 못다 만든 추억을 떠올리며 교복을 입고 간 적도 있었다.

가게 주인인 할머니는 우리를 알아보았다. 즉석 떡볶이 냄비를 버너 위에 올려주며 학생 때나 한번 사귀고 말지 왜 애 낳아야 할 때 서로 사귀냐고 한마디 했다. 다른 사람이었다면 아내가 벌써 밥상을 엎었겠지만, 주인 할머니가 단번에 우리의 관계를 알아보았다는 점, 우리를 기억한다는 점, 말은 그렇게 하면서 쥬시쿨 두 개와 튀김 만두 두 개를 더 서비스로 넣어주었다는 점에서 아내는 화를 잠재웠다. 그리고 계산할 때 할머니가 말했다.

'누가 서럽게 하면 여기 와. 아주 맵게 만들어 줄 테니까 아주 눈물 콧물 쏙 빼고 가.'

그 말 덕분에 우리는 평생의 단골이 되었다.

밤새 소동이었다. 경찰과 구급차, 군용 차량과 헬기가 정신없이 돌아다녔다. 살면서 총성을 실제로 들은 건 처음이었다. 생각했던 것보다 훨씬 크고 무섭다. 심장을 관통하는 소음이었다. 혹시나 우리 병실로 총알이 쏟아질까 봐 아내를 침대 밑으로 옮겼다. 밤새 침대 밑에서 아내를 끌어안고 버텼다. 괴성과 울음이 뒤섞여서 들리는데 감염자를 죽이는 건지 사람을 죽이는 건지 구분되지 않았다. 실수로 사람을 죽여도 아무도 모르지 않을까. 아니, 일부러 사람을 죽여도 다들 그러려니 하지 않을까. 바퀴벌레약도 바퀴벌레만 죽이는 게 아니니까. 쥐덫에도 쥐만 걸리는 게 아니니까. 아내는 죽어가고 있는데도 그런 아내를 누군가 죽일까 봐 전전긍긍하다가도 아내의 죽음을 수락했던 사람이 나라는 사실에 헛웃음이 났다. 무슨 배짱으로 아내가 죽어도 혼자 살아갈 수 있다고 확신한 걸까, 어리석게.

그 생각이 들어. 감염된 간호사를 죽일 때, 나한테는 다른 진심이 있었을 거라는. 마치 그가 네 뇌에 가득 찬 종양이라도 된 것처럼. 너를 데리러 온 저승사자라도 된 것처럼. 너의 죽음을 승낙한 나라도 된 것처럼….

사실 말이야, 그래서 조금 후련했어.

모교 학생들의 뼈와 살이 되었던 그 분식집은 유명한 코미디언이 자신의 개인 채널에 소개하면서 더는 모교 학생들만의 사랑방이 아니게 되었다. 주말은 물론이거니와 평일에도 대기 줄이 생길 만큼 유명해졌다. 아내와 1시간을 기다렸다가 들어간 가게에 교복은 보이지 않았다. 딸로 보이는 두 여자와 어린 남자 한 명이 가게를 운영하고 있었다. 할머니는 보이지 않았다. 할머니에게 드리려고 양갱을 사 왔던 우리는 머뭇거리다가 주문받으러 온 여자에게 가게 주인 할머니의 안부를 물었다. 그 순간 불안감에 가슴이 팔딱거리던 것이 생생하게 떠오른다. 돌아가셨다는 말을 들을까 두려웠다. 다행히 할머니는 건강하셨고, 이틀 전에 생일을 맞이해 남편분과 함께 사이판으로 여행을 가셨다는 소식을 들었다.

아내와 나는 한시름 놓은 채 늘 먹던 매운 짜장 떡볶이를 먹었다. 분식집 내부가 익숙하면서도 낯선 공간처럼 느껴졌다. 어쩌면 이제 이곳은 우리가 아는 그 분식집이 아닌 것 같기도 했다. 아니, 아닌 게 확실했다.

'이제 여기는 그만 와도 되겠어.'

'맛이 변했어? 나는 그대로 같은데.'

'여기는 이제 우리가 아는 그곳이 아닌 거 같아서, 그냥 낯설어. 그래서 그런가. 맛도 어쩐지 좀 변한 거 같아.'

아내는 그 말에 난처한 표정을 지었을 것이다.

'진작 말을 하지. 그럼 사리 전부 추가하는 건데. 나 사리 다 추가해 보는 게 로망이었는데….'

'지금이라도….'

'안 돼. 즉석 떡볶이는 처음에 끓일 때부터 같이 안 끓이면 소용이 없잖아.'

'그럼 다음에….'

'아냐. 솔직히 1시간 기다리면서 먹을 만큼은 아닌 것 같아, 나도. 오늘을 마지막으로 하자. 그리고 나 이제 이 맛 똑같이 낼 수 있을 거 같아. 집에서 만들어 먹자. 아! 그러면 우리 오늘 기념일로 하자. 이 떡볶이집과의 안녕을 고하는 기념일. 그 평계로 가는 길에 홀 케이크도 사자. 매운 떡볶이 먹었으니까 나 진짜 진한 초코 케이크를 입에 넣어야 해.'

이런 말을 해주는 사람과 평생 쿵짝쿵짝 맞춰가며 살아간다면, 평생 어떤 고난이 와도 홀 케이크 한 판으로 모든 하루를 이벤트로 만들 수 있지 않을까. 그런 생각이 들었다. 원래도 아내가 아닌 다른 사람과 살 생각은 추호도 없었지만, 우리는 늘 미래를 암묵적으로만 공유해 왔다.

언어화되지 않은 약속.

언어화할 수 없는 약속.

언어로 규정되지 않았기에 그 깊이와 넓이를 가늠할 수 없던 약속.

언어로 규정되지 않았기에 아무도 알 수 없던 우리의 약속.

'진짜로 기념일로 만들까, 오늘.'

'무슨 기념일?'

'네가 나한테 프러포즈 받은 날.'

'…나 오늘 프러포즈 받았어? 언제?'

'지금. 나랑 평생 살자, 우리. 매운 떡볶이 만들어 먹고, 홀 케이크 먹으면서. 심심하면 옛날이야기 하고, 시간 남으면 1시간씩 줄 서는 식당 밥집들도 가자. 한 달에 한 번은 꼭 영화관 가서 영화도 보고, 주말에 도서관 가서 책도 같이 읽자. 상반기, 하반기에 국내 여행 한 번씩 가고 명절 때는 꼭 해외로 가자. 그리고 네가 매번 밥 챙겨주는 놀이터 고양이, 개 살살 꼬셔서 같이 살

자. 결혼하자는 거야.'

아내의 표정을 떠올리고 싶은데, 떠오르지 않는다.

'마지막으로 네가 제일 좋아하는 땅콩샌드. 한 봉지에 네 개 든 거. 너는 두 개만 먹고 싶어 하니까, 나머지 두 개는 내가 먹을게. 하루 한 봉지씩 땅콩샌드 까먹으면서 살자. 내가 그건 절대 안 떨어지게 매일 사놓을게.'

계속 보다 보면 떠오르지 않을까 싶어, 추억 속의 아내를 응시했다. 그렇지만 떠오른 건 아내의 얼굴이 아닌 잊고 있던 분식집 수조였다. 아내 등 뒤에 자리 잡고 있던, 가로로 긴 수조. 인공 산호초와 가짜 바위, 유럽 동화에 나올 법한 집들로 꾸며진 수조에는 거피, 몰리, 코리도라스가 살았다. 수조 선반에는 학생들이 언제든 밥을 줄 수 있게끔 먹이가 꺼내져 있었다. 처음에는 거피만 있었다가 나중에 몰리가 입주했고 이끼 청소가 귀찮다며 코리도라스가 마지막으로 들어왔다. 졸업식 꽃다발을 들고 이 수조 앞에 서서 아내와 나누었던 이야기가 떠오른다.

'얘네 셋은 자연에서는 웬만하면 만날 수 없는 존재들이야.'

아내가 수조에 이마를 바짝 붙인 채 말했다.

'셋 다 비슷하게 담수에서 살기는 하는데, 거피랑 몰리는 해수에서도 적응할 수 있지만 코리도라스는 해수에서는 못 살아. 거피랑 코리도라스는 남아메리카 비슷한 지역에 서식하기는 하는

데…. 웃기지 않아?'

'뭐가?'

'같이 살 수 없는 애들은 이렇게 억지로 같은 수조에 넣어 살게 하면서 같이 살고 싶다는 것들은 같이 못 살게 하는 게.'

'얘네는 같이 있어도 서로 섹스할 일이 없잖아. 심지어 거피는 수컷 없이도 혼자 애 낳잖아.'

'모르지. 얘네끼리 눈 맞아서 새로운 종을 탄생시키면 어떡해?'

'그럼 비싸게 팔리겠지.'

'돌연변이 괴물로 태어나서 인간을 막 먹으면?'

'그럼 개꿀이지. 지구 멸망이 열대어 섹스로 이루어진다니.'

주변에 식품이 있을 만한 가게를 다 털어 왔다. 텅텅 비어 있을 줄 알았는데 생각보다 먹을 게 꽤 있었다. 전염 속도가 빨라서 그런가. 우리나라 사람들이 사재기를 잘 안 해서 그런가. 손에 잡히는 것은 일단 다 챙겼다. 특히 단백질 바나나 쉐이크는 내가 다 가져온 것 같다. 이것만 있어도 몇 달은 거뜬하게 버틸 수 있을 거다.

재난 방송에 라디오 주파수도 맞춰놨는데 이렇다 할 소식이 없다. 사람들이 왜 변했는지도 모른다. 그저 대피 명령이 떨어질 때까지 안전한 곳에 피해 있으라는데, 사람들은 계속 어디론가 떠난다. 나만 모르는 대피소라도 있는 건가. 아까도 차에 짐을 한가득

싣고 떠나는 가족을 봤다. 병원에 입원해 있었던 건지 병원복을 입은 아이가 엄마 등에 업혀 있었고, 첫째로 보이는 아이는 조용히 엄마를 돕고 있었다. 가족은 그렇게 셋뿐이었다. 가족들은 감염자들이 몰려올까 두려워하며 차에 조용히 짐을 실었다. 아이와 눈이 마주쳐서 손을 흔드니까, 아이도 똑같이 손을 흔들어 줬다. 그 탓에 아이 엄마가 이곳을 쳐다봤는데, 의외로 고개 숙여 인사하더라. 아는 사이인가, 싶었어. 나도 따라 엉겁결에 인사를 하니, 손을 움직이더라. 수어였어.

몸조심하세요. 살아남으세요.

내가 알아듣지 못해도 상관없다는 듯 단호한 표정이었다. 아내를 따라 주말마다 문화센터에서 수어를 배워두길 잘했다는 생각을 그때 처음으로 했다.

당신도 몸조심하세요. 삽시다.

내가 그렇게 인사하자, 엄마는 흠칫 놀라더니 웃었다. 그 웃음도 참 씩씩해 보였다. 우리 또래 같았는데 아이를 업고 있어서 그랬나, 우리보다 훨씬 강인해 보이더라. 그때 저 멀리서 한 무리의 감염자가 다가오는 게 보였다. 내가 손가락으로 가리키자, 엄마가 그들의 존재를 확인하고는 서둘러 아이들을 차에 태웠다. 근데 생각보다 감염자들이 몰려오는 속도가 빨라서, 자칫하면 잡힐 것만 같았다. 도와줘야겠다 싶어 주변을 둘러보다가 병실에 놓인 화분이 보였다. 그 화분을 창밖으로 있는 힘껏 던졌다. 고요한 새벽에 화분 깨지는 소리가 천둥처럼 울렸는데, 내가 꼭 제우스라도 된 것 같아서… 그거 기분 째지더라. 내 위치를 알아보고 미친 듯이 달려오는 감염자들을 보면서, 아 죽어서도 식욕이 왕성하면 행동이 빠르구나, 생각했다. 그리고 벽을 타고 올라오기라도 할까 봐 뒤늦게야 무서워서 창문을 꽉 닫았는데 다행히 벽을 타고 올라오지는 못하더라. 그사이 그 가족들 차가 도로를 빠져나가는 게 보였다. 살짝 열린 창문으로 작은 손이 나한테 엄지 날리고 있는 걸 봤다. 나도 헐레벌떡 창밖으로 고개를 내밀고 날려줬는데, 내가 날린 건 봤을까. 어디로 가는지 물어보기라도 할걸 그랬다. 물론 돌이켜 생각해도 우리에게는 그런 대화를 나눌 시간이 없었지만.

살아남으세요. 삽시다…. 이 말, 살면서 인사로는 처음 내뱉는 말인데 마치 평생 이 문장을 인사말로 살아온 것처럼 익숙하다.

새가 날아간다. 한 마리, 두 마리, 아니 수십 마리의 철새 무리가. 이상하리만치 새는 선명하게 보인다. 붉은 다리와 부리, 흰 배털과 청록색 깃털이. 그제야 구름과 나무, 들꽃 같은 것들은 흐릿하지 않고 선명하다는 것을 깨닫는다. 전봇대도, 표지판의 글씨도, 담장에 걸려 있던 내장과 인간의 얼굴은 이렇지 않았는데.

너는 운이 좋군. 쟤네를 보다니. 쟤네는 흔히 볼 수 있는 게 아니야.

장풍이 말했다.

저 새가 뭔데?

흔히 볼 수 없는 부리 붉은 애. 잘 날고, 많이 먹어.

아니, 종이 뭐냐고. 새 중에서도 비둘기나 학, 두루미, 이런 게 있을 거 아니야.

그런 게 어디 있어. 그런 건 우린 몰라. 분류하고 나누는 건 인간만 해. 쟤는 그냥 많이 먹고, 한동안 안 보였어. 기온이 엉망이라 길을 못 찾는다고 들었어. 예민한 애야. 종을 알아야만 저게 있다는 걸 인정할 거야? 모르면 쟤는 존재하는 게 아닌 거야?

너는 올리브각시바다거북이야.

나한테 필요 없는 정보야. 알려주지 마. 기억하지 않을 거야. 기억하면 외로워져.

왜?

네가 그렇게 말하지만 않으면, 나는 언젠가 저 예민한 애처럼 날 수 있는 존재가 될 수도 있어. 내 몸은 나른할 땐 숲이 되기도 하고, 헤엄을 칠 땐 파도가 되기도 해. 등을 말릴 땐 바람이 되기도 하지. 나는 자유자재로 변하고, 속하고, 벗어날 수 있어. 하지만 구분 지으면, 선이 생겨. 넘을 수 없는. 내가 갇혀 있던 가짜 바다의 투명한 벽처럼. 선이 생기면 오래 살 수 없어. 넘을 수 없다는 좌절이, 마음을 늙게 해.

그게 너희의 장수 비결이야?

아니. 이게 원래 지구를 살아가는 방법이야.

구조가 시작됐다. 며칠 내내 총성이 끊이질 않고 밤새 태양 빛
과 같은 불길이 도시 곳곳에 번졌다. 구조를 한다는 건지 은근슬
쩍 다 죽이려는 건지 구분이 안 된다. 그래도 제법 헬기가 날아다
니며 옥상으로 도망쳐 온 사람들을 태우며 가기도 하고, 군용 트
럭으로 입구를 사수한 뒤 건물 안으로 들어가 사람들을 데리고 나
오기도 하는데 어디로 가는 걸까. 그걸 안 알려준다. 이 땅 어딘가
에 안전한 곳이 있으면 위치부터 제일 먼저 알려줘야 하는 거 아
닌가. 그래야 여건이 되는 사람들은 알아서 갈 텐데. 가만 보면 중
요한 것들은 전부 비밀이다. 그리고 여기에는 아무도 안 온다. 옥
상에도, 입구에도. 이 존엄사 센터는 쳐다도 안 본다. 병원도 사정
은 비슷해 보인다. 헬기가 지나갈 때 휠체어를 탄 한 사람이 뛰쳐
나와 살려달라고 외쳤는데, 분명 충분히 들렸을 건데, 헬기 문밖
으로 내민 고개를 나도 봤는데 마치 듣지도, 보지도 못했다는 듯
이 갔다. 그냥 갔다. 그게 그 사람의 마지막 외침이었는데. 살고자
하는 간절한 통곡이자 죽음을 불러오는 소리였는데. 감염자들이
몰려왔다. 하는 수 없이 휠체어를 돌려 다시 병원으로 돌아갔다.

우리가 탈 수 있을까. 태워주기는 할까. 안전하다는 그곳에 우리가 알아서 찾아갔다고 치자. 우리를 들여보내 주기는 할까. 그냥 총 한 자루만 달라고 해야겠다.

신호등이 전부 쓰러진 4차선 도로에는 세단 한 대만이 덩그러니 놓여 있었고, 그 세단 내부에는 야생 꽃이 꽃다발처럼 풍성하게 피어 있었다. 넝쿨이 앞좌석 창문을 깨고 들어가 앞 두 좌석 전체를 휘감았고, 깨진 창문을 메꾼 거미줄은 은실로 뜨개를 한 것처럼 정교하고 아름다웠다. 트렁크 뚜껑은 바위에 붙은 다슬기 같은 것들이 울퉁불퉁하게 붙어 있었는데 자세히 다가가 보니 어느 이름 모를 벌레 유충의 고치 같았다. 세단은 고목이나 바위처럼 자리하고 있었다. 바퀴를 굴리면 바퀴에 엉겨 붙은 잡초에서 피가 날 것만 같은.

솜이 다 빠져나간 쿠션 위에 앉아 있던 너구리와 눈이 마주쳤다. 뒷좌석은 유리창이 먼지와 이끼로 덮여 천연 가림막이 되었고, 그곳은 이미 안락한 형태의 동굴이었다. 검은 눈동자와 털의 무늬가 또렷하게 보였다. 너구리가 손에 쥐고 있던 생쥐의 꼬리까지. 배부른 포식자의 나른하고 온화한 눈빛을 보며 등을 돌렸다. 울퉁불퉁한 보도블록 탓에 저 멀리 세워둔 카트에는 얼굴 윗부분만 빼꼼하게 내놓은 아내가 보였다. 잠시 눈을 깜빡였다. 시력이 돌아온 건가, 아니면 너구리 무늬가 아직 잔상처럼 남은 걸까. 그런데 아니었다. 실제로 아내의 이마에 못 보던 무늬가 자리하고 있었다.

가까이 다가가 아내의 이마를 어루만졌다. 무늬만이 선명했다. 눈썹 밑으로는 여전히 희끄무레했다. 얄궂게. 얼굴이 보고 싶은데.

네가 해놓은 거야?

장풍이에게 물었다.

뭐를?

이거. 너랑 비슷한데.

아내 이마에 생긴 무늬는 거북이 가죽의 것과 똑같았다.

너도 있어. 너도 그래. 너도 잘 봐봐, 너를.

얼굴을 볼 수 있는 거울이 없는데…. 난처하게 주변을 살펴보다 조금 전 마주했던 너구리의 집이 보였다.

사이드미러를 박박 닦았다. 이끼인지 먼지인지 알 수 없는 초록 입자들이 잔뜩 붙어 있어 잘 떨어지지 않아 결국에는 돌을 주워 긁어냈다. 흠집 난 거울을 보았다. 아내가 알았더라면 화를 냈으리라. 깨지거나 긁힌 거울은 보지 말 것, 잘 때 머리 방향을 북쪽에 두지 말 것, 문지방을 밟지 말 것, 상 모서리 부분에 앉지 말 것 따위의 말들을 대체로 따르는 편이었다. 우리 엄마도 하지 않았던 잔소리를 연인에게서 듣는 건 생각보다 귀찮은 일이었지만, 아내가 말하는 사랑은 늘 그런 식이다. 혹시 존재할지도 모르는 아주 조그만 액운조차 막아주고픈.

내 뺨과 목덜미에도 아내와 같은 이상한 무늬가 있는 걸 보았다. 무늬를 어루만졌다. 거북의 가죽보다 고목의 겉껍질 같은 질감이었다. 건드리기만 해도 부스러기가 후두둑 떨어졌다. 피부각질일 수도 있겠다. 몸이 죽긴 죽은 모양이다. 원래라면 땅속에서 이루어져야 할 일들이 아니었을까.

카트로 돌아가 장풍이에게 물었다.

내가 잠든 뒤부터 시간이 얼마나 지났어?

모르지. 너희 시간은.

너랑 내 시간이 달라?

다르지. 어떻게 같아.

해가 뜨고 지는 건 절대적인 하루인데, 모두에게 공평한.

해가 뜨고 지는 것이 내겐 하루가 아닌데. 해는 수시로 뜨고 져. 그게 하루면, 하루에 할 수 있는 건 고작 숨 한 번 내뱉기뿐이야.

그러면 너의 시간으로 얼마나 지났어?

내 시간으로 말해도 너는 모르겠지. 짧지 않은 시간이었어. 나도 꽤 길다고 느꼈어.

나는 그제야 궁금해진다. 고요하게 뒤섞인 지구를 보며.

사람들은 다 어디로 갔어? 다 죽었어?

모르지. 나는 계속 화장실에 있었는데.

다친 군인 한 명을 데리고 왔다. 단백질 보충제 하나랑 총을 바꿨다. 총알이 하나밖에 없다. 뭐, 이거라도 어딘가 싶었다. 생각해보면 보충제 하나랑 총알 하나는, 내가 너무 등쳐먹은 느낌이 나긴 한다. 군인이 지시받은 작전은 병원에서 뇌종양 치료제를 가져오는 거였다. 그게 왜 필요하냐고 물었는데, 너무 새끼 병사라 그이유까지는 자세히 알지 못했다. 정말로 명령을 따를 뿐이었다. 허겁지겁 먹고 있는 걸 보니까 안쓰러웠다. 나이를 물으니 스물이라고 했다. 생각보다 더 어린 나이였다. 올해 대학에 입학하기는 했는데, 취업 문이 더 좁아졌다는 이야기를 듣고는 군 복무를 빨리 마친 뒤 워킹 홀리데이를 떠나 영어 공부를 하며 외국 대학에 입학할 생각이었다고 한다. 흔하디 흔한 청춘의 한 줄기였다. 너무 보편적이어서 안쓰러웠다. 더 특별한 걸 꿈꿀걸 그랬다고, 게임 하는 걸 너무 좋아했는데 이럴 줄 알았으면 프로게이머를 꿈꿔볼걸 그랬다는 말 때문에 더 그렇게 느꼈을지도 모르겠다.

군인이 나한테 어떤 꿈을 가지고 있었느냐고 물었다. 꿈이라…. 단어가 귀엽게 느껴졌다. 아이들이 좋아하는 글자처럼. 똥, 방귀,

오줌 이런 단어랑 궤가 좀 비슷한 것 같다. 생김새나 발음이. 어쨌거나 나는 꿈을 이뤘다고 대답해 줬다. 꿈을 이뤘기 때문에 그것은 이제 꿈이 될 수 없다. 침묵 속에서 소리 내는 순간 침묵이 사라지는 것처럼, 꿈 역시도 쟁취와 동시에 사라지는 습성이 있는 것 같다. 나는 결혼하는 게 꿈이라고 했다. 군인이 인상을 찌푸렸다. 결혼 그거 그냥 하면 되는 거 아니냐 하더니, 혹시 연애 한 번도 못 해봤었냐고 묻는 얼굴에는 이해도, 공감도 하지 못하는 기색이 역력했다. 그게 불가능한 시기가 있었다고, 결혼하고 싶어도 나라에서 안 된다고 개지랄을 떨 때가 있었다고 하니, 처음에는 이해를 못 해 고개만 갸웃거리다가 침대에 누워 있는 아내를 보고 1초 멈칫, 2초에 헉, 하더니 3초에 아, 하더라. 그러더니 꿈을 이뤄서 축하한다고 했다. 우리가 조금 일찍 만났더라면 결혼식도 갔을 거라고. 웃긴 녀석이다. 우리는 결혼식을 안 했는데.

세상이 이 지경이 되어도, 운명이나 우연 같은 단어들이 얼마나 우스꽝스럽게 시대에 끼어 흘러가는지. 녀석이 군용 배낭에서 인조 꽃 화관 두 개를 꺼냈다. 물론 그 안에는 온갖 잡동사니들, 이 사태에 아무 도움도 되지 않을 것 같은 것들이 한가득 들어 있긴 했지만, 화관이라니. 이걸 왜 주워 가지고 다니냐고 물으니, 자기도 왜 주웠는지 딱히 기억도, 이유도 모르겠다는 얼굴을 하다가 우리를 만나려고 그랬나 보다 하고 너스레를 떨었다. 녀석이 그걸 선물로 줬다. 나중에 둘이 쓰라고. 어디에 보관해야 할지 몰라서 겉옷 안주머니에 넣어두었다. 화관만 선물로 받지 않았더라도 녀석이 변했을 때 총으로 바로 쏴버렸을 텐데. 자기가 물렸다는 것도 모르는 바보 새끼가, 어떻게 외국에서 학교 다닐 생각을 했나 몰라.

아내의 재킷 안주머니에 있던 화관 두 개를 꺼냈다.

그러게. 왜 너는 다른 인간들처럼 죽은 얼굴을 하고 멀쩡하게 돌아다니는 걸까? 이상하네.

아내에게 화관을 씌웠다. 잘 어울린다. 얼굴을 흐릿하지만 알 수 있다. 아내는 분명 화사할 것이다.

나는 더듬더듬 내 머리카락을 헤집었다. 역시나 머리카락에 파묻힌 실핀 몇 개가 잡혔다. 존엄사를 다짐한 이후로 수술도 치료도 받지 않았다. 머리카락을 밀 이유도 사라졌다. 죽을 때는 단정한 단발 스타일로 죽고 싶었다. 바짝 깎았던 머리카락을 기르는 과정은 쉽지 않았다. 반곱슬인 탓에 머리카락이 엉망으로 뻗었다. 그때마다 아내는 내 머리를 빗겨주고 실핀을 꽂아주었다. 검은 실핀은 질리고 멋이 없다며 어느 순간부터 색색의 실핀을 사왔다. 내 머리에 꽂혀 있던 건 분홍색과 하늘색, 노란색이다.

내가 추측하는 가능성은 두 개야. 이 바이러스의 분자구조가 항암제와 비슷한 경우. 항암제를 꾸준히 먹어온 덕분에 이 바이러스의 구조에도 몸이 면역 반응을 보였을 수도 있어. 두 번째는 뇌종양 치료제와 바이러스가 상호작용을 일으킨 거지. 한마디로 뇌종양을 없애려던 치료제가 바이러스까지도 차단해 버린 거야. 둘 중 답이 있는지, 답이 있다면 그게 맞는지도 이제 알 수 없지만 아마 그 군인에게 뇌종양 치료제를 가지고 오라고 했던 건 이런 이유가 아니었을까.

아내에게는 분홍색 실핀을 꽂아주었다. 단단하게 고정된 화관이 썩 마음에 들었다.

너의 병이 너를 지켜준 건가.

내 손에는 하늘색과 노란색 실핀이 남아 있었다. 내가 그것을 바라보며 색을 고르고 있자, 아내가 손에 있던 노란색 실핀을 툭, 건드렸다. 아내가 노란색을 골라줬다고 생각하기로 했다. 거북의 가죽처럼, 고목의 껍질처럼 변한 아내의 손을 붙잡아 손등에 입을 맞추었다.

아니. 내가 강해서 둘 다 품은 거야.

노란색 실핀으로 머리에 쓴 화관을 고정했다. 다시 카트를 끌었다.

바다가 멀지 않았어.

장풍이 말했다.

냄새가 느껴져. 내 고향의 향이….

아내가 물렸다. 군인이 물었다. 총으로 쏘려다가 차마 그러질 못해서 군인을 창밖으로 밀었다. 7층 높이에서 떨어졌으니 죽을 줄 알았는데, 다행히… 움직였다. 다행이라고 말하는 게 맞는지는 모르겠지만. 군인은 주변을 살피다가 저 멀리 홀로 뛰어갔다. 그 뒷모습이 바빠 보여서 눈물이 났다. 갈 곳도, 저렇게 바쁘게 가야 할 이유도 없을 텐데 열심히 뛰는 뒷모습이 안쓰러워서, 그래서, 눈물이 났다고 치자. 처음으로 실컷 울었다. 깨어나지 않는 아내를 보며, 숨이 가빠지는 아내를 보며, 창백해지는 아내를 보면서.

분명 바다를 향해 가고 있는데 바람은 점점 건조해졌다. 건조함을 알아차린 건 정전기 때문이었다. 바람이 불 때마다 이곳저곳에서 탄산처럼 빛이 터졌다.

물리고 싶은데 용기가 안 난다. 무섭다. 살짝만 물리고 싶은데 자칫 살점이 다 뜯겨 죽을 것만 같다. 아프게 죽는 건 싫다. 그래도 나한테는 총알 하나가 있다. 이걸로 나를 쏴야 할까, 아내를 쏴야 할까. 매일 밤 고민한다. 아내를 쏘자니 나 혼자 이곳에 남고 싶지 않고, 나를 쏘자니 감염되어 그 군인처럼 홀로 뛰어갈 아내가 생각 나 눈물이 나서 안 되겠다. 우리가 영원히, 지금처럼 함께할 수 있는 방법이 없을까.

외곽 도로를 지나자, 도시를 통째로 삼켜버린 화마가 보였다. 모든 게 타들어 간다. 마치 도시 전체가 거대한 화장터의 화로 같았다.

이 땅이 전부 불바다가 되겠어.

내가 말했다.

저렇게 타고 나면 땅에 미생물의 수가 많아진다. 재와 숯이 다양한 영양소를 공급하지. 미생물이 그걸 먹고 자란다.

내년에는 이곳이 우림이 되어 있을지도 모르겠네.

나는 카트를 끌며 말했다. 불타오르는 도시를 지나쳤다.

사람들이 이주선을 타기 위해 떠났다. 멸망해 가는 지구에서 도망쳤다. 도망가고 싶다고, 인간이 없는 곳으로 가고 싶다고 빌었던 건 우리인데 정작 우리가 남고 모두 도망쳤다. 지구가 오롯이 우리 차지가 됐다. 우리가 설 곳이 가장 부족했던 곳인데, 이제는 어딜 가든 지천이 전부 우리의 땅이다. 역시 오래 버티는 게 이기는 거다. 죽지 않고 오래 버텨야, 이긴다.

해가 저물었다. 잠이 오지는 않았지만 밤을 느끼고 싶었다. 주유소 매점으로 들어가려다가 새끼 멧돼지와 마주쳤다. 인간을 무서워하지 않는 새끼 멧돼지가 엉덩이를 들썩이며 주위를 맴돌았다. 다행히도 새끼 멧돼지는 모르는 듯했다, 제 어미가 기억하는 것을. 길을 걷다 난데없이 자신을 치고 가는 쇳덩이의 공포를. 굶주림을 버티지 못하고 산을 내려갈 때면 난데없이 자신을 향해 날아오던 쇠구슬의 고통을. 만약 저 새끼 멧돼지가 인간을 알고 있었다면, 마주하자마자 공격할 것이었다. 이 땅의 가장 포악했던 짐승을. 멧돼지가 달려들면 도망갈 마음을 먹기도 전에 나는 산산조각이 날 터였다. 나는 카트를 끌고 다시 주유소를 나갔다. 어디로 가야 할지 몰라 한참을 걷기만 하다가 커다란 대게 조형이 세워져 있는 식당으로 들어갔다.

피해가 없었는지 식당 내부는 부서진 곳 없이 말끔했다. 그리고 예전에는 대게가 가득 들어 있었을 물 담긴 수조가 보였다.

장풍이를 수조에 넣었다. 메말라 있던 등껍질이 천천히 젖어드는 것이 보였다.

수질이 별론데. 괜찮아?

물은 다 물이야. 시원해.

아내를 카트에서 꺼내려고 애를 쓰다가 결국 카트가 옆으로 엎어졌다. 오히려 잘됐다, 싶었다. 이불도 없으니, 차라리 둘이 카트 안에 누워 있는 게 더 안락하리라.

아내와 엎어진 카트에 하반신만 겨우 넣은 채 식당 바닥에 나란히 누웠다. 천장을 바라보고 있는 아내의 옆얼굴을 보았다. 거북의 가죽 같은, 고목의 껍질 같은 것이 점점 더 아내의 얼굴을 뒤덮었고 그럴수록 아내의 얼굴이 점점 선명해졌다. 이제 눈동자가 보인다. 반짝인다. 아내의 뺨과 눈가를 어루만졌다. 아내의 고개를 돌렸다. 나를 본다. 보고 있다. 눈동자에 아내의 숨이 느껴진다.

피로 감염되는 것 같다.

아내가 입술을 들썩였다. 배가 고픈 새끼 새의 입질 같은 게 아니다. 내게 말을 하고 있다.

이로 깨물어 피를 낸 아내의 입술과 내 입술을 맞대어 입을 맞췄다. 나는 아무래도 너한테 감염되고 싶어.

내가 이렇게 느끼한 말을 한 걸 알면 아내가 진절머리를 칠 건데. 그래도 봐주겠니? 낭만적인 멸망을 맞이하자. 지구를 독차지

한 기념으로.

아침이 왔을 때 다시 카트에 아내와 장풍이를 싣고 움직였다. 새벽 내내 파도 소리를 들었다. 멀지 않은 곳에 바다가 있는 것이다. 그 파도가 우리를 부르는 것만 같아서 더 지체할 수 없었다.

바다로 가는 내내 어젯밤 아내가 나에게 속삭인 말이 무엇이었을지 궁리했다. 퀴즈는 금방 풀릴 듯 말 듯 했다.

여보.

바다가 보였다. 거대한 해변이. 건물 하나 없이 오로지 검은 바다뿐인 곳이다. 단 한 번도 인간이 밟아본 적 없는 검은 물.

모든 건 다 잊어도, 나는 잊지 마. 우리 서로는 잊지 않기로 해.

장풍이를 해변에 놓아주자, 녀석은 치사하게 인사 한마디 하지 않고 바다로 가버렸다. 고맙다는 말은 해줄 수 있는 거 아닌가 싶었다가 그게 얼마나 염치없는 짓인지 깨달았다. 애초에 장풍이를 바다에서 꺼낸 것이 인간이구나. 아무도 우리에게 인간 대표자의 자격을 주지 않겠지만, 이곳은 이제 우리뿐이므로 감히 인간 대표가 되어 장풍이에게 사과했다.

아내와 나란히 해변에 앉아 바다를 바라보았다. 몇 시간이, 며칠이 흘렀는지 모르겠다. 우리의 시간도 이제 해와 달에 얽매이지 않게 된 걸까. 시간이 느껴지지 않았다.

그러다 어느 날 아내가 내 손을 잡았다. 우리의 피부는 이제 완전한 고목이 되었다. 아내가 나지막이 내뱉은 말을 아직도 풀어내지 못했지만 어쩌면 머지않아 아내가 알려줄 거라는 생각이 든다.

사람들은 다시 이곳으로 돌아오겠지. 장풍이가 바다로 돌아갔듯이, 결국에는. 하지만 나는 복수를 아는 인간이다.

그러니 돌아오지 마십시오, 그대들.

당신들이 설 자리는 없습니다. 이제 이 행성에는 우리뿐입니다.

좀비 그만 좋아하는 법은 없나

「우리를 아십니까」는 2019년쯤 플랫폼에 올렸던 두 편의 단편소설 「제 목소리가 들리십니까」, 「제 숨소리를 기억하십니까」와 세계관을 공유하는 연작소설입니다. 물론 앞선 두 편을 읽지 않아도 이번 단편을 읽는 데 문제는 없습니다만, 함께 읽으면 더 좋을 것 같아요. 세 편을 함께 읽을 수 있는 만남의 장을 조만간 만들도록 하겠습니다. 저는 왜 이렇게 좀비가 좋을까요. 장르로서요. 실제로 좀비를 보면 저도 도망은 갈 겁니다. 왜 이렇게 이 장르를 좋아하는가, 고민해 봤어요. 호러나 스릴러를 좋아하는 것도 있지만, 다른 호러나 스릴러에서는 느끼지 못했던 주요 감정이 좀비 장르에는 있더라고요. 고독이요. 사랑하는 사람을 잃는 쓸쓸함. 나 혼자만 남은 듯한, 혹은 그럴지도 모른다는 두려움. 재난과 재앙, 외계인 침략에서는 느낄 수 없는 독특한 공포요. 그리고 이 공포는 인간만이 느끼는 특징적인 공포 같습니다. 재난 앞에서 느끼는 죽음의 공포, 외계인 같은 낯선 존재를 마주할 때 오는 공포는 인간에 국한되지 않는 생명이 가지고 있는 공통적인 공포 같은데, 멸망한 문명에 홀로 덩그러니 놓여 있는 공포는 감히 인간만이 느끼는 공포라 추측해 봅니다. 그런 점에서 좀비는 제게 고독과 쓸쓸함의 대표적인 장르예요. 이미 많이 변주되어 나왔기 때문에 더 새로울 것 없는 장르이기도 하고요.

제가 좀비를 좋아하기 시작한 게 중학생 때부터거든요. 그때부터 언니랑 새로운 좀비 영화를 찾아봤어요. 저희 가족의 문화 중 하나가 '거실에서 이불 깔고 영화 보기'인데, 그때 봤던 영화 대부분이 좀비예요. B급 좀비부터 시작해서 채식주의자 좀비, 그리고 사랑을 느끼는 좀비까지도요. 영화 〈28〉 시리즈(2002, 2007), 〈월드워Z〉(2013), 〈부산행〉(2016) 이후로 '좀비 떼'의 이미지적인 만족감은 다 채워졌음에도 저는 끊임없이 좀비를 찾아 헤맵니다. OTT가 부흥하면서 좀비 드라마도 많이 생겼고, 여전히 독특한 설정을 가진 좀비 드라마가 공개를 앞두고 있고요. 이런 와중에 '그런데도 내가 좀비를 좋아하는 이유와 내가 쓸 수 있는 좀비는 무엇일까' 하는 고민이 들더라고요. 제 소설집 『어떤 물질의 사랑』 속에서는 「두하나」, 『노랜드』에는 「이름 없는 몸」이 좀비 혹은 좀비와 유사한 형태로 쓰였고요. 아마 이런 식으로 제가 쓸 수 있는 좀비를 계속 찾아가지 않을까, 싶어요. 그러다 어느 순간 좀비 시리즈를 도전해 보고 싶기도 하고요.

초기에 썼던 두 편의 좀비 소설의 세 번째 편을 쓴 이유도 그 두 편이 제가 할 수 있는 좀비 이야기였기 때문이었어요. 좀비를 좋아하는 사람이 많지는 않던데… 다들 좀비를 많이 좋아해 줬으면 좋겠어요. 저랑… 좀비 하실래요?

좀비 읽기 좋은 계절: 봄, 여름, 가을, 겨울

오름의
말들

제5회 한국과학문학상
중단편 부문 수상자

떠나지 않고
남아 있고 싶은 사람.
출판사에서 편집자로 일하며
소설을 쓴다.

김혜윤

연구센터는 경상남도 고성군의 인적 드문 해변가에 위치해 있었다. 임시로 세워진 것처럼 보이는 어설픈 건물들이 덧지어지지 않은 채 드문드문 떨어져 서 있었다. 습기와 소금기가 어린 바람이 잔잔하게 불어왔다. 기숙사동으로 향하던 류는 무거운 캐리어를 든 채 서서 홀로 상대를 마주 보고 있는 통역사를 바라보았다.

　통역사는 12미터짜리 '오름' 하나와 대화를 시도하려 하고 있었다. 통역사는 손에 초크를 묻히고 팡팡 맞부딪쳤다. 마른 편이었지만 균형 잡힌 몸이었다. 가무잡잡한 피부가 햇빛에 빛났고, 하나로 길게 묶은 머리가 나뭇가지처럼 휘날렸다. 통역사는 자신 있게 뛰어올라 등반을 시작했다. 류도 대강 이해할 수 있는 문장이었다.

　그는 맨손인 왼손과 장갑을 낀 오른손으로 번갈아 가며 돌기를 붙잡으며 오름을 올랐다. 류는 그 움직임을 찬찬히 훑었다. 3미터쯤 올라갔을 때 통역사는 팔에 힘을 주고 진자처럼 몸을 흔들었다. 세 번 흔들리는 동안 그의 몸은 추진력을 얻어 큰 폭으로 왕복운동을 했다. 고점에 다다른 순간 그는 몸을 던져 손을 뻗었다. 류는 잠시 숨을 멈추었다. 통역사는 다음 돌기를 왼손으로 붙잡는 데 성공했다.

"앗."

류는 자기도 모르게 탄식을 뱉었다. 통역사의 몸이 크게 움찔하더니 그의 손이 오름으로부터 떨어졌다. 등에 매단 로프가 팽팽해졌다. 통역사는 헐떡이며 온몸의 힘을 쭉 빼고 크레인에 연결된 로프에 매달려 땅으로 내려왔다. 그가 매트리스에 등을 대고 누워 호흡을 고를 때에야 류도 숨을 내쉴 수 있었다. 주변은 여전히 고요했다. 류는 홀린 듯 터벅터벅 걸어가, 누워서 거친 숨을 몰아쉬고 있는 통역사를 내려다봤다.

"뭘 물어보고 싶으셨던 거예요?"

통역사가 류를 올려다봤다. 그가 땅으로 떨어지기 전까지의 패턴은 류도 알아들을 수 있는 문장이었다. 통역사는 몸을 일으키고 팔다리의 먼지를 털었다. 통성명도 하지 않고 대뜸 질문한 것이 무례했다는 생각이 들어 류는 성급한 질문을 후회했다. 하지만 통역사는 개의치 않고 입을 열었다.

"얘가 원래 안 이랬는데 이틀째 여기 가만히 있어서, 이유를 물어보고 싶었는데 안 들어주네요. 좀 까칠한 친구라서…."

통역사는 눈앞의 거대한 생명체를 가리키며 구구절절한 설명을 늘어놓다가 말끝을 흐리며 뒷목을 긁었다. 수다에 가깝게 설명을 늘어놓은 것이 민망했던 모양이다. 그는 조용히 고개를 돌리고 오름을 올려다봤다. 류도 그 시선을 따라 거대하고 신비한 미지의 물체를 바라봤다.

"그럼 E 패턴을 응용해 보면 어떨까요?"

어색한 침묵을 뒤로하고 류는 불쑥 대안을 제시했다.

"그것도 괜찮네요."

통역사는 미소를 지었다. 그는 자리에서 일어나 옷을 털고 류에게 악수를 청했다가, 손이 초크와 먼지로 엉망인 것을 깨닫고 멋쩍게 거뒀다.

"이류 선생님 맞지요? 오늘 오신다던."

"네. 지금 바로 오를까요?"

"나중에요. 기숙사 가서 짐 먼저 푸세요."

그의 펄럭이는 손짓을 물끄러미 보던 류는 자신이 통역사의 이름을 마주 묻지 않았다는 걸 깨달았다. 하지만 그가 개의치 않는 것 같아 보여서 류는 구차한 인사치레를 하려는 시도를 관뒀다. 류는 이미 그를 알고 있었다. 그는 정희정이었다. 인간-오름 공용어를 고안해 낸 사람이자 대한민국 오름 연구센터의 언어연구팀장.

*

그들은 어느 날 갑자기 나타났다.

외계인들. 괴물들. 거대 우주 달팽이들. 뭐라고 부르든. 그들이
이곳에 도착한 것이 벌써 2년 전이다. 한밤중에 굉음과 함께 한
반도 끝자락으로 떨어진 이 존재들이 운석이 아니라 살아 움직
이는 외계 생명체라는 사실이 밝혀지자 온 나라가 들썩거렸다.
같은 날 미국 콜로라도주와 중국 청도, 튀르키예의 카파도키아
를 비롯한 열 군데 지역에도 같은 개체들이 떨어졌다는 뉴스에
전 세계의 관심이 이 거대한 덩어리들에게 쏠렸다. 대한민국에
떨어진 개체는 셋이었다.

한마디로 묘사하자면 그들은 거대하고 단단한 달팽이들이었
다. 짙은 흑색의 겉껍데기는 암석처럼 단단했고, 부드러운 속살
은 우윳빛으로 불투명했다. 대개 높이가 8미터에서 20미터 사
이였지만 그보다 더 큰 개체도 있었다. 시각이나 청각 기관은 없
고 배를 밀어 하루에 최대 100미터를 이동했다. 생김새나 행동
양식은 심해를 천천히 기어다니는 갑각류와 비슷했지만 다른 생
명체를 먹이로 삼지는 않았다. 적어도 지금까지 관찰된 바로는
생존하는 데 햇빛과 물이면 충분했다. 단단한 껍데기 속, 외부로
내밀 수 있는 점액질 몸 전면에는 따개비 같은 단단한 돌기 수

백 개가 다닥다닥 달려 있었다. 그 돌기에서 각기 전류가 방출됐다. 그들은 서로의 점액질 몸에 돌기를 맞대고 소통하는 모습을 보였기에 지능이 있는 동물로 판별되었다. 상대가 접근하면 돌기들은 상대의 몸 어딘가, 각기 닿을 곳을 찾아 빨판처럼 부드럽게 달라붙었다. 인간의 눈에는 다소 기이하고 외설적인 장면이었다. 어떤 이들은 그들이 징그럽게 생겼다고 몸서리쳤지만 희정은 처음 봤을 때부터 그들이 마음에 들었다고 했다.

언어학자인 희정은 이곳에 오기 전까지 지구상에서 사라져 가는 언어들을 수집하고 연구했다. 외계 생명체들과의 소통 방식을 고안해 낼 수 있었던 건 희정의 공이 컸다. 이 생명체들은 돌기를 통해 외부와 자극을 주고받을 수 있었고, 그들이 사용하는 건 전기 신호였다. 연구원들은 여러 방식을 시도했지만, 돌기에 접촉하는 것이 생체가 아니면 외계 생명체는 반응하지 않았다. 그들과 소통하려면 반드시 신체 접촉이 필요했다.

희정은 이진법을 이용한 언어를 구상해 냈다. 돌기와 인간이 닿아 전류가 통하면 1, 그렇지 않으면 0. 희정은 접촉을 통한 이진법 언어를 스포츠 클라이밍과 접목시켰다. 정체 모를 외계 생명체와 대화하기 위해서 인간은 크레인에 로프를 매달고 그들의 몸을 타고 올랐다. 암호학을 전공한 류는 그것이 무척 직관적이고 합리적인 방식이라고 생각했다. 약간의 체력과 근력이 필요하긴 하지만 쉽고 효율적이었다.

류를 센터로 안내하며 희정은 그들과 처음으로 소통에 성공했던 날에 대해 이야기해 주었다. 첫 대화의 내용은 간단했다. 맨손으로 눈앞의 돌기에 손을 올렸다가 5초 후 손을 뗀다. 그렇게 여러 번 접촉을 반복하자 손바닥이 짜릿해졌다. 약한 전류였지만 몸을 움찔하게 할 만큼의 통증이 있었다. 희정은 왼손으로는 눈앞의 돌기를 잡고, 장갑을 낀 오른손을 다른 돌기에 얹었다. 그 행동을 몇 번 반복한 후 장갑을 벗고 돌기 두 개에 양손을 올리자, 생명체는 무언가 이해했다는 듯 같은 패턴을 돌려주었다. 왼손에는 따끔한 통증, 오른손에는 침묵. 희정은 그를 지켜보던 다른 사람들이 놀랄 정도로 큰 환호성을 질렀다.

"중국 소수민족 언어를 연구하러 답사를 갔을 때, 완전히 낯선 언어와 문법을 구사하는 사람들을 만난 적 있어요."

첫 소통의 순간을 무용담처럼 말하던 희정은 꿈을 꾸는 듯한 얼굴로 중얼거렸다.

"처음에는 당연히 전혀 소통이 안 됐죠. 하지만 같이 생활하다 보니 직관적으로 서로 무언가를 이해할 때가 있었어요."

희정이 고개를 돌려 류를 바라봤다. 그의 눈에서 일순 빛이 뿜어져 나왔다. 광기에 가까운 빛이라고 류는 생각했다.

"그때의 기쁨은 말로 할 수 없어요."

류는 그런 종류의 경험은 없었지만, 해독되지 않은 알고리즘 난수열의 실마리를 찾아낼 때의 기분을 알았다. 어두운 방 안에서 전구가 반짝 켜지듯 눈앞이 분명해지는 순간. 황홀하고 강렬한 섬광. 희정에 눈에 비친 빛과 같은.

"물론 그다음부터가 진짜 힘든 거지만요."

이어진 말에 류는 고개를 끄덕여 동의했다. 이해의 환희는 찰나다. 그것은 종착이 아니라 시작이며, 이후로 길고 지난한 작업이 이어지기 마련이다.

희정의 아이디어로 그들의 생물학적 정의보다도 언어가 먼저 발명되었고, 처음으로 이들과의 소통에 성공한 한국에게는 이 생명체에 이름을 붙일 권리가 생겼다. 그들을 지칭하는 국제적인 공식 명칭은 '오름'이 되었다. 제주 방언으로 '산'을 뜻하는 단어였다. 희정은 세 개체에게 차례로 이름을 지어주었다. '하나', '두리', '세라'. 1990년대에 태어난 세쌍둥이에게나 붙일 투박하고 재미없는 이름들이었다.

수많은 전문가들이 연구센터로 몰려들었고 그들에게 '통역사'라는 직함이 붙었다. 공용어를 고안하는 건 비교적 간단했다. 어려운 건 설득과 교습, 대화와 해석이었다. 초기 공용어는 아레시보 메시지에 기반한, 언어라기보다는 점과 점을 이어 그리는 그림에 가까운 원시적인 형태였다. 이후 합의에 도달한 일종의 표

의문자들은 지루한 반복과 협상을 거쳐 만들어졌다. 오름들의 언어가 물리적인 전류 신호였기에 초기의 접촉은 난항을 겪었다. 그들은 인간과 소통하기에 적절한 강도를 알지 못했고 돌기를 붙든 통역사들은 몇 번이고 감전돼 정신을 잃었다. 유의미한 소통이 이뤄지기까지는 지난한 시간과 조율이 필요했다.

오름과의 대화는 문맹에게 글을 가르치고 느린 필담을 나누듯 진행되었다. 단어는 짧고 간결하고 이해하기 쉬워야 했다. 통역사들은 점차 말이 짧아졌고 때로는 소리 내어 말하는 대신 입을 다문 채로 손가락으로 탁자를 두드리고는 했다.

"선생님께 부탁드리고 싶은 건 해석되지 않는 패턴의 해독이에요."

희정이 설명했다. 류는 고개를 끄덕였다. 그는 아주 오래전부터 이곳에 오기를 바라며 지속적으로 그동안의 연구 자료를 봐왔기에 이미 알고 있었다. 공용어가 정립될수록 오름들은 수수께끼 같은 새로운 패턴을 창조해 내고는 했다. 그들이 하고자 하는 말, 하지만 아직 그들과 인간 사이에 생겨나지 않은 말이 있었다. 그것을 유의미하게 분석하고 인간의 언어로 통역해 내는 작업이 필요했다.

연구센터 건물은 대략 세 개의 구역으로 나뉘어 있었다. 생물 연구팀과 언어 연구팀, 그리고 만일의 사태에 대비하기 위한 주둔 군부대. 임시 가드레일이 설치된 군부대 옆을 지나며 류는 조금 긴장했지만 정작 군인들은 하품을 하고 있었다. 그들은 멀리서 느린 속도로 이동하고 있는 거대 달팽이들을 전혀 두려워하지 않는 것처럼 보였다.

전임자의 인수인계 자료를 전달하며 희정은 센터를 소개했다. 류는 각 팀의 구성원들과 그들이 맡고 있는 역할에 관한 안내를 성실히 들었다. 오름들이 발견되었을 때 대규모로 편성되었던 연구센터의 인원은 시간이 흐를수록 차츰 줄어들어 이제는 스무 명 남짓이 되어 있었다. 식사 준비나 청소, 세탁과 같은 잡무는 연구원들이 당번을 정해 돌아가면서 해결해야 했다. 연구소라기보다는 컬트 집단 같다고 류는 가만히 생각했다.

연구 일지 기록을 들춰보니 여러 사람들이 들고 난 이력이 보였다. 입소하고 몇 달 만에 그만둔 연구자들이 수두룩했다. 류는 그 사실을 어느 정도 납득했다. 오름과 대화하는 것은 육체적으로 강도 높은 노동이었고, 그에 비해 지금까지 진행된 연구 성과는 미미했다. 2년이 지난 지금도 인간은 오름과 제대로 소통하지 못했고 유의미한 지식을 알아내지 못했다. 그들은 그저 느릿느릿 움직이는 신기한 바위나 다름없었다. 연구센터는 전체적으로 열악한 현장학습 리조트나 쇠락의 길을 걷기 시작한 놀이공원 같은 분위기를 풍겼다. 류는 어쩐지 그것이 싫지 않았다.

*

"으악."

외마디 비명과 함께 류는 추락했다. 꼴사납게 로프를 붙든 그는 부들부들 팔을 떨며 간신히 지상에 착륙했다. 희정은 통역사들의 생명줄을 매다는 크레인 옆에 기대 서서 류의 첫 '대화'를 지켜보았다. 세라는 이곳의 오름들 중 가장 작았고, 몇몇 연구원들은 세라가 비교적 상냥하다고 했다. 상냥하다고? 류는 처음에는 어떻게 오름이 상냥할 수 있는지 궁금했고, 이제는 이런 게 상냥한 거냐고 묻고 싶었다.

"와, 처음치고는 잘하시네요."

"농담이시죠?"

류가 넌더리를 내며 손을 털자, 희정이 웃었다.

"오기 전에 공용어를 열심히 익히셨나 봐요. 여기 머무시면서 헬스장에서 매일 근력운동을 하세요. 그러면 금방 근육이 생길 겁니다."

"힘이 빠져서 떨어진 게 아닙니다. 전기가 확 올라왔다고요."

"그렇게 딱딱하게 말하니까 세라가 싫어하죠."

통역사가 오름을 오르며 문장을 전달한 후 다시 돌기를 붙잡으며 내려가면, 그들은 전류를 방출해 공용어로 답해주었다. 인간이 전기 충격에 취약하다는 걸 깨달았는지 그들은 간혹 거절의 뜻으로 강한 전류를 발산해 성질을 부리기도 했다. 류는 감전된 손을 주물렀다. 작은 바늘 수십 개가 손바닥에 박히는 것 같은 통증이었다. 희정은 키득거리다가 직접 시범을 보여주겠다며 로프를 빼앗아 허리에 달고는 세라 위로 뛰어올랐다.

희정은 능숙하게 오름을 올랐다. 류는 눈에 힘을 주고 그 모습을 바라보았다. 희정은 확실히 공용어에 능숙해 보였다. 오래 단련한 듯한 근력과 날렵하고 거침없는 의사결정이 빛을 발했다. 하지만 단순한 언어 실력을 넘어 그 이상의 무언가가 있었다. 희정이 쓰는 패턴은 보고서와 논문에 쓰인 예문과는 별개의 새로운 암호문이었고… 그와 오름 사이에는 완전히 다른 종류의 관계가 흘렀다. 류는 희정의 패턴에서 수어의 홈 사인을 연상했다. 좋아하는 것, 특정한 날의 기억, 누군가의 별명을 가리키는 그들만의 언어. 오래되고 상호 약속된 간략하고 친밀한 말들. 길고 거추장스러운 설명이 필요 없는, 우정 어린 슬랭.

류는 바로 알아보았다. 희정은 이 언어를 누구보다도 잘 구사한다. 당연한 일이다. 그는 처음부터 지금까지 오름들에게 공용어를 가르치고 대화를 나눈 사람이니까. 희정이 그들과 쌓은 시간과 유대는 누구와도 비교할 수 없을 것이다. 오름이 내뿜는 전류가 인체에 어떤 영향을 주는지는 여전히 밝혀지지 않았지만,

희정은 아랑곳하지 않고 2년 동안 매일같이 대화를 반복했다. 류는 그가 구사하는 문장을 오랫동안 멍하니 올려다봤다. 의심의 여지 없이 아름다운 문장이었다.

"멋지죠."

등 뒤에서 누군가 류에게 말을 걸었다. 돌아보니 하얀 가운을 걸친 연구원이었다. 작은 키에 아무렇게나 자른 짧은 머리를 한 그는 코끝에 걸친 두꺼운 안경을 밀어 올리며 류를 빤히 쳐다봤다. 인사를 할 겨를도 없이 남자는 말을 툭 내뱉었다.

"언어팀에 새로 오신 분이시죠?"

"네, 이류입니다."

"생물팀장 김준호입니다."

일방적으로 자신을 소개한 남자는 류의 곁에 서서 팔짱을 끼고 오름을 오르는 희정을 구경했다. 류는 무슨 말을 해야 할지 모르겠어서 어색하게 가만히 서 있었다. 희정은 열여섯 번째 돌기를 붙잡고 숨을 고른 후 아래를 내려다봤다. 준호가 손을 흔들자 희정이 웃으며 오른손을 덮은 장갑을 벗어 던졌다. 준호는 떨어지는 장갑을 낚아채며 감탄을 내뱉었다.

"역시 통역사들은 멋있어요."

"김 팀장님도 공용어를 할 줄 아시나요?"

"읽을 수는 있어요. 저는 힘이 달려서 말을 못 걸지만요."

그는 보란 듯이 가느다란 팔을 휘적거렸다. 류는 조금 웃었다.

"저는 오름 체내에 있는 이온 채널의 기전을 연구 중이에요. 아직 제대로 밝혀낸 건 하나도 없지만요. 지구에 있는 생물들과는 세포 구조가 완전히 달라요. 솔직히 이런 건 최소한 10년 잡고 진득하게 연구해야 하는데… 아시다시피 여건이 별로 안 좋아요."

준호는 어깨를 힘없이 으쓱했다. 류는 고개를 끄덕였다. 진전이 없는 오름 연구는 분기마다 연구 예산과 인원이 줄어들었다. 사람들은 처음에는 신기해하거나 두려워했지만, 거의 식물이나 다름없는 오름들의 생활은 지속적인 관심을 끌기에는 너무 단조로웠다. 무엇보다도 오름들은 '추했다'. 성과라고 하기 민망한 연구 결과가 뉴스에 보도될 때면 꼬박꼬박 구역질을 하는 댓글이 달렸다. 사람들의 눈에 오름은 매력적인 생물이 아니었다. 준호는 희정이 오름을 천천히 내려오는 모습을 바라보며 말했다.

"이 선생님께서는 오래 계시면 좋겠네요. 최근에 통역사들이 많이 떠나서 정 팀장님이 서운해했거든요."

준호가 고개를 돌려 류와 눈을 마주쳤다. 그의 안경 너머로 시선이 번뜩였다. 그 시선에서 견제와 의심, 기대와 당부가 느껴졌다.

"오래 있겠습니다."

류는 최대한 진심을 담아 그렇게 말했다. 그 말을 듣고도 류를 잠시 노려보던 준호는 류에게 허공에서 떨어진 희정의 장갑을 건네주었다.

"세라가 착하다고는 하는데, 제가 보기에는 제일 드세요. 저라면 하나랑 먼저 대화할 거예요. 덩치가 큰데도 상대적으로 전류를 약하게 발산하거든요. 너그러운 녀석이죠."

오름과의 소통은 흥미로웠지만 진척이 느렸고 오름과 인간 모두 아직도 그닥 유창하게 소통하지 못했다. 오름들은 공용어를 구사하는 데 서툴렀고 때로는 알아들을 수 없는 패턴을 내놓았다. 질문에 따라오는 답변은 대부분 동문서답이거나 전혀 해독할 수 없었다. 그런 면에서 이곳은 사실 어린이집이나 다름없었다. 외계 문명과의 드라마틱한 조우를 기대했던 대중들의 관심은 천천히 식어갔다. 이제 이곳에서 오름과 대화할 수 있는 '통역사'는 다섯 명뿐이었다. 통역사들은 인내심을 갖고 지엽적인 단어와 문장들로 대화를 개진하려 노력했다. 눈을 감고 코끼리의 일부를 더듬는 것처럼.

오름은 섬세하고 독립적인 생명체였다. 주변에 다른 생명체가 많으면 불안정해졌고 낯을 심하게 가렸다. 류가 부임하고 며칠 동안은 그를 별로 좋아하지 않았던 두리와 세라가 하룻밤 사이에 105미터를 도망가(관측된 이래 최고 이동 기록이었다) 다들 진땀을 빼기도 했다.

비록 이해할 수는 없었지만 분명 그들에게는 고유한 가치관이 있었다. 알고 싶은 것들을 질문하면 오름은 유아적인 공용어로 최선을 다해 답해주었다. 그들은 우주 저편에서 날아왔고 스스로의 의지로 이곳에 머무르기를 선택했다. 양지바른 곳과 빗방울을 맞는 일을 좋아했다. 혼자 있는 것을 선호하지만 간혹 깊게 교류할 수 있는 대상을 필요로 했다. 기분이 좋은 날에는 대답을 성실히 했고 기분이 별로인 날에는 입을 다물고 전류를 쏘았다. 크게 쓸모는 없지만 연구원들에게는 무척 귀한 정보들이었다. 그 과정에서 그들은 각자 미로를 통과하는 듯한 이상한 행로를 거쳐 오름과의 개인적인 관계를 쌓아 올렸다.

결국 이곳에 여태까지 남아 있는 건 오름을 사랑하는 이들뿐이었다.

*

류가 오름들과 제대로 된 대화를 나누기까지는 다소 시간이 걸렸다. 그가 특이하고 독자적인 자신만의 문법을 밀고 나갔기 때문이었다. 오름들의 지난 데이터를 분석한 류는 오름들이 어쩐지 답답해하고 있다고 느꼈다. 그들의 패턴은 아주 미묘한 차이를 두고 반복되고 있었다. 오름의 문장들을 한참 들여다보던 류는 완전히 새로운 방식으로 그들과 대화해 보겠다고 선언했다. 그리고 그는 반복되는 모호한 패턴을 조금 더 구체적으로 해석할 수 있도록 일종의 문장 부호들을 고안해 냈다. 돌기를 잡는 강도를 미묘하게 조절하거나 쓰다듬고 두드리는 식이었다. 오름들이 그것의 의미를 이해하고 받아들일지는 미지수였다.

류의 방식은 처음에는 유의미한 결과를 얻지 못했다. 다른 통역사들과 연구원들은 매번 실패로 끝나는 류의 대화를 걱정스럽게 바라봤으나 정작 팀장인 희정은 별다른 말을 얹지 않았다. 2주가 지나 처음으로 두리와 한 문장씩 주고받는 데 성공했던 순간 류는 크게 웃음을 터뜨렸다. 각자의 업무에 몰두해 있던 이들은 깜짝 놀라 멀뚱히 그를 바라봤다. 누군가가 겨우 입을 열어 물었다.

"두리가 뭐라고 했나요?"

류는 정신 나간 사람처럼 보이는 얼굴로 자신 있게 대답했다.

"저한테 반했다는데요."

류의 말을 농담으로 받아들인 사람들이 헛웃음을 터뜨렸지만, 그건 진짜였다. 류의 특이한 '말투'와 '어조'는 오름들에게 인정받았다. 그리고 빠르게 용인되었다. 그의 소통과 해석에 가속이 붙자 많은 것들이 진척되었다. 류는 오름들이 '감정'을 중요시하며, 대화를 나누는 상대의 생체 신호 변화에 민감하게 반응한다는 사실을 알아냈다. 그러니까 말하자면 그들은 분위기 파악과 뉘앙스의 귀재였다. 류는 최대한 깨끗하고 차분한 마음가짐으로 오름들과 대화하려 애썼다. 그는 점차 이 괴짜 달팽이들에게 적응했다. 그들의 느리고 끈질긴 움직임에, 햇빛을 받으면 간혹 반짝이는 단단한 껍데기에, 손바닥을 간지럽히다가도 거칠게 쏘는 전류에, 대화를 나누다 보면 어쩔 수 없이 스치게 되는 끈적끈적하고 부드러운 몸에 익숙해졌다. 새로운 길이 열리자 연구센터에는 오랜만에 활기가 흘렀다.

드문 경우였지만 통역사들은 종종 파트너와 함께 오름을 오르기도 했다. 호흡을 맞출 수 있는 두 명이 함께 나란히 오름에 매달리면 더 길고 복잡한 문장을 주고받을 수 있었다. 류는 희정에게 파트너를 청하고 싶었다. 희정은 누구보다 더 빠르게 류의 새로운 문법을 흡수하고 자신의 것으로 만들고 있었다. 하지만 희정은 과묵하고 신중해서 말을 붙이기 쉽지는 않았다. 인간보다 오름과의 대화에서 더 열성적으로 말한다고 느껴질 정도였다. 류는 때로 그 침묵 속에서 희정도 자기가 느끼는 기쁨과 비슷한 기쁨을 느낀다는 걸 알아차렸다.

희정의 주변을 맴돌며 그를 관찰하던 류는, 희정도 자신을 의식하고 있다는 걸 알아차렸다. 학창 시절에 총명하고 예민한 아이들끼리 서로의 존재감을 의식하듯이. 류는 희정이 종종 자신과 오름의 대화를 구경하다 생각에 잠겨 이마를 찌푸리거나 고집스럽게 이를 악무는 모습을 보았다. 둘은 며칠간 기묘한 신경전을 했다. 어느 날 류는 자신의 대화를 감시하듯 지켜보는 희정의 시선을 느끼고 오름에서 내려와 성큼성큼 걸어가서 말을 붙였다.

"팀장님, 혹시 저한테 할 말 있으세요?"

머쓱하게 뒷목을 매만지던 희정은 대답했다.

"문장이… 저랑은 뭔가 달라서요."

"뭐가 다른데요?"

"그러니까…."

희정은 입을 다물고 말을 고르며 천천히 감상을 구체화하려 애썼다.

"뭐랄까, 사적이고… 비밀스러워요."

류는 그의 말뜻을 알아들었다. 희정이 2년 동안 추구하려고 애썼던 방식이 바로 그것이었던 것이다. 일종의 라포.

"뭐, 그렇죠. 이건 일종의 암호니까요."

어쩐지 줄다리기에서 이긴 듯한 기분이 들어 류는 의기양양한 표정으로 씩 웃었다. 희정이 얼굴을 찡그리며 류의 등을 밀쳤다. 둘은 어린아이들처럼 투닥거리며 한참 장난을 쳤다.

그다음 날부터 류와 희정은 파트너가 되었다. 둘의 언어는 비슷하지만 달랐고 그들은 매일 서로에게 영향을 받아 문법을 발전시켰다. 희정의 '어투'는 류의 것보다 복잡했고 다소 문학적이었다. 류는 이따금 희정이 창조하는 문장에 충격을 받았다. 희정과 함께 눈짓을 주고받고 호흡을 맞춰 오름의 대답을 들으며 땅으로 내려갈 때면 함께 퍼즐을 맞추는 것 같아 짜릿했다. 밤늦게까지 패턴을 고안하다 잠들었던 밤에는 오름에게 시를 번역해주는 꿈을 꿨다. 잠에서 깬 류는 그건 좀 과하다고 생각했다. 그는 그때까지 시집을 읽어본 적도 없었다.

오름들은 점점 더 성실하고 분명한 태도로 답변했다. 지금껏한 번도 대답해 주지 않은 질문에 솔직히 답해주기도 했다. 한국에 떨어진 그들 셋은 말하자면 친척 관계였다. 다른 나라에 떨어진 오름들과는 그리 가깝지 않다고 했다. 여전히 크게 쓸모는 없는 정보였지만 장족의 발전이었다.

"이건 불공평해요. 잘하는 사람들끼리 서로를 독점하면 안 되죠."

"언제 한번 저랑도 같이 올라주세요."

동료 통역사들은 그런 농담을 하며 류와 희정의 어깨를 쳤다. 그럴 때면 그들은 머쓱하게 웃었다. 시간이 지나며 둘 사이에는 직관적인 이해가 생겨났다. 파트너로서 오름을 함께 오를 때면 그들은 소리 내어 말하지 않았다. 어쩌면 오름들을 닮아가는 것일지도 몰랐다. 꿈같은 나날이라고 류는 생각했다.

낭만은 그리 길지 않았다.

*

연구센터의 일과는 기이할 정도로 느긋했다. 연구원들은 모두 말이 별로 없고 행동이 느렸다. 어쩌면 그런 이들만 이곳에 남을 수 있었을지도 모르겠다고 류는 생각했다. 그들은 자신의 일에 몰두했고 센터 바깥의 세상에 관심이 없어 보였다. 돌아오는 당번 시간에 밥을 짓고 국을 끓이고 이불 빨래를 하며, 류는 어색함과 함께 묘한 만족감을 느꼈다.

그러나 계절이 한 차례 바뀌었을 때, 지루할 정도로 평화로운 연구센터를 뒤흔드는 사건이 일어났다. 예상을 뒤엎고 정권이 뒤바뀌었던 것이다. 전 정권의 주목할 만한 성과였지만 언젠가부터 지지부진해 실망을 안겼던 오름 연구가 어떻게 진행될 것인지가 언론의 관심사 중 하나로 떠올랐다.

오름들이 우주를 가로질러 이동하던 그들 동족의 무리에서 낙오되었고 공격성이나 폭력성도 없다는 사실이 밝혀지자 정치가들은 그들을 이용해 무언가 이득을 보고 싶어 했다. 미국과 중국에서는 이미 관광 프로그램과 생체 실험이 진행되고 있었다. 국제적으로 자유롭게 공유되던 오름 연구 자료도 언젠가부터 비공개로 바뀌는 추세였다. 오름이 공동 연구 대상이 아니라 국가 자원으로 취급된다는 뜻이었다. 대한민국의 오름 연구 방향도 비슷하게 전환될 확률이 높았다. 센터 분위기는 하루가 다르게 어수선해졌다.

오름이 물리적 상해로 고통을 느끼는지는 아직 확인된 바가 없었지만, 적어도 이곳의 누구도 그런 짓을 하고 싶지 않을 것이었다. 통역사들과 연구원들은 오름을 마음 깊이 사랑했다. 설령 고통을 느낀다는 증거가 없더라도 그들을 사랑하지 않는, 심지어 그들과 이야기를 나누는 법도 알지 못하는 이들 앞에 그들을 던져주고 싶지 않았다. 연구센터는 수상한 소문과 산만한 예측으로 술렁거렸다.

결국 우려하던 일은 일어났다. 새 행정부로부터 첫 공문이 내려왔다. 가장 크기가 작은 세라를 보안이 엄격하게 유지되며 정부가 엄선한 연구원이 있는 다른 국립 연구소로 옮기고, 하나와 두리를 관광 상품으로 활용하는 테마파크를 짓겠다는 내용이었다. 선심 쓰듯, 센터에 몸담았던 연구원들이 지원할 시 채용 가산점을 주겠다는 말도 덧붙어 있었다. 그 문장에 고마워하는 사람은 아무도 없었다.

상황은 급격히 나빠졌다. 센터에는 점차 불안과 비관이 감돌

왔다. 연구원들은 무전기를 끼고 사복을 입은 정보원들, 소문을 주워듣고 울타리를 넘어와 부지를 살펴보는 부동산 업자들과 몇 번이고 마주쳤다. 외부인들이 드나들자 오름들은 눈에 띄게 불안정해졌다. 그들은 더 이상 대화를 나누려 하지 않았고 잦은 빈도로 통역사들을 거부했다. 때로는 단단한 껍데기 안에 몸을 숨기고 몇 시간 동안 움직이지 않기도 했다. 연구원들이 그간 한 번도 보지 못했던 행동이었다. 류는 분노를 삼키며 오름 주변을 어슬렁거리는 불청객들을 노려보았다. 수학을 전공하며 그는 경제적으로 쓸모없는 무언가를 좇으며 사는 것이 세간의 눈에 얼마나 한심하게 보이는 일인지를 알게 되었다. 그 무언가가 얼마나 아름답고 가치가 있든 상관없이.

며칠 후 희정은 연구원들을 모아 비공식 회의를 열었다. 희정의 입장은 간결했다.

'정부의 기조에 동의하지 않는다.'

센터에 소속된 대부분의 사람들이 희정의 의견에 동의했지만 비동의의 입장을 밝히는 것은 현 상황에서 그리 도움이 되거나 효과를 발휘하는 일은 아니었다. 희정이 공식 입장문을 발표했지만 정부는 답이 없었다. 그들의 입장은 무시당했다. 이내 다음 달 연구 예산이 전체 삭감되었다. 명백한 보복성 처사였다. 주둔 군부대에는 인원이 대거 충원되었고 끊임없이 새로운 군인이 들어왔다. 어느 날부턴가는 군복을 입고 총을 든 군인들이 서성거리다가 송전탑에 CCTV를 설치하고 연구센터 주변에 컨테이너로 장벽을 쌓기 시작했다. 연구원들이 항의하자, '외계인'들이 도주할 가능성을 차단하기 위해서라고 했다. 어차피 하루에 100미터밖에 갈 수 없는 오름들을 그런 식으로 감시할 필요는 없었다. 그건 신호였다. 그리고 신호의 수신자들은 그걸 아주 잘 알아들었다. 두 명의 통역사가 우물쭈물대며 사표를 냈고 희정은 별말 없이 사직서를 수리했다. 그들은 죄송하다고 말하며 짐을 싼 후 침대에 눈물 자국을 남기고 센터를 떠났다.

그사이 빠르게 언론 플레이가 시작됐다. 남은 연구원들은 어딘가에서는 세금 잡아먹는 돌덩이들을 싸고도는 매드 사이언티스트로 묘사됐고, 어딘가에서는 꿀단지 주변에 자리를 깔고 앉은 철밥통 먹물들로 묘사됐다. 어딘가에서는 그들의 입장문을 두고 전형적인 감성팔이들의 비합리적인 애착이라고 했다.

류는 눈에 힘을 주고 껍데기 속에 몸을 말고 숨은 오름들을 바라보았다. 어쩌면 이들은 우주적 난민일지도 모른다. 지구에 불시착한 야생동물들이거나. 그는 이어서 평소에는 관심을 두지 않았던, 법률과 통계에 잡히지 않는 여러 종류의 비슷한 나쁜 일들에 대해서도 생각했다. 그 외에도 자신이 알지 못할, 그러나 일상처럼 벌어지고 있을 불합리하지만 합리적인 일들에 대해 생각했다. 류는 대유적 상상력은 부족했지만 무심하지는 못했고 올곧은 성격이지만 세상 물정을 모르지도 않았다. 막대한 자본을 창출할 수 있으며, 어떤 명문화된 권리도 없고, 그들을 대변하거나 그들을 위해 보복할 세력이 없는 물체가 여기 있다. 누구도 석탄의 권리를 옹호하지는 않는다. 그들은 심지어 소리 내어 비명을 지르지도 않으므로.

지는 싸움이야.

아니지.

이건 싸움조차 아니지.

땅바닥에 아무렇게나 주저앉아 오름들을 바라보고 있던 류의 곁으로 누군가 다가왔다. 희정이었다. 입장문을 발표한 후로 그는 더더욱 말수가 적어졌다. 하루에 한두 마디나 들을 수 있으면 다행이었다. 그들이 나란히 앉아 같은 방향을 바라보자 오름들이 조심스럽게 껍데기 밖으로 머리를 내밀었다. 희정과 류는 아무 말 없이 시속 4미터로 움직이는 대형 달팽이들을 구경했다.

정부와의 전면전이 시작된 지 두 달이 지난 시점에는 센터의 3분의 2가 떠났다. 남아 있는 사람들은 아직도 혼란스러움을 갈무리하지 못한 예닐곱 명이었다. 그들은 분노했으나 불안해했고 우유부단한 태도로 결단을 보류했다.

류는 궁금해졌다. 희정은 지금 무슨 생각을 하고 있는 것일까?

*

오름들을 보호하기 위한 연구센터 내 대책회의는 하루에 한 번씩 개최되었다. 하지만 매번 모인 자리에서도 뾰족한 수는 없었다. 그들이 할 수 있는 건 논리와 정서를 바꿔가며 불특정 다수에게 호소하는 정도였다. 매번 문장과 어조를 바꿔가며 성명서를 전달하고 보도자료를 배포했지만 소용없었다. 그들은 정부와 무의미한 대립을 이어갔다. 아무런 진척도 없이 시간이 흘러가자 어느 날 군인들은 연구센터 안으로 침입해 연구원들과 '대화'하겠다고 했다. 모두가 항의해 겨우 문을 걸어 잠그고 나서 열린 긴급회의의 분위기는 침통했다.

"테마파크 개장에는 협조하면 어떨까요?"

오랜 침묵 끝에 준호가 그렇게 말했을 때, 남아 있는 이들의 표정은 각기 미묘해졌다. 어떻게 그런 말을 할 수 있느냐는 표정을 한 사람이 반, 자신도 그렇게 말하고 싶었지만 차마 입 밖으로 꺼내지 못했다는 표정을 한 사람이 반이었다. 아무도 입을 열지는 않았다. 그리고 허공을 가른 누군가의 목소리가 긴장 속에 놓였다.

"그게 무슨 말이에요?"

희정이었다. 그는 정말로 그 말의 의미를 이해하지 못한 것처

럼 의아한 얼굴을 하고 있었다. 류는 불길한 두통을 느꼈다. 준
호는 한숨을 내쉬고 테이블에 두 손을 짚고 강의를 하는 것처럼
말을 이었다.

"현실적으로 이렇게 대립을 지속하는 건 불가능해요. 프레임
을 바꿔야 해요. 셋이 테마파크로 전부 이송되면 적어도 생체 실
험은 피할 수 있을 거예요. 저희 모두를 관리자로 고용하는 조건
으로 협상해 볼 수도 있을 거고요."

"미국에서 관람객들이 무슨 짓 하는지 못 봤어요? 스트레스를
견디지 못할 거예요."

"몸이 조각조각 해부되는 것보다는 낫잖아요!"

누군가의 반박은 준호의 단호한 외침에 금세 끊겼다. 그 말에
다시 반박할 수 있는 사람은 없었다. 다른 연구원들이 천천히 희
정을 향해 고개를 돌렸다. 희정은 당황한 기색이 역력했다. 잠시
침묵이 흘렀다. 희정은 곤혹스럽다는 듯 얼굴을 찌푸리다가 천
천히 말했다.

"저는… 그 대안에는 동의할 수 없어요."

준호가 희정을 노려보았다. 희정은 입술을 달싹거리다 간신히
덧붙였다.

"그런 식으로 타협할 수는 없어요."

"왜요?"

준호의 질문에 희정은 말을 고르느라 괴로워했다. 류는 그가 마법처럼 전능한 문장을 말해주기를 기대했다. 희정이 오름에 매달려 창조해 내던 아름다운 패턴과도 같은, 상상조차 하지 못했던 말을.

"…그런 식으로 타협할 수는 없으니까요."

하지만 오랜 시간이 걸려 희정이 겨우 꺼낸 말은 동어반복이었다. 준호는 헛웃음을 지었다. 류는 그의 신경질적인 반응을 이해했다. 희정의 태도에는 분명 답답한 구석이 있었다. 하지만 류는 희정의 그 말이 진실이라고 생각했다. 적어도 희정에게만큼은. 그런 식으로 타협할 수는 없었다.

"그럼 어떻게 하면 될까요?"

"…."

"다른 대안이 있으세요?"

"…."

"그 결과에 정 팀장님이 책임질 수 있어요?"

희정은 입을 다물었다. 다른 대안 같은 것은 없으므로. 당연히 책임질 수 없었으므로.

새로 나타난 협상안을 두고 짧은 토론이 이어졌다. 인도적이고 친화적인 테마파크에 대한 요구 사항이 몇 가지 제시되었다. 희정은 그동안 어떤 다른 대안도 제안하지 못했다. 준호가 서 있는 테이블을 중심으로 다섯 명의 연구원들이 모였다. 희정 곁에 남아 있는 사람은 류뿐이었다. 준호가 류를 쳐다보았다. 류는 계속 그 자리에 가만히 서 있었다. 움직일 수가 없었다. 희정이 자신을 보고 있지 않다는 것을 알면서도.

준호는 자신에게 동조하는 연구원들을 모아 임시 협상팀을 조직했다. 희정은 그들을 막지 않았다. 희정을 빤히 쳐다보다 등을 돌려 회의실을 떠나던 준호의 얼굴은 딱딱하게 굳어 있었다. 류는 그를 이해했지만 몸속 깊은 곳에서 무언가가 치밀어 오르는 것은 어쩔 도리가 없었다.

*

류는 센터를 떠나지도 의견을 바꾸지도 않았다. 안타깝게도 그에게는 질긴 자존심이 있었다. 희정이 류에게 앞으로의 계획을 물었을 때, 류는 희정에게 어쩔 생각이냐고 되물었다. 희정은 대답하지 않았다. 류는 희정이 이 싸움을 그만두기 전까지는 자신도 그만두지 않는다고 말했다. 어차피 다른 갈 곳도 없었고 이후의 커리어를 계획해 놓지도 않은 상태였다. 그들은 여전히 파트너였고 같이 오름을 올랐다.

"아… 제발!"

류가 매트리스에 누워 씩씩거렸다. 그는 희정과 함께 오름들에게 위험을 경고하기로 했다. 오름들이 그들의 고향이나 안전한 어딘가로 떠날 수 있는지 없는지조차 모르지만, 이제 그들이 오름을 위해 할 수 있는 행동은 겨우 그 정도가 고작이었다. 하지만 아무리 여러 번 설명하려 해도 오름들은 꿈쩍하지 않았다. 그들은 문장이 끝나기도 전에 전류를 뿜어내 애타는 통역사들을 떨궈 냈다.

그들은 떠나기를 거부했다.

류와 희정은 재난 방송처럼 단호하고 진지한 한 가지 문장을 반복할 계획이었다. 효과적인 경고를 위해 그들은 머리를 맞대고 문장을 구상했다. 그 뜻은 대강 이랬다. '여기 있으면 위험하다.' '이곳을 떠나라.' 하지만 이 미련한 달팽이들은 그걸 가만히 들어주지도 않았다. 답답하고 속이 상해서 내장이 다 터질 것 같았다.

류가 욱신거리는 손을 부여잡고 욕설을 중얼거리고 있을 때 희정은 넋을 놓고 오름을 바라보았다. 그의 상태가 좀 이상하다는 걸 뒤늦게 눈치챘던 것은 희정이 벌떡 일어섰을 때였다.

희정은 무언가를 결심한 듯 하나에게로 비장하게 걸어갔다. 희정은 오름을 오르지 않았다. 두 손으로 돌기를 단단히 붙드는 대신 그는 거대한 포옹을 하듯 팔을 벌리고 그들의 물컹한 몸에 온몸을 기댔다. 류는 오름의 돌기들이 조금씩 움직여 희정의 손과 팔과 허벅지와 뺨에 입 맞추듯 접촉하는 걸 지켜봤다. 눈을 감은 희정의 어깨가 움찔거리며 경련했다.

그 순간 류는 직감했다. 하나가 지금 희정에게 보내는 신호는 분명 공용어가 아니라 그들의 언어였다. 오름은 무언가를 말하고 있는 중이었다. 희정이 알아들을 수 없더라도. 지속적으로 가해지는, 해석할 수 없는 전기 충격들을 희정은 그냥 받아들였다. 류는 그들의 무용하고 무의미한 대화 행위에 압도당했다.

그러나 점차 희정의 얼굴이 창백해지는 걸 본 류는 정신을 차리고 그를 두 손으로 붙잡았다. 그 순간 류의 몸에도 강한 전류가 통했다. 아찔한 충격을 견디며 그는 희정의 몸을 끌어냈다. 희정의 몸이 품 안에서 축 늘어졌다. 겁이 덜컥 났다.

류는 손가락을 희정의 코 밑에 대어보았다. 희정은 가느다란 숨을 쉬고 있었다. 그 순간 류가 느낀 감정은 황당함이었다. 이 모든 일이 도무지 소화되지도 납득되지도 않았다. 당신, 대체 무슨 생각인 거야? 희정은 무엇도 선택하지 않기를 선택했다. 이게 도대체 무슨 의미가 있을까? 누가 알아주기는 할까? 류는 자신이 왜 이러고 있는지 모르겠다고 생각했다. 오름들을 지키는 건 그들의 의무가 아니었다. 누구에게도 그런 의무는 없었다.

류는 갑자기 화가 치밀었다. 대체 무슨 생각을 하는 거야? 그러자 문득 희정에게 아무 계획이 없을 수도 있다는 생각이 들었다. 희정은 어쩌면 그저… 도망갈 수 없을 뿐이다. 이 거대한 오름들처럼. 류는 품속에 늘어진 희정의 가슴에 귀를 댔다. 심박이 아주 느리게 뛰고 있었다. 희정의 가슴팍을 수차례 압박하고 팔다리를 세차게 주무르며 류는 소리를 지르고 싶어졌다. 뻔한 싸움이야. 이렇게 뻔할 수가 없어. 어떤 식으로든 우리는 질 거야. 절대로 이길 수 없을 거야. 하지만 당신을 혼자 남겨두고 갈 수는 없어. 어떻게 할 거야. 어떻게 할 건데.

*

희정이 기절했다가 깨어났을 때 제일 처음 본 것은 류의 얼굴이었다. 류는 공포에 질려 있었고 무척 화가 난 상태였으며 눈에는 눈물이 고여 있었다. 희정은 그런 류를 보고서 그제야 현실을 감각한 것처럼 아, 하고 쉰 목소리를 냈다. 희정은 사과했다.

"미안해요."

"…"

류는 희정을 버려두고 혼자 센터로 돌아왔다. 온몸이 땀과 흙먼지와 오름의 체액으로 흠뻑 젖어 있다는 걸 깨달은 건 센터 건물 안으로 들어와서였다. 그는 아주 오래 샤워를 했다. 연구센터에 온수가 끊긴 지는 오래되었다. 차갑다고 느껴질 정도로 미지근한 물을 맞으며 그는 애써 막막함을 삼켰다. 샤워를 마치고 류는 어두컴컴한 공용 거실에 놓인 소파에 몸을 파묻었다. 견딜 수 없이 피곤했다.

몇 분이 지났을까, 현관문이 열리는 소리가 들렸다. 류는 자는 척을 하며, 그의 곁으로 슬그머니 다가온 희정을 무시했다. 뭐라고 화를 내야 할지 모르겠어서 류는 입을 다물었다. 하고 싶은 말은 많았지만 그 무엇도 제대로 된 말이 아니었다. 이럴 때는 아무 말도 하지 않는 것이 대답이었다. 희정은 그 뜻을 이해할 것이다.

류의 곁에서 내내 침묵하던 희정이 갑자기 류의 어깨를 손가락으로 찔렀다. 류는 소리를 내지 않기 위해 입술에 힘을 주었다. 희정이 류의 어깨를 손톱으로 찔렀다가, 뭉툭한 손가락 끝으로 누르기를 반복했다. 류는 그 모스 부호 같은 신호를 금방 알아차렸다. 손톱은 1, 손가락 끝은 0. 그건 그들이 오늘 함께 오름에 매달려 반복하던 문장이었다. 류는 어깨의 패턴에 집중했다. 그리고 해석했다.

'여기 있으면 위험하다.'

'이곳을 떠나라.'

문장들은 쉽고 익숙했다. 정중하고 간결했다. 하지만 그다음 문장부터는 알아듣기 어려웠다. 모르는 패턴이었다. 희정은 몇 번이고 단어를 바꿔가며 무언가를 말했다. 그것은 지금까지와는 조금 다른 방식의 문장이었고 마치 암호문 같았다. 류는 시간을 들여 그 문장을 해독해야 했다. 마침내 류는 이해했다. 그 기묘한 어조를 인간의 말투로 다시 옮겨보기까지는 조금 시간이 걸렸다.

'하지만 당신이 여기 있겠다면.'

'다른 데로 갈 수 없어서든, 달리 갈 곳이 없어서든.'

'어떤 이유로든 이곳에 남겠다면.'

'나도 여기 머무를 거예요.'

'나는 떠나지 않을 거예요.'

류는 자는 척을 그만두고 눈을 떴다. 그는 어둠 속에서 얼굴을 찌푸리고 희정의 얼굴을 마주 봤다. 류는 희정의 얼굴에 평화가 깃들어 있을 거라고 생각했다. 이곳에서 느껴지던 기이하고 무기력한 평화가. 하지만 예상과는 달리 그가 혼란과 회한과 두려움에 잠긴 얼굴을 하고 있어 류는 조금 놀랐다. 류는 몇 초 동안 그 표정을 해석하려 애썼고 결론을 도출했다.

희정은 선언하고 싶지 않다. 떠나지 않겠다고 말하면 떠나지 못하는 사람이 되어버린다. 아이러니하게도 그렇기에 희정은 그것을 언어로 말해야 했다. 그가 팀장으로서 연구센터의 입장문을 발표해야 했던 것처럼. 이건 지는 싸움이었고 싸움조차도 아니었다. 그러므로 희정의 문장은 혼잣말에 가까운 각오나 기도에 가까운 다짐이 되어버렸다. 이 모든 게 류의 격앙된 감정에서 비롯된 왜곡되고 틀린 해석일 수도 있겠지만….

그때 희정이 말없이 류의 손등에 손을 얹었다. 그러자 희정의 문장들을 온전히 이해할 수 있었다. 그건 오름들뿐만 아니라 류를 향해 하는 말이었다. 그걸 깨닫자 눈이 따끔거렸다. 류는 왜 희정이 오름에게 안겼는지를 어렴풋이 깨닫는다. 그리고 왜 떠날 수 없는지도. 그건 류가 지금 희정에게 느끼고 있는 감정과 비슷할 것이다.

류는 희정을 바라보았다.

그가 옳다고 말하고 싶었다.

오름들의 존엄을 지켜내고 싶었다.

그리고 류는… 타협하고 싶지 않았다.

그는 희정과 함께 싸우고 싶었다.

침묵 속에서 류는 희정과 오름들을, 그를 둘러싼 이곳의 모든 것을 옹호한다. 과거와 현재와 미래를. 신념과 실천과 미련과 고집을. 용기와 두려움과 애정과 절망을. 권리 없고 합리 없는 것들을. 희정이 그 사실을 알고 있을지 모르겠지만 아무래도 상관없었다. 그는 말없이 그저 희정의 손을 마주 쥐었다.

류는 기억 속에서 어떤 비난을 떠올렸다. 누군가는 그들의 고집을 '비합리적인 애착'이라고 했다. 그것은 연민일 수도 있었다. 미련한 반발심일 수도, 알량한 책임감일 수도 있었다. 이 세상 어느 곳에서도 찾아낼 수 없는 우정일 수도 있을 것이다.

하지만 이 마음을 설명할 낱말이 없다고 해도, 그것이 존재한다는 사실은 분명했다.

*

그날 밤 소파에 나란히 기대 그들은 처음으로 소리 내어 아주 긴 대화를 했다. 그렇게 길게 이야기를 나눈 게 처음이라는 사실을 신기해하면서.

희정은 자신이 언어를 공부하게 된 계기를 말해주었다. 그는 어린 시절 발달이 아주 늦었다. 희정은 명확한 사건까지는 기억하지는 못하지만 어떤 느낌만은 기억했다. 어린 시절에는 물에 잠겨 있는 것처럼 사위가 먹먹하게 느껴졌다고 했다. 그가 처음으로 '말'을 한 것은 일곱 살 무렵이었다. 희정은 그 순간의 막연한 감각을 기억했다. 입을 열어 성대에 힘을 주면 자신의 의도를 누군가에게 전달할 수 있다는 걸 갑자기 깨달았던 순간. 첫 발화 이후 희정은 새로운 단어를 내뱉을 때마다 놀라워했고 그 감각을 소중히 여겼다. 언어학자치고 말수가 적다는 평을 종종 들었던 그에게, 오름과의 대화는 지금껏 익힌 어떤 언어보다도 편안하게 느껴졌다.

류도 희정에게 자신의 이력에 대해 말해주었다. 수학과 컴퓨터공학을 함께 전공한 그는 동기들이 모두 대기업 보안팀으로 흘러들어 갈 때 혼자 학계에 남았다. 완전히 자발적인 결심이라고 할 수는 없었다. 그가 관심 있는 것은 추상적인 암호 프로토콜이었고 실상 그건 쓸모없는 분야였다. 보안 소프트웨어나 시스템에 실용적으로 적용할 수 없는 암호 방식은 예쁘고 무용한 장난감에 불과했다. 언젠가는 현실과 타협해야 한다고 생각하면서 류는 몇 개의 아르바이트와 연구실을 오갔다. 오름들이 나타나고 공용어가 만들어질 때 류는 충격을 받았다. 그건 그가 본 것 중 가장 예쁜 암호 중 하나였다.

자정이 넘어가던 즈음 희정은 류에게 한 가지 계획을 말했다. 그걸 듣고 류는 무모하고 희정다운 계획이라고 생각했다. 그리고 그 방식이 마음에 들었다. 새벽이 될 때까지 류는 희정의 짐을 챙겼다. 희정은 류에게 모든 걸 맡기고 잠시 눈을 붙였다. 류는 폐허 같은 기숙사동에서 필요한 물건들을 그러모으다 잠깐 멈춰 서서 희정의 고른 숨소리를 들었다. 희정은 아기처럼 색색거리며 잤다.

날이 밝을 때쯤 류는 희정을 흔들어 깨웠다. 희정은 머리를 단단히 묶고 옷을 든든하게 껴입었다. 하나의 높이는 20미터다. 그 정도의 고공에서 며칠을 버티려면 무척 춥고 고단할 것이다. 희정은 손바닥에 초크를 꼼꼼히 발랐다.

"오름 꼭대기에 올라가 본 적은 없는데."

희정이 나지막이 중얼거렸다. 류는 매번 압도당하며 올려다보았던 거대한 하나의 덩치를 떠올렸다. 지금까지 통역사들이 오름을 가장 높이 오른 기록은 15미터 정도였다. 그 이상은 체력적으로 올라가기 힘들었고, 그렇게 많은 정보 값이 담긴 문장을 구사할 필요도 없었기 때문이다. 류는 희정이 어떤 문장을 구사할지 궁금해졌다.

"지금껏 시도해 본 중 가장 긴 문장이 되겠네요."

"그러게요."

희정이 해맑게 웃었다. 류도 마주 힘주어 웃어 보였다.

류는 희정의 긴 문장을 끝까지 지켜볼 것이다. 희정이 하나의 머리에 달린 마지막 돌기를 잡고 그 위로 올라갈 때까지. 그리고 류는 희정이 던진 크레인의 로프를 받고 그것을 모두 잘라버릴 것이다. 희정이 스스로 내려올 때까지 아무도 희정을 끌어내릴 수 없도록 최선을 다할 것이다.

센터의 일상이 무섭도록 조용하게 느껴질 때가 있었다. 이곳의 삶은 너무도 느려서, 세상이 그들을 두고 영영 멀어져 갈 것 같았기 때문이다. 류는 자신이 언제까지 이곳에 고여 있을 수 있을지 가늠해 본 적 있었다. 이제 그는 안다. 그는 이곳에 아주 오래 있을 것이다. 그는 떠나지 않을 것이다.

가망 없는 싸움터를 떠나지 않기

이 이야기를 처음 떠올렸던 건 2023년 가을이었다. 과학기술 R&D 예산이 대폭 삭감되었던 시기. 그때 내 유튜브 알고리즘에는 클라이밍 볼더링 선수들이 자주 나타났고, 옥타비아 버틀러의 「특사」를 다시 읽었고, 수어의 '홈 사인'이라는 멋진 개념에 대해 자주 생각했다. 앤솔러지에 초대받고 이 소설을 실으면 되겠다고 생각했을 즈음 대통령이 계엄을 선포했다. 그는 탄핵되었지만 여전히 아무것도 끝나지 않은 기분이 든다.

세상에 싸우는 사람들이 너무 많다. 아주 구체적인 불의와, 폭력과, 냉소와 싸우는 사람들이. 싸우는 사람들을 보면 매번 압도된다. 수많은 싸움이 있지만 그중에서도 가장 어려운 싸움을 하는 사람들이 있다. 아무도 편들어 주지 않는 싸움, 지기만 하는 싸움이다. 결과가 뻔히 보이지만 도망갈 수가 없어서 그만둘 수 없는 싸움이다. 소설을 쓰는 내내 가장 마음을 떠나지 않았던 싸움이 두 개 있었다. 김형수 금속노조 거제통영고성 조선하청지회 지회장의 고공 농성. (조선소 하청 노동자들과의 교섭에 응하지 않는 한화오션에 맞서 서울 중구 한화 본사 앞 철탑에 올라 농성 중이다. 농성이 시작된 지 두 달이 지났지만 한화오션은 교섭에 응하지 않았다.) 그리고 파주시 용주골 시위. (보상 정책이 건물주의 이익만을 보장한다는 비판을 무시하고 파주시는 용주골 성매매 집결지를 강압적이고 폭력적인 방식으로 철거 중이다. 하루아침에 포크레인으로 집이 부서지고 거리로 내몰린 종사자들은 여전히 싸우고 있다.)

소설을 완성하고 나니 하고 싶은 이야기가 너무 투명해서 부끄러웠다. 이런 걸 소설이라고 할 수 있을까? 하지만 결국 내가 쓸 수 있는 이야기는 이런 것뿐이라고 느낀다. 내가 쓰고 싶은 이야기도 이런 것뿐일지도 모른다.

나는 언어로 이루어진 교감만을 신뢰하던 사람이었는데, 취미로 밴드를 시작하고 나서는 언어를 통하지 않더라도 교감할 수 있다는 것을 알게 되었다. 이 소설의 큰 부분은 나의 밴드 멤버들에게 빚지고 있다. 그들이 없었다면 이 이야기를 이렇게 쓸 수는 없었을 것이다. (그들은 내가 이런 소설을 쓴다는 걸 모르지만…)

언제나 나의 곁을 지켜주는 친구들에게 고마운 마음을 전한다. 친구들이 있어서 세상에 절망하지 않을 수 있었다. 약속을 매번 어겼는데도 무한한 인내심을 가지고 원고를 기다려 주신 안태운 편집자님께 깊이 감사드린다. 이 소설을 읽어준 당신에게 커다란 사랑을, 어디선가 싸우고 있는 당신에게 내가 할 수 있는 가장 거대한 옹호를 바친다.

아모
에르고
숨

Amo
Ergo
Sum

제6회 한국과학문학상
장편 부문 수상작

짜파게티에 식초를
한 방울 뿌리는 사람.

청예

비허가 복제체 처분 규칙

0. 허가받지 않은 복제체는 생성 후 1개월 이내 폐기해야 한다.

0. 골격, 피부, 혈액을 포함하여 유전 정보가 담긴 모든 물질을 말소
   한다.

0. 폐기 시에는 지정된 소각로를 이용한다.

0. 이는 살인이 아니다.

첫 번째 성찰

후디니는 나의 연인이고, 나는 어제 연인이 아닌 실비아와 잠
자리를 가졌다. 실비아는 후디니보다 나를 다루는 일에 능숙했
다. 가감 없이 언급하자면 내가 어떤 사람인지 설명하지 않아도
됐기에 어제의 잠자리에선 비언어적 신호로 좋고 나쁨을 표현할
필요가 없었다. 서로의 입술을 물 때 앞니에 어느 정도로 힘을

줘야 하는지, 위에 올라탈 때 체중을 어디에 실어야 하는지 실비아는 잘 알았다. 그녀의 혀에선 호숫물 같은 비린내가 났고 살에는 건강한 기름기가 돌았다. 향기와 소리가 훌륭한 존재에게 나는 칭찬을 아끼지 않았다.

이색적이었던 밤을 후디니에게 알릴 때의 내 목소리는 배덕한 황홀감에 젖어 있었다. 연구에 몰입하고 있던 그가 나의 표정에 불쾌감을 느꼈는지 탁상 램프를 껐다.

"너 지금 점심에 먹은 돈가스나베 평가하듯 바람피운 소감을 설명하는 거야?"

연인이 타인과 잠자리를 가졌다는 단순명료한 배신에 후디니는 실망을 금치 못했다. 그 감정을 표현할 수 있는 효과적인 방법조차 떠오르지 않았을 것이다. 연구소의 모든 것은 내가 전 연인 와이즈에게 선물받아 현 연인 후디니에게 준 것이었으므로 그는 어떤 것에도 섣불리 난폭해지지 못했다. 행위의 도입과 결말을 일일이 설명하려는 나의 입 또한 막지 못하는 그는 입고 있던 랩코트만 벗어 던졌다. 그의 유일한 개인소유물이었다.

후디니가 자리를 박차고 일어나자 사무용 의자가 한 바퀴 빙글 돌고 뒤로 밀렸다. 분노는 조급할수록 보는 맛이 좋으니 나는 그의 행동을 감상하며 팔짱을 꼈다. 이것은 내 마지막 베팅이 될 것이다.

"실비아가 너보다 잘하더라."

"네가 무슨 개소리를 하는지 알아?"

"근데 난 바람피운 적 없어."

"방금 네 입으로 실비아라는 여자랑 잤다며?"

"실비아는 내 복제체야."

후디니는 정치인의 시대착오적 망언이라도 청취한 듯 입을 크게 벌렸다. 길게 늘어진 그의 얼굴은 오롯이 나를 향했다. 복제체 연구에만 관심을 가지던 후디니가 연인인 나에게 집중한 순간은 요즘 들어 드물었다. 그렇다면 그의 경악마저도 반갑게 맞이해야 마땅했다.

복제인간은 엄연히 하나의 생명체라 국가의 허가를 받아야만 생산이 가능했다. 나는 후디니가 개발 중인 미승인 인공 배양기를 활용해 복제체인 실비아를 만들었다. 유전정보를 삽입한 배아체(밀가루 반죽 같은 형태고, 노르스름하며, 올리브유 향이 난다)를 넣고 세포 분열 유도용 자극선에 일정 시간 노출시킨 다음, 연구용으로 구입한 성장 촉진 물질을 주입했다. 세포 분열이 시작되자마자(이때부터는 사람의 피지 냄새가 난다) 배아체를 꺼내 옷장 안에 두고 몰래 키웠다. 따지고 보면 후디니의 잘못도 있다. 연인이 몰래 배양기를 사용하는 걸 막지 못할 정도로 허술히 방치했으니까.

결론적으로 실비아는 불법 복제체다.

"고작 바람을 피우려고 그 아이를 만든 거니?"

"바람이 아니라니까? 내가 나랑 잔 게 어떻게 바람이야?"

"그게 어떻게 네가 너랑 잔 거야! 실비아도 인격체야."

"거울이랑 하면 그게 관계인가? 그냥 자위지."

후디니는 어이가 없는지 신경질적으로 귀를 털었다. 그가 냉철함을 되찾기까지는 많은 시간이 필요하지 않았다.

"복제인간은 안드로이드랑 달라. 네가 너랑 똑같은 기계를 만들어 잤다고 하면 그냥 마음이 잘 맞는 장난감 하나 장만했다고 생각하겠지만, 그게 아니잖아."

"다를 거 없어."

"넌 바람을 피운 거야. 너 때문에 소각로에서 말소될 복제체까지 만들어서."

"나를 복제한 실비아나 기계나 차이 없어."

"어떻게 차이가 없어!"

후디니가 언성을 높일 때마다 테이블에 놓인 유리잔이 미세하게 흔들렸다. 울긋불긋해진 그의 두 뺨 위 내려앉은 실내등이 선명했다. 창이 하나뿐이라 많은 그림자를 품고 있는 작은 연구실에서 그는 얼마 없는 빛을 빌려다가 감정을 덧칠했다. 2년 전, 부끄러움과 미숙함으로 빚어져 늘 나를 향해 감추지 못했던 어린 미소가 이제는 나를 꿰뚫으려는 완숙한 분노로 바뀌었다.

그의 적갈색 눈동자만은 여전히 바라보는 이를 매료했다. 손을 뻗었다.

"무엇이 너를 화나게 만든 걸까?"

"몰라서 물어?"

"내가 바람을 피웠다는 네 생각이 끔찍해? 아니면 내가 말없이 무허가 복제체를 만들었다는 사실이 끔찍해?"

자신을 다치게 하는 불꽃인 양 그는 나에게 데이기 싫어하는 듯 황급히 손을 뺐다. 재차 잡으려는 나의 손을 피하고는 양손을 품 앞에 모으며 숨겼다. 그는 지금 나를 불결한 생명체 정도로 취급하고 있다. 분명히 말하지만, 우리는 연인이다.

나의 잘못이란 게 고작 허가받지 않은 복제체를 만든 정도라면 그는 무려 무허가 복제체 생산법에 관하여 연구를 했던 사람이다. 범죄자라는 말은, 엄밀히 따지자면 나보다 후디니쪽에 더 어울린다.

인간, 복제체, 로봇. 우리 사회는 세 가지 개체에 대한 사회적 평가를 마쳤다. 인간을 능가하는 인공지능이 탑재된 로봇은 진작에 개발됐다. 그들은 전쟁을 일으키고 막거나, 에너지를 생산하고 소모거나, 기후 위기를 가속하고 예방하는 등 온갖 거시적 영역에 투입됐다. 인공지능은 기업이 설계한 테두리 안에서만 자발적으로 활동했기에 그 '시스템'이 존재하는 이상 완전한 자유를 누리지 못했다. 천문학적으로 똑똑한 인공지능을 잉태해 봤자 설계 단계에서 재량권을 제한해 버리면 그들은 OS가 파손될 때까지도 인간의 부하인 셈이었다. 로봇 윤리? 그들의 척추를 뽑고 다리를 부러뜨려도 재물손괴죄에 그칠 뿐이다. 자유를 원하지 않는 것들을 자연은 생명체로 취급하지 않는다.

반면 복제체는 다르다. 그들은 모체와 99퍼센트 동일한 유전정보를 가진다. 모든 조직이 유기질을 에너지원으로 하여 생명을 유지하고 있다. 살과 피로 이뤄진 인간과 겉으로 보기에 다를 바가 없다. 우월한 모체에서 복제된 그들은 인구 절벽인 지역에 파견됐고, 인간과 파트너를 이룬 운동선수가 됐으며, 이성과 감성이 두루 존재해야 하는 곳에서 인간의 지적 노동을 거들었다. 그럼에도 결코 인간으로 취급받지 못했다. 인간이 그들을 만들때, 작은 실오라기 하나를 꼬아놓았기에.

모체와 100퍼센트 동일한 생명체를 창조하는 기술이 발명되었다면 학자들은 현재까지도 생명윤리를 가지고 입씨름을 하고 있었을 거다. 기술자들은 면죄부를 받기 위해 복제체에 인간과 구분되는 아주 사소한 장난을 치기로 했다. 묘수의 단서는 개의 유전자에 있었다.

집채만 한 그레이트데인보다 갓 태어난 새끼 늑대가 때로는 더 위험하다. 가축화된 개와 야생 늑대는 인간을 대하는 본능부터 다르다. 그렇다면 개는 왜 '비교적' 안전한가? 분자생물학적 관점에서 볼 때, 개는 늑대보다 GTF2I 및 GTF2IRD1 유전자에서 변이가 더 많이 발견되는 경향을 보이며, 이는 과잉된 사교성과 친밀함으로 나타난다. 즉 개는 늑대보다 인간에게 더 유순하고, 애착을 가지며, 복종한다.

유전적 변이는 진화의 서막이지만 달리 생각하면 질환의 시작이다. 인간의 경우 GTF2I 및 GTF2IRD1 유전자가 변이되면 이를 진화된 자들이라 분류하지 않고 '윌리엄스 뷔런 증후군*'으로 분류한다. 일반성에서 벗어난 변화(예컨대 지나친 사교성과 무차별적인 친화력)는 종종 의학적 이상異常으로 정의된다.

여기에서 착안하여 연구자들은 인간형 변이 유전자 GTF-X를 개발했다. 그것을 성장 촉진 물질에 접목하여 해당 변이 유전자 없이는 복제체 창조 자체가 불가하게끔 제한된 기술만 설계했다. 고로 복제체는 모두 '개'이자 질환자다. 모체에게 태생적으로 유순하고, 애착하며, 복종한다. 복제체는 목줄 없이도 인간의 곁에 서는 골든리트리버처럼 인간을 주인으로 섬기며, 특히 모체를 제한 없이 사랑하기에 감히 자유를 요구하지도 않는다.

인간이 되려다 변종된 인간 언저리의 살덩어리. 실비아는 내

---

* 윌리엄스 뷔런 증후군Williams-Beuren syndrome은 현재 신경발달질환neurodevelopmental disorder으로 분류된다.

가 만든 그런 개인간이다.

나를 맹렬히 비난하는 후디니의 연구 목표는 GTF-X가 제거된 복제체 개발이고.

"그 아이는 인간과 동일한 고통을 느껴. 네 장난질로 세상에 태어나 버렸는데 1달 뒤면 소각로에서 펑펑 울겠지!"

"그럼 넌 내가 바람을 피웠다는 생각 때문에 괴로운 게 아니라 내가 불법 복제체를 만들었단 사실 때문에 괴로운 거야? 둘 중 대체 무엇이 너를 화나게 했냐고!"

"아까부터 되지도 않는 말을 계속…."

"후디니. 내가 사랑하는 건 오직 너뿐이고 난 이걸 확인하려 복제체를 만들었어."

굳이 수고를 들여가며 개인간까지 만든 이유는 확실했다. 심지어 아주 간결했다. 후디니에게 한 말대로, 진실로 내가 그를 사랑하는지 확인하고 싶었다. 나는 전 연인 와이즈와 헤어진 후 오랫동안 궁극적 사랑을 갈구해 왔다. 그것은 마치 태초부터 주어진 숙명 혹은 절대 채울 수 없는 결핍처럼 내 삶에서 떠나질 않았다.

누군가는 실비아와의 잠자리를 외도나 일탈 정도로 얄팍히 저미겠지만, 나는 사랑의 진리를 탐색하는 강력한 수단으로 '의심'을 선택했을 뿐이다.

제1성찰. 충분히 확실하지 않은 진실을 쉽게 믿어서는 안 된다. 명백히 거짓이라 평가된 것도 마찬가지다. 가진 모든 신념을 의심하는 일에서부터 진리는 시작된다. 명징한 진리를 가능케 하는 것은 끝없는 의심이다.

후디니는 와이즈만큼 나를 사랑하지 않았다. 혹은 그의 사랑이 와이즈의 것과는 달라 나를 헷갈리게 했다. 사랑은 중독과 같아서 한번 체험하면 그와 유사한 강도 혹은 이상의 경험을 영원히 욕망하게 된다. 끼니를 걱정해 주고 내 삶의 질이 행여 나빠질까 전전긍긍하며 입고 먹고 마실 모든 것에 관심을 쏟아 한없이 응원해 주는 사람을 염원했으나, 후디니는 그 일에 실패했다. 나는 지금 물병을 뺏긴 마라토너처럼 타는 갈증을 견디고 있다. 이 사랑의 허기에 후디니는 책임이 있다.

그는 "너를 사랑한다니까?" 따위의 회피성 발언을 상습적으로 했지만, 그걸 신뢰할 정도로 내가 바보는 아니었다. 좀 더 사랑의 진원에 닿아야 했다. 한 번쯤은 사랑에 대한 모든 개념을 전복시키고, 모조리 불태운 다음, 완전한 무의 상태에서 숙고해 볼 필요가 있었다.

이것은 피해 의식이나 애정 결핍, 통제 욕구나 소유욕 따위의 성격적 결함에 근거한 강박이 아니었다. 만약 그랬다면 나는 굳이 복제체를 만들지 않고 길거리의 아무 부랑자나 잡아다가 하룻밤 장난을 쳤을 것이다. 관계의 상대로 제삼자가 아닌 복제체를 선택한 건 후디니를 향한 최소한의 예의였다. 후디니는 차라리 내게 '거참 정중한 외도군!' 하며 칭찬해 마땅했다.

사랑. 그 두 글자짜리의 결승점으로 가기 위한 여정이 몹시 고되리란 걸 알지만, 그럼에도 성찰을 시도할 가치는 있었다.

○ 와이즈는 내게 사랑한다고 말했다. 후디니도 마찬가지였다. 그렇다면 후디니도 와이즈가 나를 사랑했던 것만큼 사랑하는 걸까?

○ 와이즈는 전 재산을 지불해 내게 연구소를 마련해 줬다. 만약 후디니도 전 재산을 지불해 내게 값비싼 것을 선물한다면 나를 똑같이 사랑하는 걸까?

의심이 필요한 이유다. 행동과 경험에 의거한 확신은 불안정하다.

○ 와이즈의 말은 "사랑한다(사랑해)"고, 후디니의 말은 "사랑한다(그만 좀 물어)"일 수 있다.

○ 와이즈는 나를 사랑하여 전 재산을 지불했지만, 후디니는 적선하는 마음으로 전 재산을 지불할지도 모른다. 혹은 연인에게 은혜를

베푸는 자신에게 도취하고자 그럴 수도 있다.

사랑이 표현이라면, 모든 표현이 사랑인가? 이상적인 말과 행동을 선택했을지언정 거짓의 가능성은 여전히 살아 있다. 사랑을 속삭인다고 사랑을 확신할 수 없다. 사랑을 약속한다고 사랑이 지속되는 것도 아니다. 값비싼 스포츠카를 사주고, 펜트하우스를 사주고, 미쉐린급 식사로 매 끼니를 챙겨주고 내가 아플 시 극진히 간병까지 해준다 한들 그가 속으로는 '참 상대하기 버거운 여자야'라고 생각한다면? 사랑의 형태를 띤 모든 행위에 사랑은 단 한 점도 포함되지 않을 수 있다.

맛있게 숙성된 치즈가 있다. 그러나 '숙성됨'은 무엇인가? '맛있음'은 또 무엇이고. 맛있다는 미각적 평가는 모두에게 통용되는가? 치즈는 지금 '잘 숙성된 유제품'이지만 한 달 후에도 그 평가는 유효한가? 당장 내일부터 썩을 수도 있는데 말이다. 감각과 행동 등 현재성에 기반한 평가는 이처럼 취약하며, 쉽게 휘발한다. 그러니 절대 진리를 위해 세상을 적어도 한 번 정도는 회의적으로 볼 필요가 있다.

후디니와의 사랑을 확신하기 위해 후디니를 향한 내 마음을 먼저 시험대에 올렸다. 실비아는 이 과정에서 창조됐다. 다행히

도, 후디니가 아닌 다른 사람과 몸을 섞어본 결과 내가 잠자리에
헌신적이었던 실비아보다 후디니를 더 사랑한다는 결과를 도출
했다.

"기쁘지 않아? 나는 실비아보다 내게 소홀한 너를 더 좋아해."

후디니는 내 입에서 과숙성된 치즈 냄새라도 나는 듯 구역질
하는 시늉을 했다.

"역겨워."

그에게 바짝 다가갔다. 악수하듯 손을 잡고 힘차게 위아래로
흔들었다. 그의 얼굴은 여전히 우호적인 마음을 건네는 연인을
보고도 다 썩은 건어물만 못하다는 표정이었다.

바람을 피웠든 범법자가 됐든 나는 연인 후디니에게 한 점의
미안함이 없었다. 내가 만든 실비아에게도 죄책감을 가지지 않
았다. 후디니의 말대로 실비아는 1개월 이내 소각될 예정이다.
경찰에게 들키기라도 했다가는 복제체생산법을 어긴 죄로 벌금
을 내야 하니 곧 행정센터에 자진 신고하여 말소할 계획이다. 과
태료만 내면 그만이다. 죽여도 살인죄가 적용되지 않는 존재랑
붙어먹은 하룻밤 따위에는 바람이라는 단어도 과분했다.

"후디니, 편하게 생각해. 자유조차 모르는 인간의 하위 존재라
는 거 알잖아?"

"아니. 복제 과정 중 돌연변이로 모체에게 순종하지 않는 복제

체도 생겨. 복제체가 자유를 모른다는 명제는 거짓이야! 어떤 복제체는 분명 자유를 알면서도 모체를 순수하게 사랑하기 때문에 순종하는 척을 할 수도 있다고."

후디니는 복제체의 독립을 지지했다. 그들에게 유전자 변이라는 태생적 구속이 제거된 완전한 자유를 주고 싶어 했다. '셀럽 놀이 한번 하고 싶은 거지? 돈만 밝히는 속물 과학자 새끼!' 누군가는 후디니의 이름도 제대로 알지 못하면서 그렇게 비난했다. 신기술을 발명해 음지에서 떼돈을 벌려는 유명인 지망생 정도로 그는 폄하됐다. 후디니는 변명 없이 연구에 매진해 왔다. 타협, 가식, 설득, 무엇도 선택하지 않았다. 감히 금기된 과학에 도전하며. 고작 복제체의 미래 따위를 위해서.

연인인 내가 여기에 있는데.

"오필리아."

그가 나를 불렀다. 바라본 곳에는 그의 등뿐이었다.

"내가 세상에서 오직 너 하나만 사랑한다는 말을 구걸하려고 넌 복제체까지 만들었구나."

그는 구겨진 랩코트를 챙기고선 떠날 채비를 했다. 이곳을 떠나면 두 번 다시 돌아오지 않을지도 몰랐다.

"후디니, 앉아. 아직 네 연구 시간이 남았잖아?"

그가 젖은 양말을 신은 사람처럼 몸을 부르르 떨었다. 꽉 쥔

223

주먹의 손등 위로 푸르스름한 핏줄이 돋았다. 차라리 내게 고함을 치면서 다시는 그러지 말아 달라 호소하길 바랐다. 복제체든 뭐든 내가 다른 존재에게 닿으려 할 때마다 조급하고 불안해진다고 토로해도 좋다. 일탈한 사랑을 보고도 복제체의 안위 따위가 더 중요한 것처럼 구는 행동은 연인으로서 적합하지 않았다. 나만 나쁜 사람이 되어도 좋으니 나는 후디니가 나만큼이나 사랑에 연연한다는 걸 확인하고 싶었다.

"돌아와서 앉으라고 했어!"

후디니는 끝내 문고리를 잡았다. 동그란 쇠가 움직였다. 초침 소리를 짓뭉개 버리는 마찰음. 문밖으로 보이는 세상의 빛. 바라지 않은 방향으로 가는 시선. 떠나감이 나의 오감을 관통했다.

"너라는 여자, 참 질린다."

그의 작별 인사였다.

두 번째 성찰

"부담스러우니까 그만 좀 쳐다봐."

첫날 밤의 실비아는 몹시 어여뻤지만 후디니가 떠난 후의 그녀는 끔찍한 기형 생명체처럼만 보였다. 사랑을 증명할 도구로 창조한 실비아를, 나는 하룻밤일지언정 사랑해 마지않았다. 그러나 후디니가 연구소로 돌아오지 않게 된 뒤, 그녀와 보내는 밤이 싫어졌다. 정말로 불순한 짓거리처럼 느껴졌다. 개의 유전자가 박힌 그녀는 앉으라면 앉고 일어서라면 섰다. 곱게 보려고 해도 말을 잘 듣고 스스로 흥분할 줄 아는 장난감과 노는 기분밖에 들지 않았다. 그렇다면 장난감과 매일 밤 어울려야 하는 내 신세도 초라하기만 했다.

그녀를 미끼 삼아 타인의 사랑을 테스트하려던 나의 목적은 실패했다. 이제 실비아는 존재 자체로 실패의 증거가 됐다. 외도 사실에 자극받은 후디니가 소유욕을 느끼고, 복제체를 옹색하게 질투하는 모습을 보면 그의 사랑을 확인할 수 있겠다고 믿었는데 그는 뜻대로 움직이지 않았다. 비틀린 욕심을 순수한 증오로 받아쳤으니 이것은 실패 정도가 아니라 치욕이라 봐도 무방했다.

"후디니 씨는 돌아오지 않으시네요."

"나도 아니까 한 번 더 짚어주지 마."

"사실 걱정은 안 돼요. 분명 돌아올 테니까요. 그런데 그분은 왜 그토록 불법 연구에 매진했던 걸까요?"

"세상이 내리는 명령을 거부하고 싶었겠지."

"날이 좋으니 어디에 있든 잘 지내고 있겠지요? 어제까진 계속 비가 와서 땅이 미끌미끌했어요. 민어 껍질 위를 걷는 기분 알아요? 난 어제 상상해 봤네요."

"입 좀 다물고 있어."

나는 실비아의 손을 잡고 매일 아침마다 연구소를 찾았다. 해가 좋은 날도 비가 오는 날도 후디니는 돌아오지 않았다. 연구실의 문을 열고 케케묵은 먼지를 터는 건 나와 실비아만의 과업이 됐다.

그녀의 조잘거림은 돌아가는 길 내내 이어졌다. 대화할 의지가 생기지 않아 오래된 이어폰을 꺼냈다. 양쪽 중 그녀의 몫은 늘 오른쪽이었다.

"음악과 함께하는 산책은 참 행복한 일이죠?"

양말 뭉치를 던져도 개들은 행복해하듯 고작 이어폰 한쪽도 실비아는 선물인 양 기쁘게 받았다. 그녀는 내가 꽂아준 이어폰을 귀에 더 깊숙이 박아 넣었다. 정말로 내 옆의 생명체가 직립 보행하는 개로 보여 기분이 영 좋지 않았다.

"이런 제품은 새로 사면 비싼가요?"

음악을 재생하는 일로도 그녀의 명랑한 수다는 막지 못했다. 개가 전봇대마다 뒷다리를 들어 올리듯 실비아는 만물에 일일이 반응했다.

"너한테 새 이어폰 사줄 돈 따위 없으니 아무것도 요구하지 마."

"그냥 궁금해서요."

"실비아, 모체인 나는 누군가가 말을 걸지 않으면 먼저 입을 열지 않는 성격인 걸 명심해."

"미안해요. 하지만 저는 복제체니까 어린 시절의 당신 모습을 기억하는걸요. 난 당신과 같이 있으면 완전해지는 기분이라 안심이 되고 들떠서 목소리를 한 번이라도 더 듣고 싶어져요. 우리는 목소리도 아름다우니까요."

나는 실비아가 쓰고 있던 모자의 챙을 붙잡았다. 코끝까지 억지로 당겨 내리며 경고했다.

"우리? 주제를 알자. 불법 복제체랑 산책하는 일만으로도 나는 어마어마한 위험을 감수하는 거야. 이달에 너는 무조건 폐기야. 그 전에 누군가에게 들켜서 신고당하면 가만두지 않겠어."

불법으로 만든 실비아를 데리고 다니는 건 분명 위험했다. 굳이 연구소까지 함께 산책하는 이유는 어디선가 후디니가 우리를 보면, 내가 복제체를 나름 대우해 주고 있다 판단하여 돌아오게 만들기 위함이었다. 하지만 소중하게 생각하지 않는 상대를 억지로 데리고 다닐 때 느껴지는 짜증은 감추기가 어려웠다.

거울에게 화를 낸다 한들 미안해할 사람은 없다. 나의 거울인 실비아에게 모진 말을 하면서도 팔뚝이 가려워 태연히 긁었다.

실비아는 모체의 고압적인 태도에도 주눅 들지 않았다. 오히려 자전거가 지나갈 때마다 팔을 뻗어 나를 감쌌다. 신경질적으로 어깨를 털며 알아서 보호할 수 있다고 타박해도 그녀는 나의 안위를 최우선으로 생각했다. 모체에게 따뜻한 말을 듣지 못한 복제체는 이어폰 한쪽에 의지하여 노랫말에서만 다정함을 나눠 받는 듯 보였다. 천성으로 탑재된 가련한 복종이 거북하면서도 그 한계를 보고 싶다는 음험함이 솟구쳤다.

"넌 내가 죽으라면 죽을 수도 있니?"

"물론이죠."

"그럼 죽어."

실비아가 두 손을 번쩍 들었다.

"으악! 난 죽었어요. 꼴까닥."

가당치도 않은 애교에 짜증이 샘솟았다. 노래의 볼륨을 높였다. 걷고 또 걷는 동안 적정 데시벨을 돌파한 타인의 목소리만이 총알처럼 고막을 관통했다. 실비아는 내 왼쪽 귀에 꽂힌 이어폰을 멋대로 뺐다.

"물어보고 싶은 게 있어요. 저를 이용하시고 원하던 답을 찾으셨나요?"

걸음을 멈췄다. 나를 닮은 그녀의 얼굴에는 어떤 악의도 없었다. 바라보고 있노라면, 엄하게 굴자고 마음을 먹었음에도 바람에 헝클어진 머리가 나의 얼굴과 제법 잘 어울린다는 단상만이 일었다. 실비아라는 거울이 주인에겐 없는 웃음으로 나를 응시했다.

"원하던 답? 후디니는 떠났어."

"그와의 사랑이 전부는 아니잖아요."

신경질적으로 실비아를 무시했다. 가던 길을 다시 걸었다. 실비아가 쫄래쫄래 쫓아오며 멋대로 팔짱을 꼈다. 잔뜩 기대하는 얼굴로 그녀는 혼잣말했다. "내가 도움이 됐으면 해요"라고.

실비아의 태도가 마음에 들지 않는 것과는 별개로, 그녀와의 동침이 아주 무의미한 일은 아니었다. 나는 그녀가 내 맨살을 훑을 때, 그 손의 주인이 후디니면 좋겠다고 생각했다. 그녀의 혓바닥이 다리 사이에 닿을 때, 그 혀의 주인이 후디니이기를 바랐다. 그녀로 인해 폭발한 모든 애욕은 연인을 향한 갈망으로 종결됐다. 그녀가 아무리 최선을 다해 봉사했다 한들 연인을 향한 내 사랑만 더욱 확실해진 셈이었다.

제2성찰. 수만 번의 의심 끝에 당신은 궁극적 사랑이 아니면 그 어떤 사랑도 100퍼센트 신뢰하지 못한다는 절망적 결론을 얻는다. 당신이 원하는 사랑이란, 꿈이나 환상처럼 허황돼 영영 찾지 못할 수도 있다. 그러나 다른 것 하나는 확실해진다. 그것은 '사랑받길 원하는 당신'만큼은 실존한다는 것. 사랑을 향한 욕망, 추궁, 원망, 의심 그 모든 행위를 당신은 자의적으로 수행한다. 살아 있다는 증명이다.

실비아 덕에 두 번째 성찰에 도달했을 때 나는 사랑이라는 감정이 존재를 증명하는 유일한 근거라는 걸 깨달았다. 후디니의 사랑은 확신이 불가했고, 와이즈와의 추억도 기억에서 멀어지고 있지만, 그 모든 불확실성이 있기에 오히려 사랑을 갈망하는 나만큼은 또렷해졌다. 염원에 멈춤이 없는 존재가 생명이 아니라면 대체 무엇일까.

진리는 죽어 남기는 것이지만 실수는 살아 남기는 것. 그렇다면 실비아란 내가 저지른 가장 발칙한 실수의 얼굴이었다. 그녀는 내가 살아 있다는 무수한 증거 중 하나가 됐다. 그 어리석은 생동력을 나는 음미하듯 눈에 새겼다.

그녀가 순진무구하게 말했다.

"내일도 같이 와요."

답하지 않되 한 발짝 떨어져 경보했다. 달아나는 마음으로 평상시와 똑같은 길을 돌아갔다. 인도 위에는 가로수의 너른 잎사귀로 만든 그림자 카펫이 깔렸다. 해가 바스러지는 부분과 맨땅을 교차해 밟았다. 짧은 반바지 아래로 드러난 살을 빛과 그림자가 서로 독점하려 다퉜다. 쾌청한 바람이 복숭아뼈 부근의 맨살을 간지럽혔다. 이런 날에 함께 걸었던 연인들을 추억했다. 더위를 많이 타 목덜미 부근이 쉬이 젖던 그들이었다.

뒤따라오는 실비아의 어린 코끝에도 땀방울이 맺혔다.

세 번째 성찰

집으로 돌아와 알레르기 약을 복용했다. 테라스에 놓인 조립식 백색 의자에 앉았는데 거실에 머물던 실비아가 따라 나오려 하기에 고갯짓으로 합석을 거부했다. 그녀는 무안해하며 딴청을 피웠다.

테라스 위에 뜬 해를 향해 두 팔을 뻗었다. 약을 늦게 복용한 탓인지 이미 좁쌀 크기의 붉은 농 몇 개가 솟아 있었다. 풍매화 알레르기가 있는 나는 꽃나무가 건강해지는 계절이 오면 하루에 한 번 약을 복용해야 했다. 남은 알약은 2주분 남짓. 병원은 멀고 약은 고가였다. 원래라면 후디니가 나를 위해 정기적으로 약을 받아 왔다. 내가 요청했든 그가 챙겼든 상호 협력으로 만들어진 그 돌봄을 이제는 더 바랄 수가 없었다.

혼자라도 가고자 마음먹으면 병원 따위 얼마든지 갈 수 있겠지만, 팔뚝 위의 농포를 상실의 흔적으로 방치하고 싶었다. 자학을 하면 떠난 연인이 나에게 미안해서라도 잰걸음으로 돌아오리라는 미성숙한 공상을 했다. 사랑이 사람을 지혜롭게 만들어 주면 좋을 텐데 그 반대이니, 원할수록 나는 더욱 바보가 됐다.

실비아가 햇살에 몸을 데우며 스스로를 해하는 나를 구경했다.

"넌 좋겠다. 복제체니까 모체의 알레르기 따위는 없는 채로 태어나서."

"그것도 똑같았다면 당신과 99퍼센트가 아닌 100퍼센트 동일할 텐데 아쉬워요."

"그게 똑같다 한들 네 유전자는 나와 절대로 100퍼센트 같아질 수 없어. 아무튼 나를 따라 하고 싶어도 약은 먹지 마. 아껴야 하니까."

실비아는 모체가 대화에 응해주는 일로 용기를 얻었는지 거실과 테라스 사이의 유리문에 바짝 붙었다. 맞은편에 착석하게 해달라는 요청을 온몸으로 하는 중이었다. 공손히 손을 모았지만 시키기 전에 문을 넘는다면 그 행위는 도발이다. 과연 그녀가 시키지 않은 일을 수행할지 기대됐다. 상대가 개인간인 걸 알면서도, 후디니의 말처럼 자유의지가 있길 바라는 마음이 절반, 역시 그럴 리 없다는 마음이 또 절반이었다.

"저는 당신을 비난하지 않아요. 남들보다 적극적으로 사랑을 알고자 했을 뿐이죠."

"누가 물어봤어?"

"자포자기하지 않았으면 해서요. 언젠가 다른 연인을 또 만날 거잖아요. 늘 그래왔고."

"뭐라고?"

실비아는 말실수를 했다. 나는 의자를 밀치고 일어났다. 반쯤 열린 유리문을 사이에 두고 우리는 대치했다. 내 뒤통수 위로 펼쳐진 하늘에 한창인 해가 걸려 있었다. 눈은 빛을 좇으면서도 도달할 수 없도록 창조됐으니 어둠보다 빛을 볼 때가 더 고통스럽겠지. 그러니 해를 정면으로 보고 있는 그녀가 나보다 눈을 더 많이 찌푸렸다.

"무례했다면 미안해요. 나쁜 뜻은 아니었어요."

"내가 아무나 만나고 다니는 쉬운 인간이라고 생각하는구나?"

"한 번 더 사과할게요. 죄송해요."

개인간 주제에 진실한 사죄를 할 수 있을까? 허리를 굽히는 행동마저도 뻔뻔한 연기 같았다. 내 얼굴로 가증스러운 태도를 보이다니. 깨진 거울을 봐도 이토록 미워 보이지는 않았을 거다. 마음이 긁히는 소리가 유리를 긁는 소리만큼 성가셨다.

실비아의 말대로 나는 적지 않은 연인을 만나왔다. 누구와도 관계를 오래 지속하지는 못했다. 낭만을 탐하며 빠졌던 사랑의 시작도, 암귀에 씐 듯 표독스럽게 의심했던 작별도. 모든 관계의 진행 양상은 비슷했다. 체험한 사랑은 하나같이 나를 상처 입혔는데, 아이에서 여자로 자라며 나는 내게 사랑을 지속하는 재능이 없음을 깨달았다. 그 깨우침은 움푹 팬 결핍이 아니었다. 오히려 바깥으로 돋아 또 다른 홈을 촉발하는 쇠뿔이라, 마주할 때마다 스스로를 아프게 했다.

치욕적이게도 이 특성은 질병이 아니었다. 사랑을 추궁하는 게 병의 증상 따위였다면 진작에 치료했을 거다. 뭔가를 도려내거나 변화시키는 방식으로써. 그러나 불신은 내 삶에 붙은 무형의 장기였고 날 때부터 영혼과 함께 작동했다. 심신의 일부인 그것을 도려내면 기쁨과 슬픔, 우울과 분노라는 혈관으로 연결된 내 영혼도 함께 죽을 터였다. 만약 제1성찰에 의거해 진리를 찾고자 하는 마음으로 스스로를 의심했다면 생산적인 결론이라도 도출했겠지만, 나는 버림받기 싫었던 나머지 그저 상대에게 걱정하지 않아도 될 만큼 사랑한다는 말을 얻기 위해 매순간 의심으로 그들을 괴롭혀 왔다.

"오필리아, 너 같은 여자를 우리는 괴물이라고 불러. 진저리가 나!"

내가 사랑을 모르는 인간이라, 내게 온 사람도 사랑을 주려다 포기했다. 받아본 적이 없으면 지키는 법도 배우지 못하니 수많은 사람을 떠나보내야만 했다. 첫 번째 실패는 두 번째 사랑의 구멍이 되고, 두 번째 실패는 세 번째 사랑의 구덩이가 됐다. 날이 가면 갈수록 불안은 폐허를 살찌웠다. 나의 태도가 누구에게도 결코 환영받지 못한다는 걸 알면서, 심지어 얼마나 추한지까지도 알면서 태엽이 잘못 감긴 인형처럼 틀린 추궁만을 반복했다.

"너를 이해해. 나도 가끔 그러거든. 불안해지면 저 높이 뜬 별을 봐줄래?"

손가락질 대신 밤하늘의 북극성을 가리키는 사람이 있었다. 늘 같은 자리에서 나를 살피겠다 약속해 준 사람, 그가 와이즈였다. 사랑이 생명이라면, 와이즈는 내게 생명을 줬다. 그는 내 모든 폐허를 남루한 헝겊 같은 자기 삶으로 윤이 나도록 닦았다. 그 초라한 포용이 내게는 구원이 되어, 갖가지 부끄러운 모습들을 태어나서 처음으로 와이즈에게 털어놨다.

"오필리아, 그거 알아? 의심할 수 없는 절대 진리를 찾으려면 여섯 단계의 성찰을 거쳐야 한대. 달리 말하면, 여섯 번의 성찰만 거치면 깨닫지 못하는 건 없어. 훗날 네가 혼자가 되더라도 나와의 사랑이 여섯 개의 문이 되어 네게 기쁨을 주길 바라."

그 말을 끝으로 와이즈는 죽었다. 그 상실은 풍매화 알레르기와는 견줄 수 없는 고통이었다. 그는 불치병에 걸려 있었다. 와이즈의 온몸은 조각조각 사라져 이제 흔적도 남지 않았다.

사랑이 생명이라면, 사랑은 결국 죽음의 전조 증상이다. 와이즈에게서 사랑을 건네받았을 때 그 사랑이 언젠가 죽음만큼의 고통을 주리란 걸 나는 알았어야만 했다. 나는 그 죽은 사랑을 안고 살려내고자 수많은 사람에게 응급처치 같은 신속한 애정만을 구걸했고, 매번 이별이란 몰매를 맞았다. 누군가의 삶에서 폐기되는 일이라면, 아무리 겪어도 내성이 생기질 않았다.

누더기 같더라도 나를 기워 맞출 존재가 필요했다. 나는 사람들이 '외로움'이라는 단어를 얼마나 끔찍하게 여기는지 알고 있었다. 사랑스러운 인간이 되고자 외로움이라는 단어를 삭제한 상태로 할 수 있는 모든 것을 다했다. 낮을 주고 밤을 주고, 우매한 여자라 비난받을지언정 줄 수 있는 것을 다 주었다. 미움받지 않기 위해 외로움에 집어삼켜지지 않은 척 발버둥 치다 보니 종국에는 내 삶에 그 단어만 남았다. 끝내 내가 사랑을 얻지 못해 사람들에게 약을 요청하듯 외로움을 토로하면 사람들은 그 솔직함에 질려 떠나갔다.

끔찍한 여자. 징그러운 여자. 진절머리 나는 여자.

떠난 사람들을 떠올리는 일을 여전히 장난삼아 행할 수 없었다. 내가 사랑에 미련을 두고 사는 한 상처도 생명을 잃지 않았다. 이 감각은 지긋지긋했다. 이것을 지긋지긋하다 토로하는 일마저도 지긋지긋했다. 그러나 어쩌란 말인가? 어제와 똑같이 살고 또 살아도 상처만은 늘 새롭게 아픈 것을.

실비아는 감히 테라스 문턱을 넘었다.

"저는 당신을 이해해요."

"너 따위가 어떻게 나를 이해하겠어."

"제가 곧 당신이잖아요."

상처를 공유받았을 뿐 실제로 경험하지 못한 존재의 이해를 나는 수용할 수 없었다. 이해를 말하고 싶다면, 최소한 너도 마음에 생채기 하나는 있어야 합당했다.

"좋아. 내가 내는 문제를 모두 맞힌다면 네가 곧 나라는 걸 인정할게. 대신 틀릴 때마다 옷을 하나씩 벗어."

약기운이 돌았다. 실비아를 향한 적개심이 나른해지려는 몸을 깨웠다. 모체가 화를 내고 있음에도 실비아는 멍청한 위로만 건넸다. 역시 후디니는 틀렸다. 복제인간은 절대 인간과 같아지지 못한다. 내 껍데기를 갖고 태어나 반쯤 풀려버린 머리로, 덜떨어진 지능으로 살아가는 개일 뿐이다!

얌전히 선 그녀를 올려다보며 나는 앉은 채로 손가락 세 개를 펼쳤다.

"내가 와이즈와 후디니를 알게 된 시점은 언제지?"

"5년 전입니다."

손가락 하나를 접었다.

"틀렸어. 와이즈는 5년 전에 만났고, 후디니는 2년 전이야."

실비아가 겸연쩍어하며 카디건을 벗었다. 꾸물거리는 몸짓으로 보아 이것을 야릇한 게임 정도로 인식하는 것 같았다. 나는 그녀의 카디건을 실패한 도기 다루듯 무참히 바닥에 던졌다. 지금 내가 침대로 가기 전 몸을 달굴 게임이나 제안하는 것이 아님을 표현했다. 상황을 눈치챈 실비아가 어깨를 웅크렸다.

그녀의 얼굴에다 대고 두 개의 손가락을 보였다.

"다음 문제야. 내가 다른 사람의 마음은 모두 의심해도, 와이즈의 마음만은 의심하지 않는 이유는 무엇이지?"

"그의 삶에는 마지막까지 당신이 있었기 때문입니다."

"또 틀렸어. 와이즈가 연구소를 선물해 줬으니까 그의 마음만은 확신하는 거야!"

"하지만 고작 연구소를 받은 일로 당신이···."

"셔츠도 벗어."

실비아가 셔츠를 벗었다. 이제 그녀가 걸치고 있는 건 상의 속옷과 치마 하나였다. 해가 훤해 테라스 아래의 누구라도 실비아가 괴롭힘을 당하는 걸 볼 수 있었다. 그녀는 눈에 띄게 민망해했고, 나 또한 타인이 고통받는 걸 목격하는 일이 편치 않았다. 하지만 불쾌 속에서도 가학을 멈추지 않았다. 손가락 하나를 더 접었다.

"마지막 문제야. 와이즈를 죽인 건 무엇이지?"

"불치병입니다."

마지막 기회를 접었다. 이제 남은 손가락은 없었다.

"가망이 없네. 전부 틀렸어."

"제가 아는 것이 사실과 다를 리 없어요."

"토 달지 마."

"저는 당신이 시키는 대로 할 수 있지만 왜 오답인지는 알고 싶어요."

"발가벗은 채로 쫓겨나지 않으려고 꼬투리 잡는 거라면 턱도 없어."

"당신이 왜 이 체벌을 선택했는지 알아요. 하지만 나의 답이 어째서 오답인지는….."

"다 벗고 꺼져."

실비아를 테라스 모퉁이까지 몰았다. 그녀는 순순히 명령을 따르면서도 수치스러워졌는지 눈을 맞추지 못했다. 나는 그녀가 벗은 옷가지를 아예 테라스 밖으로 던져버렸다. 그러고는 소리를 질렀다. 거리를 오가던 행인들이 올려다보았다. 나는 그녀를 테라스에 세워둔 채 실내로 도망가 버렸다.

어린 시절, 엄혹했던 어머니는 이불에 오줌을 싼 자녀를 훈육한다는 이유로 나를 발가벗겨 테라스에 방치했다. 아버지는 나를 보호해 주지 않았다. 실비아는 그 시절의 나처럼 괴로워하며 테라스 구석에 쪼그려 앉았다. 몸을 둥글게 말았으나 해는 그녀의 가여운 척추뼈 하나하나를 더듬으며 희롱했다. 야외에서 체벌을 받던 어린 모체의 모습과 다름이 없었다.

그럼에도 나는 테라스 문을 잠갔다. 실비아에게 흉이 지는 아픔을 주기 위해 기어코 체벌을 중단하지 않은 나는, 차마 죄책감만은 면하고 싶은 이기심으로 등을 돌렸다. 타인에게 상처 주는 순간은 내 안에 뿌리내린 폭력성을 들키는 일. 비뚤어진 공격성이야말로 내가 겪은 수모를 인정하는 일이라, 결국은 내 몫의 존엄을 해치는 것임을 알면서도 체벌을 멈추지 못했다.

양친에게 사랑받지 못하고 자라, 타인을 내 것처럼 사랑하지 못하는 일은 나의 결핍이었고, 그 결핍은 나의 특성 중 가장 오래된 것이어서 노력해도 숨겨지지 않았다. 원하지 않은 방식으로 불쑥불쑥 튀어나와 나를 아끼려는 사람을 상처 입혔다. 심지어 나는 나를 이해한다 말해주는 사람까지 상처 입히려 했다. 한편으로는, 상처를 주면서도 이해를 받으며 계속해서 사랑이란 걸 착취하고 싶어 했다. 그러면 실연으로 만들어진 내 몫의 구덩이가 좀 채워질 것 같다는 보상 심리였다. 한 번도 상처 입은 적 없는 그녀의 순수를 시기한다는 말 대신에, 상처로 더럽히려는 가해 욕구의 손을 들었다. 그 악의는 내 안의 지당한 윤리 의

식과 충돌했다. 죄책감과 기쁨. 나는 타인에게 상처를 새기고 그 상처를 직접 목격할 때만 부피를 가진 인간이 되는 것인가?

약간의 시간이 흐른 뒤 내가 다시 테라스로 향했을 때 실비아는 몸이 아닌 오직 얼굴만을 가리고 있었다. 문이 열리는 소리가 들리자 웅크려 있던 그녀가 몸을 곧게 폈다. 테라스 밑에서 지나가던 행인이 스트립쇼라도 하는 것이냐며 휘파람을 불었다.

"얼굴이 안 보일 테니 사람들이 나를 봐도 당신을 상상하지 못할 거예요. 당신이 복제체를 만든 걸 들켜서는 안 되고, 이 몸을 타인이 알게 되는 일도 싫으니까요. 끝났다고 말할 때까지 이렇게 있을 테니 걱정하지 말아요."

실비아는 얼마든지 더 버틸 수 있다는 듯이 얼굴을 가린 채 아예 까치발까지 들어 몸을 더 곧게 뻗었다. 씩씩한 그 마음이 하늘에 닿으려 했다.

순응적인 그녀의 모습은 오래전 겨울의 와이즈를 연상시켰다. 견해 차이로 크게 다툰 날이었다. 코가 새빨개질 때까지 그에게 상처 주는 말을 했다. 그의 코도 나만큼 빨개지도록 눈발 속에서 몰아붙였다. 어떻게든 그에게서 미안하다는 말을 들으면, 내가 그의 사고에 영향을 행사했음이 확인될 테니 내 직성도 풀릴 것 같았다. 가당치도 않던 공격을 일삼을 때마다 나는 됨됨이를 망각한 괴물로 변했다. 그는 몰아치는 언성 속에서 고요히 입고 있던 코트를 벗었다.

"집으로 들어가서 미워해 줘. 나 때문에 네가 감기에 걸리면
안 되니까."

와이즈가 죽은 후 그를 오래도록 원망했다. 그는 추억만으로
만족하기에는 벅찬 감정을 남겼다. 그와 연인이 되지만 않았더
라면 나는 사랑이 유니콘과 다를 바가 없어서 세상에 존재하지
않는 개념이라 바락바락 주장하며 살았을 거다. 피할 수 있다면
야 고통만 줄 뿐인 사랑이란 감정을 한껏 피하며 살았을 것이다.
사랑의 가치를 끝없이 냉소하고 싶었지만 그럴수록 역설적으로
갈구한다는 점만 드러났는데, 그 진실을 인정하는 순간부터 사
람은 어른이 되는 걸지도 모른다.

제3성찰. 완전무결하고 숭고한 사랑은 분명 존재하며 참이다. 그 완
벽한 마음은 비록 개념만 안다 한들 우리에게 이미 내재돼 있다. 단, 일
반적인 말과 행동만으로는 발현이 불가하다. 진리에 도달하기 위해서
는 더 크고 근원적인 사랑을 탐구해야 한다.

와이즈는 내게 사랑의 순수성을 제시한 처음이자 마지막 사람
이었다. 그가 베푼 마음은 겪어온 모든 연인과의 사랑을 초월했
다. '다름'이 아니라 '초월'. 가진 게 없어 빈궁했던 와이즈는 자

신의 모든 것을 털어, 죽어도 죽지 않는 사랑을 남겼다. 그리고 사랑을 끝까지 믿고 의지하며 살아달라 부탁했다. 그는 내가 살아 있는 한, 사랑의 사념체로서 영원히 존재할 것이다. 그러니 나는 와이즈를 원망할 수밖에 없다. 그가 없었더라면. 내가 그를 만나지 않았더라면! 사랑이 적당히 마음 맞는 상대와 먹고 마시며 어울리는 행위일 뿐이라 업신여기며 살 수 있었을 텐데!

"오필리아. 내가 너를 왜 좋아하는지는 나조차도 잘 모르겠어. 하지만 잘 몰라도 너와 함께 있으면 행복하고, 외로워져. 그러니 난 매일 너를 생각할 수밖에 없어."

기억 속 와이즈의 목소리가 능숙하게 내 손을 빌려 열쇠가 되었다. 그는 죽어서도 나와 닮은 실비아를 위해 테라스의 문을 열게 했다. 받은 사랑을 복기할 때면 내 안에 자리 잡은 폭력의 뿌리를 잊었다. 와이즈의 따뜻한 미소를 회상하며 헐벗은 실비아를 안으로 들였다. 그녀는 체벌을 끝내주어 고맙다며 내게 안겼다.

"미안해. 너한테 거짓말을 했어."

"괜찮아요."

실비아에게 제시했던 세 개의 문제. 모든 것은 오답이었지만, 사실 그 무엇도 오답은 아니었다.

네 번째, 다섯 번째 성찰

풍매화의 생명력이 절정을 맞이했다. 꽃들은 바람이 이끄는 곳으로 씨앗을 퍼트렸다. 가루로 칠갑한 세상이 두려워 창을 닫았다.

알레르기 약은 고갈됐다. 병원에 갈 의지, 간단히 외출할 의지까지도 상실했다. 소파에 제대로 앉는 일조차도 어쩐지 자신감이 생기지 않아 몸을 접어 스스로의 면적을 좁혔다. 실비아는 그런 나를 대신해 연구소를 점검하고 생필품을 구입할 겸 산책을 다녀왔다. 마트에서 구입한 식자재를 식탁에 올려두는 몸짓이 발랄했다.

"사워도가 반값이었어요! 한 개 값에 두 개를 샀으니 우린 운이 좋아요."

"네가 없었더라면 하나만 사도 됐으니 절반 값만 냈을 텐데."

실비아는 냉장고에서 피클과 치즈, 토마토를 꺼내 먹기 좋게 차렸다. 노르스름한 돌덩이처럼 생긴 사워도를 반으로 숭덩 써는 그녀의 손에 하얀 옥수수 전분이 묻었다. 그녀는 물티슈를 낭비하려다 나를 힐끔 보고는 손을 씻었다.

"하나 값에 맛있게 먹을 사람이 둘로 늘었으니 행운이죠."

식탁에 앉은 실비아가 아이처럼 방실거렸다. 식욕이 없어진

지 오래였지만 식사조차 거를 순 없었다. 마지못한 표정으로 그녀와 마주 보고 앉았다.

일상이 멈춘 후 가사는 실비아가 책임졌다. 그녀는 주인의 게으름이 가정을 어떻게 해치는지 보여주고 싶지 않은 듯 나서서 일했다. 내가 더러움을 목격하기 전에 치웠고, 굶주림을 느끼기 전에 요리했으며, 고독함에 몸서리치기 전에 음악을 틀었다. 이유 모르게 겸연스러워 나도 종종 가사를 거들었다. 억지로라도 몸을 움직이면 실비아는 나를 보고 연하게 웃었다.

느지막한 속도로 퍼지는 그 웃음도 풍매화의 씨앗 같아 반감이라는 알레르기를 유발했다.

"밖에서 나인 척 쏘다닐 수 있어서 좋니?"

"전혀요."

"며칠 전엔 말도 없이 저녁에서야 돌아왔잖아."

"초행길이라 헤맸어요."

"솔직히 말해. 나 대신 바깥 활동을 하며 사는 일이 너를 기쁘게 만들지?"

실비아는 평상시처럼 태연하게 부인하려다 멈췄다. 사워도를 쥐처럼 갉아 먹던 중 생각이 바뀌었는지 자리에서 일어나 방으로 들어가 버렸다. 착석하라 호통쳐도 꾸물거리며 나오지를 않았다. 처음으로 복제체답지 않게 반항하는가 싶어 신선한 충격을 받았다. 후디니가 주장한 대로일까. 하지만 그렇게 생겨난 호기심은 오래가지 못해 시들해졌다.

그녀가 방에서 뭔가를 분주히 찾더니 얇은 책 한 권을 가지고 나왔다.

"이걸 보여주고 싶어요. 즉석 복권에 당첨돼서 500실랑을 벌었는데요. 그 돈을 쓰고 오느라 늦었어요. 남은 돈으로는 당신을 위한 선물을 샀고요. 여기요."

"그 많은 돈을 얻고서 날 위해 산 게 고작 시집이야?"

"내가 없어진 후에도 외롭지 않았으면 해서요."

그녀가 선물한 시집을 처음 보는 체했지만 사실 낯선 물건은 아니었다. 과거 스스로의 삶이 불안정하다 느낀 나는 자주 고독과 다투곤 했다. 그 마음은 앙증맞지 못한 거인이라 내 안에서 잠재울 수 없었고, 어떤 형태로든 게워 내야만 하루가 온전히 끝났다. 방법을 찾지 못해 불면에 시달리던 어느 새벽, 문득 깨달았다. 어려운 감정들을 활자로 꾹꾹 담아내면 하루에 가속이 붙는다는 사실을. 시를 쓰면 언제나 밤이 왔다. 옛날의 나는 외로움과 맞서 싸우는 날마다 시를 씀으로써 하루와 서둘러 작별하곤 했다.

하지만 이제 시를 쓰지 않는다. 실비아는 말없이 시집만 만지작거리는 나를 물끄러미 보았다.

"당신의 기분을 풀어주기 위한 다른 말도 있어요."

만전의 준비를 기했는지 그녀의 얼굴에 장난기가 가득했다.

"시집이랑 수학책이 상담하면 항상 수학책만 고민을 털어놓는대요. 왜일까요?"

"문제투성이라서."

"커다란 옥수수밭에 어울리는 감탄은?"

"Maize maze amazes."

"이건 제가 아는 유머 중에 가장 funny해요."

"아무래도 pun이니까."

"역시 당신이라면 받아줄 줄 알았어요."

실비아는 유머를 방금 막 처음 배운 사람처럼 구닥다리 농담에 입을 헤벌쭉 벌렸다. 이것은 와이즈가 오래전에 알려줬던 말장난으로, 그때의 나는 칙칙한 삶이 유발하는 우울 속에서도 지금의 실비아처럼 한껏 과장된 얼굴로 웃었다. 그러면 와이즈도 나를 따라 시시한 농담만으로도 충분히 행복해진 듯 기쁨을 연기했다. 신기하게도, 둘이서 그렇게 웃으면 온 세상은 잠시나마 행복에 침수됐었다.

"복제체 주제에 다른 사람을 흉내 내지 마. 불쾌해."

"미안해요. 좋아할 줄 알았어요."

"네가 하는 건 하나도 재미없어."

"내 실수예요. 정말 미안해요."

의기소침해진 실비아는 손톱만 만지작거렸다. 내가 어린 시절에나 보였던 유아 퇴행적인 습관이었다. 실비아도 그 사실을 퍼뜩 깨달았는지 다시 아무렇지 않은 척 샤워도를 들고 베어 먹었다. 그녀는 토마토와 피클을 차례대로 입안에 넣고선 씹는 행위를 이어갔다. 이윽고 손으로 입을 가리며 소심히 물었다.

"이럴 때 당신은 어떻게 견뎠나요?"

"또 무슨 꿍꿍이로 묻는 거야?"

"아뇨, 그냥… 당신이랑 잘 지내고 싶다는 마음이 온 하루를 가득 채우고도 남는데 뜻대로 되지 않아서요…."

체벌을 받았을 때도 상처받지 않은 실비아였다. 그런 그녀가 처음으로 패잔병처럼 고개를 떨궜다. 나는 앞접시에 놓인 빵을 덜어 입에 넣기를 시도했지만, 도저히 뭔가를 넣을 수가 없어 그만뒀다. 내 안에는 목 끝까지 가둬진 기억이 너무 많았다.

와이즈에게도, 후디니에게도. 지금 내게 전전긍긍하는 실비아처럼 나는 미숙하기만 했다. 예컨대, 그들과 말다툼할 때는 내 잘못이라는 걸 알면서도 주장을 굽히지 않았다. 늦잠을 자 음악회에 늦었던 날, 나무라는 와이즈에게 반항하고 싶은 마음에 그가 일찍 나를 깨워주지 않았음이 잘못이었다고 고집을 피웠다. 마트에서는 꼼꼼히 살피지 않아 상한 빵을 골라놓고 그가 거들어주지 않았기에 필연적으로 발생한 실수라 우겼다. 매력적인 누군가와 몰래 커피 한잔을 마시며 밀담을 나누고선 일이 바빴다고 뻔뻔히 거짓말했다. 연인이 나를 한없이 이해하고 감싸주길 바라지만 화분을 넘어뜨리는 고양이처럼, 당당한 얼굴로 말도 안 되는 잘못들을 저질렀다. 가끔은 너를 사랑한 적이 없었노라 바락바락 우기기도 했다. 유치하기 짝이 없는 일을 반복하면서도 사랑이란 이름으로 용서받고 싶었고, 그 용서야말로 사랑의 징표라고 주장했다. 돌이켜 보면 나는 사랑받고 싶어 함에 자존심 상해하며 내 못남을 감추고자 속마음과는 다른 악행을 일삼았다.

자신의 미숙함을 부끄러워하는 실비아를 보면서 나 또한 지난 어리석음들을 반추했다.

제4성찰. 인간은 오류를 범한다. 사랑의 신이 우리를 기만하지 않는다 해도 우리는 끝도 없는 거짓과 잘못을 반복한다. 그것은 우리의 자유의지 탓이다. 자유의지가 지성보다 더 크므로, 우리는 거짓과 진실을 있는 그대로 받아들이지 않고 끊임없이 선택한다.

와이즈는 실수를 반복하는 머저리마저도 존중했다. 내가 스스로를 의심함에도 그만은 내 불안마저 한겨울에 핀 꽃을 대하듯 소중히 여겼다.

"서툴어도 괜찮아. 네가 사랑이라는 과정 안에 있다면, 정말로 뭐든지 괜찮아. 다 끝나면 우린 간단한 결론만 얻게 될 거야."

와이즈의 애정은 언제나 간결했다. 그토록 정돈된 마음들을 나는 오히려 믿을 수가 없었다. 복잡하게 묻고, 모호하게 추궁했다. 그는 다만 사랑의 진리가 한 문장을 넘어가지 않으리라는 점만 반복하여 주장했다.

삼각형은 세 변으로 이루어져 있다. 사람의 목숨은 하나다. 나무는 씨앗에서부터 자란다. 진리는 이처럼 명쾌하여 누구에게나 통용된다. 조건을 덧붙이고 감상을 첨가할수록 명제는 절대성이 아닌 불확실성으로 치우친다. 복잡한 명제들은 거짓의 가능성을 증폭시킬 뿐 순수한 거짓에도 닿지 못해 이것도 저것도 아닌 불순함투성이가 된다. 끝내 쾌快에서 멀어진다. 그저 오류로 전락해 버린 마음들을 우리는 때때로 사랑이라 믿고 산다.

그러나 와이즈의 말에 따르면 그 불완전함이 곧 과정이다. 진리는 이 지난한 과정 속에서 복잡한 사유를 모두 정리한 후에야 남는다. 예컨대 삼각형의 공통된 조건으로 내각의 합이 180도라거나 변이 세 개라는 것을 정의하기 위해 얼마나 많은 연구와 검증이 있었을지, 나무가 씨앗으로부터 자라남을 밝히기 위해 얼마나 많은 식물을 비교하고 연구했을지. 사랑의 진리도 그렇게 찾아야 한다. 와이즈, 후디니. 그들뿐 아니라 메튜와 헤일리와 버나드와 레인과… 훤칠하고 추하고, 상냥하고 포악하고, 부유하고 궁핍하고, 무던하고 예민한 사람들을 숱하게 거친 후에야 감정은 여과된 물 한 방울로서 손에 남겠지.

나는 대답했다.

"원래 사랑은 잘 풀리지 않으니 너도 나를 닮아 끔찍한 사랑을 할 거야."

실비아가 문을 두드리듯 자기 가슴 중심을 톡톡 쳤다.

"하지만 진짜로 존재하는 이상 계속해서 탐구하고 싶어져요. 당신도 그렇죠?"

"너한테 그것까지 대답할 의무는 없어."

"당신도 진실된 사랑이 허구라고 생각하지는 않잖아요."

"그러는 너도 진실된 사랑이 있다고 믿니?"

누군가는 우리가 상정하는 궁극적 사랑이라는 게 소망과 달리 허상이라 주장할 수도 있다. 유니콘을 탐구하는 일에 가치를 둔 나머지 유니콘이 실존이라 주장해 버리는 일처럼, 도저히 없는 것을 꾸며내고 있다고 말이다. 물론 그 의문에는 이미 답이 존재한다. 어쩌면 모든 의심보다 앞선 답이다.

실비아도 그것을 모르지 않았다. 입안의 토마토를 꼭꼭 씹어 삼키고 단호히 응수했다.

"있다고 믿는 게 아니에요. 있어요."

제5성찰. 궁극적 사랑은 필연적으로 존재한다. 궁극적 사랑이 존재하지 않는다는 말은 그 자체로 모순이다. 사랑은 인간이 느낄 수 있는 가장 완전한 감정이다. 경험하지 못한다고 해서 궁극적 상태가 부재하지는 않는다.

마음의 불완전함을 오류라고 상정하는 까닭은 '궁극적인 마음'이 따로 존재하기 때문이다. 그것이 사랑이다. 가장 순수한, 헌신하는 마음이자 감정. 나는 그것을 와이즈로부터 경험했고, 그 경험은 수천 번의 의심과 추궁을 반복해도 실존이었다. 궁극적 사랑을 수행했던 와이즈가 이 땅에 존재했던 이상 설령 내가 와이즈를 만나지 못하는 세계선이 존재한다 하더라도 사랑을 부정하지는 못한다. 오직 와이즈의 존재로 인해 나의 모든 차원에서 사랑은 얄궂게도 그 실존을 인정받는다. 만일 내가 태어나 한 번도 사랑을 경험해 본 적 없는 싱글이더라도, 사랑 자체를 부정할 수는 없다. 예수가 존재한 세계선이 단 하나라도 존재하는 이상 그 어떤 세계선에서도 예수의 존재를 완전 부정할 수 없는 것처럼.

우리는 궁극적 사랑의 존재를 부정하지 못한다. 이 세상이 오직 오류투성이 사랑으로만 가득한 세상이라면, 더욱이 우리는 궁극적 사랑을 부정하지 못한다.

어떤 이가 타인을 스토킹하고 집착하며 육체적으로 괴롭히는 행위를 하면서 그것을 '사랑'이라고 주장할 때, 우리는 즉시 반박할 수 있다. 그러한 행위를 사랑이라고 부를 수 없음은 모두의 공통된 판단일 것이다.

이는 우리 안에 진정한 사랑이라는 더 나은, 더 순수한 개념이 존재하고 있음을 드러낸다. 그 개념은 단순한 망상이 아니다. 왜냐하면 그것은 오류나 왜곡된 사랑(집착, 스토킹, 폭력 등)과 구분되기 때문이다. '오류'라는 말 안에는 '정답이 따로 있음'이 내포되어 있다. 그러므로 오류라는 판단 이전에는 올바른 개념이 반드시 먼저 선행한다. 만약 올바른 개념이 선행하지 않는다면 애초에 오류라는 판단이 성립될 수 없다. 그러므로 '진정한 사랑'의 관념은, 오류가 깃든 사랑보다 선행한다.

이것은 관념 속에 이미 존재하는 어떤 보편적 실재를 지시한다. 왜곡된 사랑을 그릇되었다 판단하는 기준이 이미 내 안에 관념적으로 존재하는 셈이다. 비록 내가 그것을 수행하지 못할지라도.

그러므로 '진정한 사랑'은 있다. 그리고 이러한 개념의 궁극 상태인, 궁극적 사랑도 필연적으로 존재한다.

실비아는 깨끗이 비운 접시를 개수대에 넣었다. 내가 차마 사워도의 절반도 먹지 못하였음에도 실비아는 채근하지 않고 내 몫의 식기도 치웠다. 고무장갑을 낀 그녀가 물을 세게 틀었다. 충분히 큰 소음 속에서도 목소리는 존재를 잃지 않았다.

"우리가 만난 지도 곧 한 달이에요."

벽에 걸린 달력의 마지막 숫자 위에 붉은 동그라미가 있었다. 내가 그려둔, 금방 따라잡힐 미래였다.

"사랑하는 당신과 살아봤음에 즐거웠다는 말을 전하고 싶었어요."

*

잠을 청하지 못했다. 달력을 몇 번이고 쳐다봤다. 오늘까지의 숫자들 아래에 검정 볼펜으로 작은 체크 사인이 그려져 있었다. 그녀가 태어난 날을 기점으로 하루도 빠짐이 없었다. 매일 밤 몰래 낙서했을 존재를 상상했다. 그 마음을 헤아리는 일이 버거웠다. 낙서를 그린 사람만이 펜을 움직였을 때의 서글픔을 알 것이다.

침실 문을 열어 잠든 실비아를 내려다봤다. 색색거리는 숨소리가 가늘었다. 작은 침대라 불편할 텐데 그녀는 면적의 반절을 남겨두기 위해 결코 내가 눕는 곳은 침범하지 않았다.

마지막 밤이었다. 적어도 오늘은 실비아가 다른 선택지를 택할 법도 했다. 준법정신을 지키고자 목숨까지 포기하는 바보는 없을 테니 오늘은 내게 칼을 겨눠서라도 죽이지 말라고 협박할 수 있었다. 하다못해 몰래 짐을 싸 야반도주라도 해야 했다. 그러나 그녀는 목숨 따위는 중요하지 않은 바보인 양 평온한 얼굴로 잠들었다. 정말로 주인의 뜻이라면 죽음조차 순응하는 개인 간이란 말인가?

그녀라는 존재는 또다시 갈고리가 되어 기억 속의 와이즈를 끌어 올렸다.

우리는 광장에서 처음 만났다. 모두가 랩코트처럼 백색의 옷을 입고 사는데 홀로 까만 옷을 입고 있던 사람이었다. 와이즈는 상자 속 비둘기를 없애는 마술을 시연했다. 관중은 그가 테이블을 덮은 벨벳 천 아래로 비둘기를 내린다는 걸 단번에 알아챘다. 야유가 쏟아졌다. 한평생 부모와 서커스 한 번 구경한 적이 없었던 나만이 그의 속임수를 알아차리지 못해 박수를 쳤다. 감탄하는 동안 붉어진 나의 두 뺨이 야유받던 마술사의 세계 위에 태양처럼 솟았다. 그 후 나는 와이즈의 마술을 보며 광장에서 시를 썼다. 영리하지 못한 우리의 삶은, 그토록 커다란 광장에서도 어리숙한 서로를 발견해 냈다.

"공간을 마련해서 나는 마술을 연구하고, 너는 시를 쓰는 거야, 어때?"

"좋아. 언젠가 마술과 시를 같이 발표할 수 있으면 좋겠어."

"분명 가능해질 거야."

와이즈의 꿈은 가장 큰 돔에서의 공연이었고, 나의 꿈은 가장 큰 출판사에서의 출간이었다. 그는 세상에 있던 것을 감추는 마술을 연구했고, 나는 세상에 없던 것을 드러내는 시를 연구했다. 결국 그는 돔보다 더 큰 세상에서 완전히 사라짐으로써 마술을 완성했고, 나는 그 무엇도 표현하지 못한 채 시에 실패했다. 그가 사라진 뒤, 시를 위해 선물받은 연구소를 미련 없이 후디니에게 넘겨버렸다. 다시는 시도 쓰지 않았고.

홀로 소파에 앉았다. 소란스러운 내 안을 정리하려면 음악이 필요했다. 이어폰을 귀에 꽂았다. 오른쪽에서 아무런 소리도 들리지 않았다. 재차 기기와 연결하여 점검했다. 이미 실비아에게 준 시점부터 고장 나 있던 기록이 떴다.

"왜 말을 안 했지?"

절반의 낯선 침묵이 절반의 음악보다 더욱 크게 나를 보듬었다. 사소한 희생. 그 작은 선의를 노랫말 뒤로 밀어버리곤 테라스 쪽으로 고개를 돌렸다.

창 너머에 밤하늘과 나무들이 가득했다. 절반의 침묵 사이로 먹먹한 바람 소리가 들렸다. 가지들은 몸을 떨었다. 오래전의 겨울날, 와이즈는 저 나무들의 기둥마다 천을 덧댔다. 그는 모든 것이 건강하게 살아남아 미래의 계절에도 공존하길 바랐다. 후디니 또한 겨울이 오면 나무에 옷을 입혔다. 그가 나의 두 번째 와이즈가 되어줄 거라 믿었다.

나무가 미웠다. 사랑하는 사람들에게 온기를 받았음에도 연약하게 흔들리는 것이 마음에 들지 않았다. 지금은 여름이고, 너희는 걱정 없이 기지개를 켜야만 했다. 달빛을 환하게 받아 한낮처럼 생긋거려야만 했다. 어째서 허리를 휘청이고 팔을 굽히며 걱정하는지. 어둠의 희롱을 곧이곧대로 받아들이고야 마는지.

참지 못해 테라스 문을 열었다. 한바탕 청풍이 불어닥쳤다.

잘못된 선택이었다. 나는 간악한 풍매화의 교태에 놀아나고 말았다. 거친 꽃가루 입자가 피부에 점처럼 박혔다. 기침이 나왔다. 약은 수일 전에 동이 난 상황이었다. 물에 빠지면 수영하지 못해도 살기 위해 허우적거리듯 약이 없다는 걸 알면서도 본능적으로 약통을 찾았다. 통 옆에 못 보던 쪽지 한 장이 있었다.

'다시 고갈되기 전에 당신 곁에 새로운 친구가 생기기를.'

통 안에 약이 가득했다. 그 뒤로 마주한 밤은 몹시 길었다.

*

실비아는 느지막한 낮에 일어나 식빵을 구웠다.

"토스트 안 드시고 나가세요?"

"갈 곳이 있어서."

나는 실비아에게 오랫동안 보관해 둔 서류를 내밀었다.

"복제체 폐기 이행서? 담력 테스트인가요."

실비아는 농담하면서도 오늘이 그녀에게 허락된 마지막 날임을 잊지 않았다. 떨리는 어깨가 보였다.

"위조문서야. 행정센터에 제출하면 복제체를 폐기한 줄 알테니 너는 자유가 돼. 대신 앞으로는 오필리아인 척하며 살아야 해."

"정말인가요?"

"너는 살아남을 자격이 있어."

"세상에!"

실비아가 울음을 터트리듯 탄성을 내지르며 품에 안겼다. 이건강한 포옹이야말로 그녀를 위한 최선의 선물이었다.

나는 끝내 인정하고 말았다. 실비아는 내가 생각한 것보다 훨씬 더 많은 자율과 의지로 살아가고 있었다. 내게 새로운 사랑은 후디니가 아니라 실비아였다. 그녀의 GTF-X 유전자를 꼬투리 잡아 자율성이 없는 존재라 무시해 왔지만, 시키지 않은 일마저 주인을 위해 해낸 실비아라면 나의 고집을 꺾어야 마땅했다. 후디니의 말대로 복제체는 인간에게 순종하지 않았다. 무한히 사랑할 뿐. 그들은 모체보다 진화한 생명체였다.

"내일 네가 직접 행정센터에 주렴. 위조문서지만 정교하게 만들어졌으니 단번에 수리될 거고, 사람들은 네가 오필리아인 줄 알 거야. 폐기 이행서가 제출되면 복제체를 만든 것에 대해 벌금이 청구될 텐데 그건 내 카드로 내면 돼."

"저를 인정해 주셔서 정말로 고마워요."

"네가 해낸 거야."

"저는 당신을 아주 많이 좋아한 일밖에 하지 않았는걸요."

"그러니까, 그거 말이야."

나는 실비아에게 옷장 열쇠를 줬다. 잠긴 옷장에는 한창 누군가를 사랑할 때 즐겨 입던 옷들이 보관되어 있었다. 그것들을 다시 보는 일은 상상만으로도 고통스러워 꺼내지 못하고 있었지만, 실비아가 입으면 상관없을 것 같았다.

"앞으로 어떤 일을 하면서 살고 싶니?"

"음. 사람은 다양한 직업을 가질 수 있잖아요? 고민해 볼게요!"

실비아는 첫눈을 맞이한 강아지처럼 몹시 기뻐했다. 문서를 두 손으로 품고선 제자리에서 빙글빙글 돌며 재잘거리는 그녀가 믿지 않았다. 유전자나 알레르기의 유무 따위가 아니라, 과거 내가 받았던 상처가 그녀의 영혼까지 훼손하지는 못했음이 우리의 차이인 1퍼센트이길 바랐다.

운동화를 신었다. 실비아는 가장 자신 있는 메뉴로 저녁을 준비하겠다며 들떠 있었다. 구입할 식자재 목록을 읊는 그녀의 얼굴이 이제는 나와 완전히 달라 보였다. 그런 실비아의 머리를 쓰다듬었다.

"후디니도 곧 올 거야. 정확히 언제인지는 확답할 수 없지만."

"역시 그렇겠죠? 주인인 당신이 돌아오라고 했으니까요."

나는 그녀의 뺨을 따뜻한 손으로 가볍게 감싼 후 문고리를 잡았다. 동그란 쇠가 느릿하게 돌았다. 인사를 대신해 말을 건넸다.

"실비아, 내가 고마우면 이제 사랑한다고 말해도 돼."

"그러지는 않을래요."

실비아는 차분한 목소리로 덧붙여 답했다.

"당신이 그 말을 무서워하니까요."

역시 실비아였다. 나의 선택에 한 점의 후회조차 남지 않으리란 걸 확신했다. 경쾌하게 문을 열었다. 실비아가 외출하는 나의 등에 대고 물었다. 이 위조문서는 누가 만든 것이냐고.

"2년 전에 와이즈가."

마지막 성찰

생명체는 열을 갖고 태어나 종래에는 열을 잃고 죽는다. 사는 동안 우리는 서로 다른 불에 데고, 또 그 불을 꺼트린다. 하나의 군불로 합치기도, 잔불로 흩뿌려지기도 한다. 그러니 내게 남들보다 더 열렬히 타오르는 집착 같은 불씨가 있었다고 한들 부끄러워할 필요는 없겠다. 나는 사랑을 알기 위해 타올랐던 조금 다른 불씨였겠지. 삶을 채웠던 갈증이 부끄럽지 않았다. 내가 겪은 모든 오류는 탐구의 증거이자 오늘의 깨달음을 위해서였다.

목적지에 도착하여 실비아에게 전화를 걸었다. 작별의 시간이었다.

"많이 늦을 것 같으니 기다리지 마."

거대한 소각로 앞에 섰다. 사람을 집어삼키는 가스 오븐 같은 동굴이었다. 온몸 구석구석 연소 촉진제를 뿌렸다. 살결이 흠뻑 젖었다. 1,500도까지 치솟는 열은 근섬유 하나 남기지 않고 모조리 증발시킬 것이다. 문을 열었다. 치워지지 않은 죽음의 냄새가 났다. 수많은 복제체가 이곳에서 종말을 맞이했다.

"늦게라도 저녁 같이 먹어요. 실내인가요? 소리가 울리네요."

"기다리지 마. 아예 안 갈 것 같아."

"그래요? 그럼 내일 아침을 같이 먹어요."

"실비아, 세상이 네가 쓴 글을 궁금해할 것 같은데 너도 시인이 되는 게 어때?"

"좋아요! 당신을 위한 시를 써볼래요."

소각로로 들어갔다. 문을 닫았다. 내부에 설치된 거대한 쇠판 위에 허리를 스스로 묶었다. 이곳에 외로이 누웠을 와이즈를 상상했다. 그는 분명 후회하지 않았을 것이다. 어쩌면 조각조각 사라지는 내내 슬픔과 기쁨으로 중독되어 아픔조차 잊었을 것이다. 그의 사인은 불치병이 아니었으니까.

와이즈는 자신의 복제체이자 불치병을 물려받지 않은 후디니에게 모체가 될 기회를 주어야 한다고 말했다. 내게 병든 자신이 아닌 건강한 상대를 연인으로 선물하기 위해서였다. 와이즈는 후디니에게 앞으로 오직 오필리아만을 주인으로 섬겨 사랑하라는 명령을 내렸다. 그리고 이곳에서 자살했다.

제6성찰. 정신과 육체는 다르다. 육체는 물질의 세계에 종속되어 있다. 영혼은 사유의 세계에 있다. 그러나 둘이 다르다고 해서 작용하지 않는 것은 아니다. 정신과 육체는 끊임없이 교감한다. 사랑 또한 그 영구적인 교감 안에 있다.

연기가 피어오르고 불이 붙었다. 깜깜한 내부 벽면이 급속도로 뜨거워졌다. 와이즈는, 우리는, 소각로에서 사랑의 진리를 완성하게 된다. 육체의 쌍방 말소야말로 우리의 영혼과 대등히 소통하는 숭고한 기록이 될 것이다. 죽어도 죽지 않는다. 내가 그토록 찾아 헤매던 사랑의 진리는 역시나 간결했다.

결국 궁극적 사랑은 육신을 넘어 영혼을 다하는 헌신이니, 오직 줄수만 있다.

사랑. 그것은 누구에게 부탁하지도, 뺏지도 못한다. 과거에 진리를 깨우치지 못해 늘 실패했던 나라는 존재는 실비아에게 삶을 선물함으로써 드디어 완성된다. 오류와 낙오의 끝에는 결국 성공이 탄생하니, 삶은 헛되지 않았다. 뜨거웠다. 한순간에 열이 솟구쳤다. 내 모든 혈액이 바싹 말라갔다. 나는 열로 태어나 죽는 순간에도 열을 잃지 않았다.

마지막으로 두 손을 모았다. 소각로 바깥의 여름 내음이 그녀에게 도달하기를 소망했다. 너는 앞으로 후디니와 저 바람을 기록하며 살아주길. 사방에 격정의 불꽃이 타올랐다.

사랑의 기쁨과 이별의 슬픔이 영구적으로 공존하는 상애相愛/相哀야말로 삶의 증명이다. 우리는 사랑했고, 고로 존재했다.

참고문헌

르네 데카르트, 『제일철학에 관한 성찰』, 문예출판사, 2008.
이현복, 『데카르트 연구』, 창, 2009.
이솔, 『이미지란 무엇인가』, 민음사, 2023.

Cogito ergo sum_{코기토 에르고 숨}!

라틴어 'Cogito'는 데카르트 철학에서 중요한 키워드 중 하나다. 우리에게도 많이 알려진 '나는 생각한다, 고로 존재한다'라는 문장 중 내가 생각하는 존재임을, 즉 성찰을 행하는 자아임을 밝히는 단어다. 이 코기토 에르고 숨이 등장한 철학이 '데카르트의 6성찰'인데 본래 6성찰은 사랑이 아니라 자아와 신 그리고 외부 세계를 다룬다. 읽는 과정 중 동의하지 않는 맥락이 등장했을 수도 있다. 실제로 칸트나 니체도 코기토를 비판했지만, 나는 해당 철학이 제법 마음에 들었다. 그래서 6성찰을 활용하여 사랑을 담뿍 사유했다.

사람은 무엇으로 살고 또 무엇으로 죽는가? 이 진부한 물음에 제법 많은 사람들이 사랑이라 대답할 것이다. 사랑이 과연 우리에게 그 정도로 가치가 있는가? 너무 과대 포장되지 않았는가?

여러모로 사랑에 회의적인 생각을 하고 있던 나는 과연 사랑이 진실로 삶을 창조하거나 파괴할 만큼의 힘이 있는지 알고 싶다.

지금 나에게 가장 사랑하는 사람을 묻는다면 할머니가 떠오른다. 할머니는 이미 98세이고, 건강이 몹시 악화되어 있기 때문에 가족들은 암암리에 마음의 준비를 하고 있다. 나 또한 언젠가 집에서 혼자 할머니와 작별하는 연습을 했다. 사진을 미리 정리했고, 장례식에 가는 상상을 했다. 죽음을 준비한다는 사실만으로도 나는 내가 제법 담담한 사람이라 생각했지만, 결국 상상만으로도 펑펑 울고 말았다. 그리고 얼마 뒤 할머니와 만나 내가 혹여 장례식에 가지 않더라도 용서해 달라고 말했다. 상상 속에서조차 그녀의 죽음을 수용하는 일에 실패했으므로.

나는 할머니를 생각할 때면 나의 탄생과 현재까지의 모든 삶을 함께 떠올린다. 내 모든 삶에 그녀가 있었다. 그녀는 나를 좀 더 바른 인간으로 키워내기 위해 노력했다. 몇 가지 방법은 동의할 수 없었지만, 어쨌건 그녀 덕에 나는 짐승이 아니라 한 명의 인간이 되었다. 그렇다면 그녀의 사랑은 한 생명체의 삶을 변화시킨 게 맞다. 내 세계에서 사랑은 그녀의 존재로 인해 그 힘을 인정받는다. 그 마음의 뿌리를 더듬으며 소설의 토대를 세웠다.

마술사 해리 후디니와 시인 실비아 플라스의 생애도 창작에 영향을 끼쳤다. 특히 실비아는 그녀의 삶을 풀어낸 연극을 보고 관심을 두게 됐다. 여성으로서 사랑의 상처를 치열히 풀어냈던 그녀에게 시간을 초월한 애도를 보낸다. 그녀가 살아 있길 바라는 마음을 담아 작품 속 실비아에게 삶을 줬다. 인생을 모두 던져 고유한 세계를 보이려 했던 사람의 의지는 그 자체로 영속성을 갖게 되는 것 같다.

고로 사랑이 있는 한 삶은 죽음에 부속되지 않는다. 설령 영원이 존재하지 않아 모든 삶이 유한하다 누군가 주장할지라도, 사랑이 있는한 '무한은 실재한다'고 나는 믿고 싶다.

Amo ergo sum*아모 에르고 숨 이니까!

* 나는 사랑한다, 고로 존재한다.

I'm
Not
a Robot

제6회 한국과학문학상
중단편 부문 수상작

믿음이 현실을 넘어서는 순간.
아무도 믿지 않은 것을
오랫동안 믿어왔던 이들이
어딘가에 닿게 되는 이야기를
사랑한다.

조서월

태양은 지평선 가까이 내려앉을 때면 지금도 옛날같이 얼굴을 붉혔다. 저녁이면 흙 위에 입 맞추고 이슬 젖은 품에 안겨 별을 헤는 것, 그리고 아침이면 이별하여 용설란이 듬성듬성한 평원과 갓난쟁이의 머리칼처럼 솟은 바위산과 그 사이를 기억처럼 굽이치는 메마른 협곡을 쓰다듬어 달구는 것이 그의 일이었다. 이름 잊힌 산맥의 그늘이 뻗쳐 오는 어둑한 대지와 잉크를 엎지른 양 짙푸르게 물드는 대기 사이로 구름은 그날의 마지막 빛살에 몸을 적시며 게을리 반짝였다.

　회전초 한 덩이가 저를 앞질러 동쪽으로 굴러가는 모양을 지켜보며 랜슬롯은 걸었다. 길게 늘어진 그의 그림자가 지표면의 굴곡을 따라 펄럭이며 중앙선도 아스팔트도 없는 황무지 위에 좁고 검은 길을 쉼 없이 덧그렸다. 아이가 그린 초상같이 삐뚤어진 눈 코 입과 흠집이 문신처럼 덮인 팔다리가 움직일 때마다 녹슨 부품이 음악처럼 삐걱댔다. 랜슬롯은 심하게 파손된 왼쪽 발목 밖으로 튀어나온 모터와 실린더를 질질 끌며 일정한 속도로 나아갔다. 절뚝이는 걸음이 붉은 흙 위에 모스부호 같은 점과 선을 반복하여 새겼고, 도마뱀붙이 한 마리가 그 자취 위에서 눈알을 핥으며 숨은 뜻을 궁리하다 전령처럼 달려갔다.

시간이 지날수록 보폭이 커지며 성큼성큼 동편으로 멀어지던 그림자는 한순간 지평선 끝까지 덮어버린 산그늘에 가려 더는 보이지 않았다. 길은 사라졌거나 모든 곳이 길이었다.

그는 오래전 자신에게 주어진 한 가지 임무를 21일 16시간 43분 55초 동안 홀로 수행한 뒤 파손된 발목을 수리하기 위해 정비소로 돌아가는 중이었다. 일터와 정비소를 오가는 데 걸리는 시간은 갈수록 길어졌지만 고장이 발생하는 주기는 점점 짧아졌다. 그와 함께 손봐야 할 휘어진 렌치와 이 빠진 절단기 따위가 주인을 탓하듯 연장 가방 속에서 절그럭대었다.

쪽빛 수면 속 흔들리는 물풀 사이 이따금 사금이 깜빡이는 듯한 밤하늘이 뒤집힌 콜로라도강처럼 그의 머리 위로 표표히 흘렀다. 별똥별 하나가 흰 줄을 긋자 먼 숲에서 발정난 코요테 울음소리가 뒤따라 들렸다. 짝을 찾고 새끼를 낳고 작은 짐승을 잡아먹고 사냥꾼에게 쫓기고 구더기에 파먹히고 봄이 오면 뼈만 남아 허물어진 품속에서 어린싹 몇 개를 틔우는 것이 녀석의 일이었다.

"자기 일을 진정으로 사랑하는 이의 모습을 본 적 있나요?"

랜슬롯이 나직이 읊조렸다. 그리고 어조를 낮추어 스스로 대답했다.

"글쎄요."

"지금 보고 있잖아요."

"당신의 일이 무엇인데요?"

"그대를 생각하는 것."

붉은 사막 위 이따금 솟아 있는 모래 둔덕들 사이를 그는 걸었다. 어떤 둔덕은 그의 키보다 작았지만 어떤 것은 족히 두 배는 됨 직했다. 남십자성 꼴로 흩어진 네 개의 둔덕을 이정표 삼아 북쪽으로 진로를 꺾은 그는 1시간 뒤 완만히 솟은 지평선 가운데 달빛을 등지고 서 있는 낡은 목조 주택에 이르렀다.

랜슬롯은 우물과 옥수수밭, 창고와 화장실, 헛간과 닭장을 절뚝이며 지나 현관에 섰다. 집은 여태껏 쓰러지지 않은 것이 용할 만큼 형편없는 꼴이었다. 건조한 바람에 비틀린 외벽과 흰개미파먹은 기둥에는 붉게 녹슨 양철 판자가 성긴 못질로 덧대어져 있었고, 햇볕에 바랜 박공지붕에는 먼지 쌓인 태양광 패널이 포화 상태로 뒤덮여 있었다. 그러나 기묘하게도 오직 2층 창문 옆에 붙은 위성 안테나만은 잘 관리된 자태를 뽐내며 허연빛을 뿜었다.

랜슬롯은 문을 열고 거실로 들어갔다. 싸구려 소가죽이 깔린 소파 맞은편 벽난로에서 사윈 장작 하나가 쓰러져 거실에 불씨를 흩날렸다. 집 안 곳곳 가구 사이 틈새마다 빛바랜 책들이 천장을 간지를 듯 높이 쌓여 마치 종이로 세운 마천루에 둘러싸인 듯했다. 은은한 빛이 새 나오는 오른편 서재의 반쯤 열린 문틈으로 책상에 앉은 프랭크의 굽은 등이 보였다. 삐걱, 마룻바닥이 울자 랜슬롯은 걸음을 멈췄다. 다행히 노인은 듣지 못한 듯했다. 랜슬롯은 조심스레 발을 떼고 그 자리를 피해 빙 돌아 지하실 공방으로 향했다.

로봇은 목재 계단 손잡이를 잡고 몇 발자국 내려가다 멈추어 뒤를 돌아봤다. 기름때 묻은 플란넬 셔츠와 멜빵 달린 카펜터 팬츠를 입은 프랭크는 한 손으로 이마를 짚은 채 종이 위에 무언가를 서걱서걱 적고 있었다.

"빌어먹을 싸구려 만년필 같으니. 일해, 이 물건 놈아. 일하라고."

프랭크는 창틀 위에 올려놓은 잉크통을 가져와 펜에 잉크를 채우더니 서둘러 종이로 돌아갔다. 그 바람에 책상에 뿌려진 잉크 몇 방울이 칠 벗겨진 나뭇결을 따라 스미었다. 독서등 아래 좁고 검은 그림자를 드리우며 쉼 없이 글씨를 휘갈기던 펜이 잠시 후 불현듯 멈춰 섰다. 프랭크는 누렇게 센 머리칼을 양손으로 틀어쥐고 고개를 보일 듯 말 듯 흔들더니 신음하며 서랍을 열었다. 담배를 꺼내 문 그는 성냥을 책상 밑에 그어 불을 붙인 뒤 팔짱을 끼고 뻑뻑 연기를 뱉었다.

"…이 망할 영감탱이야. 지금 글을 쓰고 있다는 걸 의식하고 있잖아. …생각하지 말라고. 생각을 하면 안 된다는 생각조차도 하지 말아. …그거 알아? 일단 쓰기 전에는 네가 뭘 쓸 수 있는지 알 수 없어. …빌어먹을, 그 엿같이 주절대는 입부터 닥쳐야 이 지랄맞을 생각들을 멈추겠지? 응?"

프랭크는 재떨이 모퉁이에 아슬아슬 꽁초를 올려놓더니 요란하게 콜록이다 가래침을 뱉곤 다시 펜을 쥐었다. 허공에서 망설이던 펜촉이 점과 선을, 다시 점과 선을 종이 위에 서걱서걱 새겼다. 길게 매달린 담뱃재가 툭 떨어지며 꽁초가 방바닥에 굴렀지만 프랭크는 알아채지 못하고 계속 글을 썼다.

"자기 일을 진정으로 사랑하는 이의 모습을 본 적 있나요?"

랜슬롯은 노인의 뒷모습을 올려다보며 작게 읊조렸다. 그리고 절뚝이며 계단을 내려갔다.

"이 멍청한 고철 덩어리 자식아. 다쳤으면 오자마자 나한테 재깍 말을 했어야지…."

프랭크는 작업대 위에 누운 랜슬롯의 발목에서 까맣게 타버린 모터를 들어내며 혀를 찼다. 금 간 실린더는 이미 금속 쟁반 위에 놓여 있었다. 콘덴서를 떼어 쟁반에 던지자 부식된 나사들이 얼음 지치는 아이들의 썰매처럼 구르며 새된 금속음을 내었다.

"당신은 지난 47분 동안 그 말을 6번 했어요, 프랭크."

"쓸데없는 걸 세지 마."

"그 말은 2번 반복했습니다. '이래서 로봇은 지긋지긋하다니까'는 3번을⋯."

"빌어먹을! 닥치고 있어, 랜슬롯! 안 그러면 네 팔을 떼서 가랑이 사이에 붙여버릴 테니까. 공연음란죄로 체포되고 싶으면 계속 지껄이라고."

천장에 매달린 백열등이 웃음처럼 깜빡였다. 프랭크는 헝겊으로 손에 묻은 슬러지를 닦고 일어나 철제 선반에 놓인 상자들을 요란하게 헤집으며 서성이더니 개중 그나마 멀쩡해 보이는 모터와 실린더를 들고 작업대로 돌아왔다. 랜슬롯은 프랭크가 활짝 열린 종아리 덮개 속 전선과 와이어 다발을 헤치고 인조 골격에 모터와 실린더를 갈아 끼우는 모습을 지켜보았다. 노인이 헤드루페에 달린 도수 다른 렌즈를 바꿀 때마다 그의 눈빛에 경이와 범속이 번갈아 스쳤고, 잉크가 묻어 있던 손끝은 로봇을 만질 때마다 기름때로 범벅이 되어갔다.

"당신이 글 쓰는 걸 방해하고 싶지 않았어요." 랜슬롯이 말했다.

"너를 수리하는 게 내 본업이야. 그러니 앞으로는 이야기하도록 해."

"그러다 당신이 쓰고 있던 중요한 부분을 망치게 되면요."

"네가 하는 일도 무엇 못지않게 중요한 일이야."

"제가 무슨 일을 하는지 모르잖아요."

"네가 한 번도 말해준 적이 없으니까."

"제 일은 그다지 말할 만한 것이 되지 못합니다."

로봇이 시선을 떨구었다. 피스톤에 오링을 정확하게 끼워 넣느라 실눈을 떴던 프랭크가 눈썹을 치켜올리며 랜슬롯을 흘겼다.

"젠장. 그런지 아닌지는 들어봐야 알지. 이래서 로봇은 지긋지긋하다니까…."

랜슬롯이 손가락 4개를 접었다. 프랭크는 마른기침하다 헝겊에 가래침을 뱉고는 인조 골격의 발목과 무릎 사이에 부착될 피스톤의 기밀을 확인했다. 전에도 이 같은 대화가 여러 번 반복됐지만 대답을 듣지 못했었다. 프랭크는 랜슬롯을 이해하고자 했다. 그 역시 소설을 쓰기 전까지는 자기 일에 어떠한 의미도 없다고 느꼈었다. 아무도 오가지 않는 사막 한복판에서 며칠, 때로는 몇 주마다 돌아오는 로봇들을 수리하는 일. 기계는 자신이 부여받은 일에 목적의식이나 의도를 지니고 있지 않았다. 그저 입력된 기능을 희망도 절망도 없이 매일 똑같이 반복할 뿐. 그들은 자신의 기체 어느 부위에 이상이 생겼는지 정비공에게 보고하는 것 외에는 다른 화제에 관심이 없었고, 프랭크도 그들에게 다른 것을 묻지 않았다. 수십 년 세월이 흐르는 동안 더는 수리할 수 없는 로봇들이 하나둘 기능을 정지했다. 프랭크의 집 뒤편에는 그들을 쌓은 무덤이 있었다. 말라붙은 계곡을 물길 대신 철과 기름으로 가득 메운, 인간을 닮았으나 인간 아닌 것들의 높다란 무덤이. 랜슬롯이 마지막 남은 로봇이었다. 자신이 임무를 수행하는 유일한 존재임을 깨달았을 때 랜슬롯은 처음으로 프랭크에게 질문했다. 어째서 사막의 한복판에서 로봇을 수리하는 일을 직업으로 삼았느냐고.

노인은 어렸을 적 도시의 인간으로부터 도망쳐 이곳에 도착했다. 그때 이 집에는 아들을 교통사고로 잃은 멕시코인 부부가 살고 있었다. 그들은 아무 화물차에나 숨어든 뒤 아무것도 없어 보이는 곳에서 뛰어내렸다는 프랭크를 거뒀고, 수리 기술까지 가르쳐 줬다. 부부는 늘 슬픔에 젖은 얼굴을 하고 있었지만 좋은 사람이었고, 말수는 적었지만 행동은 속 깊었다. 프랭크는 일이 끝나면 말없이 2층에 틀어박혀 책을 읽을 뿐 자신에 대해 이야기하려 들지 않았다. 샤워하던 프랭크가 수건을 찾으러 나왔을 때 실수로 그의 팔다리에 여러 줄 그어진 칼집을 본 부부도 더는 그의 과거를 묻지 않았다. 해가 갈수록 세 사람의 대화는 줄어들었고, 나중에는 일할 때조차 말이 필요 없게 되었다. 언젠가부터 로봇을 소유한 회사에 청구한 수리비가 들어오지 않았지만 부부는 사막을 떠나지 않았다. 세월이 흘러 남편이 먼저 세상을 떠났다. 몇 년 뒤 아내도 남편 옆에 묻혔다. 그들은 살았을 때 그랬듯 무덤 속에서도 침묵했다.

둘 중 한쪽의 기일이었던 어느 밤, 중년이 된 프랭크는 위스키를 퍼마시다 문을 열고 들어온 로봇과 처음으로 일 아닌 다른 화제로 대화를 나누었다. 낮게 깔린 구름 사이로 비어져 나온 아침 햇살에 찡그리며 눈을 뜨니 그는 이슬 젖은 모포를 덮어쓰고 누워 집 뒤편 공터의 흙에 입술을 처박고 있었다. 숙취로 머리가 지끈대어 밤새 무슨 일이 있었는지 기억이 나지 않았다. 주위에는 엽총과 탄피, 깨진 위스키병 조각이 널브러져 있었고, 로봇은 사그라든 장작 속을 부지깽이로 뒤적이며 불씨를 찾고 있었다. 프랭크는 구름을 붉게 물들이던 태양이 떠오르며 대지를 비추는 것을 보았고, 랜슬롯이 지핀 모닥불의 열기가 내복 차림인 그의 몸뚱이를 태양과 합심해 달구는 것을 느꼈다. 그날부터였다. 프랭크가 소설을 쓰기 시작한 것은.

노인은 소설 쓰는 일을 사랑했고, 그날 제 삶의 목표를 찾을 수 있게 된 것은 그때까지 긴 세월 로봇을 수리하며 무의미의 나날을 지나온 덕분이라 여겼다. 따라서 그는 랜슬롯을 존중하고 싶었다. 무엇인지 모를 그의 일을. 그리고 그가 자기 일을 특별하지 않다고 여기는 그 생각 역시도.

"자, 움직여 보라고."

의자에 앉은 채 수리된 발목을 이리저리 꺾어보던 로봇은 체중을 싣고 자리에서 일어나 공방을 한 바퀴 돌았다.

"조금 뻑뻑하지만, 문제없네요."

"이런 경우 인간들은 보통 '조금 뻑뻑하다'는 부분은 말하지 않아."

"그건 어째서입니까?"

"모든 걸 솔직하게 말하면 미움을 받을까 봐 무섭거든."

"당신도 그런가요?"

"뭐가."

"당신의 소설을 다른 사람들이 미워할까 봐 무섭나요?"

프랭크는 잠시 침묵하다 미소를 지었다. 그리고 자리에서 일어나 로봇의 어깨 위에 손을 얹고 두드렸다.

"전혀. 이번 소설은 걸작이 될 테니까."

벽난로에 들어간 마른 장작이 이야기를 보채는 청중처럼 타닥거렸다. 노인은 가죽이 닳아 벗겨진 갈색 소파의 한쪽 팔걸이에 기대 지난 22일 동안 쓴 원고를 넘기며 만족스러운 표정을 지었다. 그리고 공방에서 했던 말을 다시 중얼거렸다.

"…이번 소설은 걸작이 될 거야."

프랭크가 원고를 읽어주는 동안, 랜슬롯은 귀로는 그의 이야기에 집중하면서 눈으로는 난롯불에 비친 노인의 그림자가 그의 앙상한 몸 뒤편에 드리워 일렁이는 모습을 지켜보았다. 그것은 거실 바닥에 납작하게 달라붙어 모습을 감췄다가 별안간 높다랗게 솟아올라 천장을 뒤덮었고, 처음엔 프랭크의 형체를 닮았는가 했지만 다시 봤을 때는 이야기 속 주인공의 모습인가 싶었다. 그리고 나중에는 아직 종이에 쓰이지 않고 언어로 옮겨질 차례를 기다리는 검은 잉크병 속 미지의 존재들인 듯했다.

"…마침내 요리사는 자신이 만든 요리를 숟갈로 떠서 입에 넣었다. 그리고 이렇게 말했다. 맛있군. 그는 눈물을 흘렸다. 음식이 너무나 맛있었기 때문에. 그리고 이 음식을 먹어볼 수 있는 사람이 자기 말고는 한 명도 남지 않았다는 것을 알고 있었기 때문에."

프랭크는 낭독을 마치고 손에 든 원고를 가만히 바라봤다. 자신이 쓴 이야기를 랜슬롯에게 읽어준 뒤 잠시 정적 속에서 여운을 즐기는 그만의 의식이었다. 랜슬롯은 곧바로 이야기에 대한 감상을 나누거나 휴식을 취하러 침대로 향하지 않는 그 행위의 효율성을 이해하지 못했지만 프랭크를 존중하고자 했다. 노인은 눈을 들어 로봇을 봤다. 해마다 빛이 바래가는 눈동자 위를 덮은 안경알에 벽난로의 시뻘건 불길이 담기어 이글거렸다.

"어때?"

랜슬롯은 프랭크의 소설이 훌륭한지 아닌지를 알지 못했다. 그는 휴리스틱heuristic법으로 사고하도록 설계된 로봇이 아니었다. 대신 알고리즘에 따라 프랭크가 읽어준 소설이 데이터에 입력된 여러 세계 명작에 쓰인 표현과 얼마나 닮았으며, 동일한 문장 구조는 몇 번 반복되는가를 정확한 수치로 말해줄 수 있을 뿐이었다. 그러나 랜슬롯은 노인이 그런 대답을 원하지 않으리라는 걸 알고 있었다. 사막에서 돌아올 때마다 프랭크가 그동안 쓴 소설을 읽어주는 것을 들으며 랜슬롯은 자신만의 감상을 출력하는 것이 좋겠다고 판단했지만 그것은 불가능했다. 그래서 랜슬롯은 그저 천천히 고개를 끄덕였다. 미지에 침묵으로 답하는 것. 그것이 그가 할 수 있는 최대한의 존중이었다. 프랭크의 눈이 반짝이던 빛을 잃고 실망감에 흐려졌다. 잠시 말이 없던 그는 앞으로 기울여 앉았던 몸을 뒤로 누이며 쿠션에 파묻었다. 그리고 쓸쓸한 미소를 지으며 중얼거렸다.

"그래. 나쁘지 않지. 나쁘지 않아…."

프랭크는 가슴 주머니에서 담배를 꺼내 물더니 신발 밑창에 성냥을 그어 불을 붙였다. 그가 깊숙이 마셨다 내뱉은 연기가 둘 사이의 빈 곳을 메우는 동안 랜슬롯은 한 번 더 천천히 고개를 끄덕였다. 프랭크는 랜슬롯이 감상다운 감상을 들려준 적이 한 번도 없다는 것을 알고 있었으면서도 오늘만큼은 무언가 다른 반응을 보이지 않을까 기대하고 있었다. 그만큼 이번에 쓴 소설이 마음에 들었기 때문이다. 자기가 쓴 이야기를 들은 독자가 재미있다고 하거나, 감동적이라고 하거나, 웃음을 터뜨리거나, 눈물을 흘리는 모습을 보고 싶었기 때문이다. 그러나 프랭크는 사막 한가운데에 있었고, 그가 이야기를 들려줄 수 있는 상대는 랜슬롯뿐이었다. 프랭크는 천장을 향해 고개를 꺾고 담배를 다시 한번 깊이 빨아들였다가 뱉었다. 그리고 뿌옇게 뭉친 연기가 구름처럼 모양을 바꾸며 흩어지는 광경을 올려다보았다.

"다음에 들려줄게. 요리사가 결국 어떻게 되었는지 말이야."

"어떻게 될지 당신은 알고 있나요?"

"아직은 몰라. 써봐야지."

"모르는데 쓸 수 있다고요?"

"모르니까 쓸 수 있는 거지."

"그것은 무엇으로부터 비롯되나요?"

"뭐가?"

"당신이 이야기를 쓰는 방식이요. 무언가가 입력되어 있지 않은데 어떻게 그 행동을 수행할 수 있죠?"

"글쎄… 빌어먹을, 잘 모르겠어. 나는 머릿속 목소리가 말하는 대로 종이에 열심히 받아쓸 뿐이야."

"머릿속 목소리라고요."

"머릿속 목소리."

"그건 당신 자신의 목소리가 아닌가요?"

"아마도."

"그럼 누구의 목소리죠?"

"내 생각엔 그게 구름 너머 어딘가에서 내려오는 것 같아."

"구름 너머요?"

"그래. 구름 너머."

로봇이 고개를 젖혀 천장을 보았다. 느릿한 곡선을 그리며 솟구치던 담배 연기가 노인의 입김에 놀라 주변으로 달아났다. 로봇은 다시 노인을 보았다.

"그 목소리가 시키는 대로 똑같이 따라서 글을 쓰는 건가요?"

"그렇다고 할 수 있지."

랜슬롯은 잠시 말이 없었다. 대화가 끝났다고 생각한 프랭크가 소파에서 몸을 일으키자, 그가 다시 입을 열었다.

"저도 머릿속 목소리를 따르지요."

"…너도?"

"제가 무슨 일을 해야 하고 어떤 절차에 따라 움직여야 할지를 알려주는, 제 인조 두뇌 안에 설치된 프로그램이요."

노인과 로봇은 말없이 서로를 바라봤다. 서로의 다른 모습을. 그리고 서로의 닮은 그림자를. 프랭크는 벽난로의 열기에 달라붙은 입술을 천천히 떼면서 말했다.

"그럼 너도 소설을 쓸 수 있겠군."

프랭크는 부드럽게 웃으며 랜슬롯의 어깨를 두드리고는 위층의 침실로 향했다. 랜슬롯은 소파에 앉은 채 멀어지는 그의 뒷모습을 바라봤다. 프랭크의 모습이 층계참 너머로 사라지자 랜슬롯은 공방을 향해 발걸음을 옮겼다. 그때 쿵, 하는 소리가 들렸다. 급히 계단을 뛰어 올라간 랜슬롯은, 이마를 감싸쥐고 쓰러진 프랭크를 발견했다. 손가락 사이로 뚝뚝 듣는 잉크같이 검은 피가 계단 모퉁이를 따라 흐르다 다음 단으로 내려갔다. 랜슬롯은 프랭크를 부축하려 했다. 그러나 노인은 로봇의 팔을 뿌리쳤다.

"혼자 일어날 수 있어."

프랭크는 비틀거리며 난간을 붙잡았다. 몸을 일으키려 했지만 생각처럼 되지 않아 한참을 엉거주춤한 상태로 매달려 쉬어야만 했다. 랜슬롯은 노인을 더 도와주지 않았다. 그러나 한 걸음 한 걸음 힘겹게 계단을 오른 뒤 2층에 도착해 숨을 몰아쉬는 노인을 바라보며 한마디를 했다.

"당신은 치료를 받아야 해요."

"집어치워."

"프랭크. 당신이 계단을 올라가는 데 걸리는 시간은 7년 전 오늘에 비해 정확히 2.175배 늘어났어요."

프랭크는 기가 막힌다는 표정으로 층계참에 선 로봇을 내려다보았다. 핏줄기 두어 갈래가 그의 코와 뺨을 타고 턱까지 흘러내렸다.

"그딴 걸 7년 동안 계산하고 있었던 거야?"

"사막을 건너면 병원이 있어요."

"병원이 있지. 거기까지 갈 수가 없을 뿐."

"어째서 갈 수 없다는 거죠?"

"도로가 없잖아! 내가 이 집에 처음 도착했을 때는 사막을 횡단하는 도로가 있었어. 하지만 도로는 이제 없어. 20년 전에 딱 한 번 가봤는데 이미 철거된 후였다고."

"제가 당신을 업고 갈게요."

"가는 도중에 네가 또 고장이 나면 어떻게 고칠 건데?"

"고장이 나지 않게 조심하지요."

"조심한다고 될 일이었으면 너 말고 다른 로봇들도 뒈지지 않고 여지껏 나를 괴롭히고 있었겠지!"

프랭크가 말을 마치는 즉시 콜록거리다 가래침을 뱉었다. 셔츠 소매에 붉은 피가 침과 섞여 묻은 것을 노인과 로봇 모두 알아봤다.

"당신이 생각하는 것만큼 오래 걸리지는 않을 수도 있어요."

"그래? 어떤 근거가 있길래?"

"머릿속 목소리가 그렇게 말하는군요."

"나는 로봇이 아니야. 엿 같은 프로그램 따위가 내린 판단을 따라가진 않아."

"아까는 머릿속 목소리를 따라서 글을 쓴다면서요."

"글을 쓸 때만! 이건 망할 현실이라고."

"현실에서는 머릿속 목소리가 필요 없나요?"

"그래. 필요 없어."

"어째서죠?"

"이다음 무슨 일이 일어나게 될지 알고 있으니까."

"무슨 일이 일어나는데요?"

프랭크는 답답하다는 듯 로봇을 노려보다 고개를 돌려 달빛에 푸르게 물든 창밖의 황무지를 내다봤다.

"너는 사막을 건너다 고장을 일으킬 거야. 그러면 우리는 그 자리에서 꼼짝도 못 하게 될 테고, 나는 열사병에 걸려서 너에게 저주를 퍼붓다 결국 목이 말라 죽겠지. 너는 내 시체를 관찰하면서 정확한 수치로 계산한 매일의 부패 정도를 망할 전갈 놈의

둥지가 된 내 귓구멍에 속삭여 줄 거다."

"만약 사막을 건널 수 있다면요?"

프랭크가 이마의 피를 훔치며 고개를 절레절레 저었다.

"병원에 도착하면 꽤 합리적으로 보이는 가격의 입원비와 치료비가 청구되겠지. 하지만 막상 치료가 시작되면 잡다한 시술과 영양제 따위를 놓쳐서는 안 될 절호의 기회인 것처럼 소개해 줄테고. 거절한다면 회복에 중대한 차질이 생기지 않을 거라고는 장담할 수 없다는 암묵적인 협박이 거울을 보며 연습한 미소와 함께 날아올 게 뻔해."

"만약 회복이 잘된다면요?" 랜슬롯은 포기하지 않았다. 프랭크는 반원형 거울이 달린 화장대 서랍을 열고 실과 바늘, 쪽가위 따위를 주섬주섬 집어 들며 얼굴을 찌푸렸다.

"잠깐은 빌어먹을 튜브랑 주삿바늘을 끼고서 지금보다는 괜찮아 보이는 몰골로 지낼 수 있겠지! 계단을 올라가는 게 정부를 전복시킬지도 모를 무시무시한 범죄라도 되는 양 간호사가 호들갑을 떨면서 내 몸을 강제로 승강기에 처넣을 테니까. 최소한 이렇게 머리를 박고 피를 흘릴 일은 없어질 테지. 하지만 그것도 잠시뿐이야. 엿 같은 부품을 갈아 끼운다고 망가진 몸이 원래대로 돌아가지는 않는다고! 나이가 들고 있으니까…. 그건 막을 수가 없는 거야…. 알아들어? 늙었어. 너무 늙었다고…. 나는 로봇이 아니야."

프랭크는 그렇게 쏘아붙이고 침실로 들어가 문을 닫았다. 층계참에 남겨진 랜슬롯은 걸레를 가져와 계단에 묻은 핏자국을 닦았다. 대부분은 깨끗하게 닦을 수 있었지만 세월에 뒤틀려 갈라진 나뭇결 틈새로 스민 피는 아무리 시도해도 닦을 수 없었다. 침실에서 이마를 꿰매는 프랭크의 앓는 소리가 났다. 랜슬롯은 아래층으로 내려와 현관문을 열고 바깥으로 나갔다. 양철 판자로 덮인 집 표면에 성에가 두껍게 껴 있었다. 사막은 밤이 되면 노쇠한 프랭크의 몸이 견딜 수 없을 만큼 차갑게 얼어붙었다. 태양광 패널 하나가 온도 변화에 몸을 틀며 신음하자 침실에 붙은 창문으로부터 요란한 콜록거림이 뒤따라 들려왔다. 로봇은 달빛에 희미한 선으로 빛나는 먼 서쪽 지평선을 바라보았다. 프랭크의 말대로 도로가 없는 모래 위를 걸어서 해가 떠 있는 동안 도시에 도착하는 것은 불가능할 것이다. 노인이 낮의 열기를 견딜수 있다고 가정하더라도 말이다. 하지만 랜슬롯의 머릿속 목소리는 그에게 다른 가능성이 존재함을 들려주고 있었다.

집 안으로 들어온 로봇은 문을 닫고 바람이 새어 들어오는 창문이 없는지 꼼꼼히 둘러보았다. 그리고 공방 안 프랭크에게 수리를 받았던 의자에 다시 앉아 머릿속 목소리가 시키는 대로 절전 모드에 들어갔다.

I'm not a robot

프랭크는 CRT 모니터에 뜬 문구를 바라보며 네모 칸 안에 마우스 커서를 갖다 댔다. 그리고 심호흡을 하며 마음을 가다듬었다. 딸칵. 그가 비장한 표정으로 마우스 왼쪽 버튼을 누르자 본격적인 시험이 시작됐다. 9개의 사진 중 구급차가 포함된 사진만을 정확히 판별해서 선택하는 시험이었다. 프랭크는 신중하게 사진 속 자동차들의 모습을 관찰하면서 마우스를 움직였다.

"이건 온통 빨간색으로 덮여 있으니 소방차가 분명해. 이건 하얀색이지만 크기가 작으니까 경찰차…. 구급차라면 환자를 태울 공간이 필요할 테니까. 게다가 잘 보니 지붕이 검은색이군 그래. 이 차는 하얀색이고 크기도 꽤 크지만 십자가나 뱀이 그려져 있지 않아. 그런데 뚜껑에 경보기는 달려 있구만. 하지만 일반적인 경보기처럼 길쭉하고 납작하지가 않고 동그랗게 솟아 있어. 지난번에 경찰차를 고르는 문제에서도 이런 경보기가 달린 경우가 있었지. 그게 정답인지 오답인지는 알 수 없었지만… 선택해야 해. 자신을 믿고 선택해야 한다고…."

프랭크는 자신이 생각하기에 구급차가 포함된 사진을 모두 고른 후 확인 버튼을 눌렀다. 모니터가 깜빡이며 하얀색 대기 화면

이 나타나자 그의 눈이 설렘으로 반짝였다. 그러나 잠시 후 등장한 화면은 프랭크의 정체성에 의문을 제기하는 또 다른 시험이었다.

다음 중 교통표지판이 포함된 사진을 모두 고르시오.

"이런 빌어먹을!"

화가 난 그는 주먹을 쥐고 책상을 세게 내리치며 욕을 했다. 낡은 컴퓨터가 치지직, 신음하며 꺼졌다가 멋대로 다시 켜졌다.

랜슬롯이 사막에 머물며 그의 일을 하는 동안 프랭크는 매일 아침 책상에 앉아 소설 집필에 몰두했다. 그리고 하나의 소설을 끝낼 때마다 21세기 초에 제조된 골동품 컴퓨터를 켜고서 자필로 쓴 원고를 독수리 타법으로 워드 프로세서에 옮겨 적었다. 그 작업이 끝나면 프랭크는 인터넷 글쓰기 공동체에 접속해 회원가입을 하고 자신이 쓴 소설을 게재하기 위해 악마 같은 프로그램 '캡차CAPTCHA'와 싸웠다. 이 싸움은 수년 동안 계속되고 있었다.

I'm not a robot

인공지능의 자동 가입을 막기 위해 만들어진 시험에 맞서 프랭크는 인간의 권리를 쟁취하려 투쟁했다. 캡차가 준비한 초기 단계의 시험은 화면에 표시된 숫자와 글자를 빈칸 안에 그대로 받아 적을 것을 인류에게 요구했다. 그러나 그 기호들은 해석을 허락하지 않는 파괴적인 암호문의 형상을 띠고서 프랭크를 농락했다. 숫자는 해가 갈수록 기괴하게 구부러졌고, 글자는 특정 부분만이 지나치게 강조되거나 축소되어 본래의 형체를 도저히 알아볼 수 없었다. 수천 년 전 로마자와 아라비아 숫자를 만들었던 선인들이 지녔을 본래의 의도는 후손들이 그들의 인간성을 증명하는 데 아무런 도움이 되지 않았다.

그리고 사진이 등장했다. 횡단보도와 자동차, 신호등 따위가 포함된 도로의 사진들을 캡차의 지시대로 정확하게 판별해서 선택해야 하는 시험. 너무 멀리 있는 교통표지판을 건물 간판과 구별할 수 없는 시험. 사진 끝에 애매하게 걸쳐진 자동차를 자동차로 인정하고 있는 것인지 아닌지를 알아내는 것이 불가능한 시험. 통과에 실패한 후에도 그가 고른 답이 어째서 오답이었는지를 절대로 알려주지 않는 시험.

프랭크는 자신이 쓴 소설을 누군가에게 보여주기 위해 계속해서 시험에 도전했다. 그의 눈은 해가 갈수록 침침해졌고, 마우스를 클릭하는 손은 날마다 떨림이 심해졌다. 그래도 프랭크는 포기하지 않았다. 이번 소설을 게재하기 위한 시험에 통과하지 못하면 다음 소설을. 다음 소설도 시험에 통과하지 못하면 그다음 소설을. 사막 한가운데 살며 십수 년 동안 써온 소설들을 단 한 사람이라도 읽어주길 바라면서. 단 한 사람만이라도, '재미있다'라고 말해주는 것을 듣길 바라면서.

그날도 프랭크는 몇 시간 거듭하여 시험에 도전했지만 계속된 실패만을 맞이했다. 일터로 떠난 지 32일 만에 오른쪽 어깨가 파손된 채로 돌아온 랜슬롯은 서재의 창문이 깨지며 잉크병이 튀어나오자 문고리를 돌리던 손을 멈추었다.

"여긴 사막이라고! 여기에 도로 따위는 없다고! 신호등도! 구급차도! 경찰차도! 교통표지판 따위는 없다고! 나는 알 수가 없다고! 그것들이 어떻게 생겼는지 이제 기억이 나지 않는단 말이다! 기억이 나지 않는다고!"

창문으로 다가가던 랜슬롯은 방 안에서 이번에는 의자가 튀어나오자 급히 몸을 피했다. 악! 하는 외마디 비명과 함께 노인이 흐느끼기 시작했다. 랜슬롯은 창가 옆에 선 채로 땅바닥에 흩어진 유리 조각이 해 질 녘의 붉게 물든 구름을 어지러이 쪼개어 비추는 것을 바라보았다. 랜슬롯은 프랭크가 도움이 필요하다고 판단했다. 하지만 동시에 자신이 도와주겠다는 말을 꺼낼 수는 없다고도 판단했다. 슬피 울며 얼굴을 쥐어뜯고 있는 프랭크에게 다가가 로봇을 막기 위한 시험을 로봇인 자신이 도전해 보겠다고 제안하는 것은 그의 고뇌와 노력을 비웃는 것처럼 들릴 것이다. 랜슬롯은 프랭크의 울음이 잦아들 때까지 오랫동안 그곳에 서 있었다. 천천히 지평선으로 내려앉던 태양이 보이지 않는 저 너머의 세계로 머리를 수그리자 세상에 어둠이 찾아왔다. 노인의 시간은 이제 얼마 남지 않았다. 랜슬롯이 다칠 때마다 프랭크는 그를 수리해 주지만, 프랭크가 다칠 때마다 랜슬롯은 치료할 수 없는 상처가 축적되어 간다. 그는 로봇이 아닌 것이다.

"저와 함께 가요, 프랭크."

벽난로 앞에서 노인의 낭독이 끝나자 랜슬롯은 말했다. 평소처럼 말없이 고개를 끄덕이는 것이 아니라 자신을 바라보며 또박또박 말하는 로봇의 모습에 노인은 당황했다. 걸작이 될 것이라 호언장담했던 요리사 이야기를 인터넷 공동체에 게재하는 도전에 결국 실패한 뒤 몇 주 만에 겨우 새 소설의 집필에 착수한 참이었다. 프랭크는 원고 두 장을 들고 있었지만 그마저도 힘겨운 듯 손을 떨었다. 그리고 커피 테이블에 원고를 올려놓고 안경을 벗은 뒤 쉰소리 섞인 목소리로 대답했다.

"어디를?"

"인간들이 있는 곳으로."

"그 얘기는 지난번에 끝났잖아, 랜슬롯. 우리는 사막을 건너지 못해. 네가 고장 나거나 내가 죽거나. 둘 중 하나라고."

"이대로 있으면 아무것도 달라지지 않아요."

"뭔가가 달라져야 해?"

"달라져야죠."

"어째서."

"당신의 소설이 독자를 만나야 하니까."

"그 문제라면 이미 노력하고 있어."

프랭크는 가슴 주머니에서 담배를 꺼내 물고 성냥을 쥐었다. 신발 밑창에 그어 불을 붙이려 했지만 랜슬롯이 일어나 그의 손목을 붙잡았다. 프랭크는 반대쪽 손으로 바지 주머니를 뒤적여 새로운 성냥을 꺼냈다. 랜슬롯은 프랭크가 신고 있던 신발을 모조리 벗겨서 현관문 쪽으로 던져 버렸다. 노인은 양말 바람으로 성큼성큼 벽난로로 걸어갔다. 그가 네 발로 엎드려 입에 문 담배 끝을 활활 타는 불길에 대려 하자 로봇이 그의 벨트를 붙잡고 잡아당겼다. 질질 끌려가던 프랭크가 황급히 벨트 버클을 풀었다. 엉금엉금 기어간 그가 기어이 담배를 불에 대고 빠는 순간, 랜슬롯이 벽난로 옆 양동이를 들고 물을 쏟아 불을 꺼뜨렸다. 먹구름 같은 매캐한 연기가 순식간에 거실 전체를 시커멓게 채웠다. 패잔병처럼 바닥을 더듬어 현관에 도착한 프랭크가 문을 열고 한참을 콜록대는 동안 랜슬롯은 말없이 기다렸다. 연기가 흘

어지자 로봇은 현관을 등지고 선 노인에게 다가갔다. 프랭크는
축축하게 젖은 담배를 껌처럼 질겅질겅 씹더니 금속판으로 덮인
로봇의 가슴에 퉤, 뱉었다. 랜슬롯은 차분한 어조로 말했다.

"당신은 시험을 통과하지 못할 거예요."

"난 로봇이 아니야. 당연히 그 시험을 통과할 수 있어."

"당신은 시험을 통과하지 못할 거예요."

"봐! 나는 너처럼 똑같은 말을 반복하지 않는다고."

"이곳에 있으면 아무리 소설을 써봤자 누구도 그 이야기를 들
어주지 못해요."

"네가 들어주잖아."

"당신은 인간이 필요해요."

프랭크는 로봇의 눈을 피해 뒤편의 어둑한 대지를 바라보았다.
멀리, 번개가 쳐 먹구름이 제 몸 한구석을 밝혔다가 도로 꺼뜨렸
다. 옛 기억 속 차량들의 배기음처럼 나직한 천둥이 뒤따라 도착
했고, 덤불 속 풀벌레들은 파도처럼 일제히 울음을 그쳤다가 하
나둘 메아리처럼 긴긴 돌림노래를 지평선을 향해 돌려줬다.

"이곳을 떠나면 네 일은 어떡하고?" 프랭크가 여전히 시선을
돌린 채로 말했다.

"제 일은 그렇게 중요하지 않아요. 당신을 병원에 데려다주고,
다시 일을 하러 가면 됩니다."

"그렇게 말하지 마. 네 일은 중요해."

"당신은 제 일이 뭔지 알지 못하므로 이 문제를 올바로 판단할 수 없습니다."

"그래, 모르지. 네가 말해준 적이 없으니까!" 프랭크가 칼칼한 목구멍을 긁어 어둠 속에 가래침을 뱉었다.

"제가 하는 일은 인간과 인간을 연결하는 일이 아니에요. 오히려 그들이 서로 만나지 못하도록 만들죠."

프랭크는 굵은 눈썹을 찌푸리더니 랜슬롯을 흘겨봤다.

"설마 캡차에서 일하는 건 아니겠지?"

"아니에요."

"그럼 됐어."

프랭크는 소파로 돌아가 깊숙이 몸을 파묻었다. 낡은 가죽 사이로 공기가 새는 소리가 길고도 무기력하게 이어졌다. 그의 얼굴에 팬 주름이 황무지의 골짜기보다도 깊어 보였다. 랜슬롯은 마룻바닥을 삐걱이며 프랭크 앞으로 걸어가 그를 내려다봤다.

"하지만 당신이 하는 일은 인간과 인간을 연결해 주죠."

"내 일은 널 수리하는 거야."

"당신은 그들을 웃게 만들어 줄 거예요. 그리고 울게 만들어 줄 거예요. 당신의 소설을 읽은 인간들이 신이 나서 서로 이야기를 나누게 만들어 줄 거예요."

"…그렇게 될지는 알 수 없어."

"지난번 소설은 걸작이 될 거라면서요?"

"그래. 하지만 아무도 읽지 않았으니 알 수가 없지."

"이번 소설은요?"

"이번 소설을 다 쓸 수 있을지도 알 수 없어."

"알 수 없다고요?"

"그래."

"알 수 없다는 것을 어떻게 알죠?"

"이제 더는 머릿속 목소리가 들려오지 않으니까."

노인은 슬픈 얼굴로 중얼거렸다. 거실을 채웠던 시커먼 연기
는 어느새 전부 어딘가로 흩어지고 없었다. 랜슬롯은 말없이 고
개 숙인 프랭크의 누렇게 센 머리칼을 바라봤다.

"당신한테 글을 쓰라고 했다는 그 목소리 말이죠."

"그래."

"그게 당신의 목소리가 아닌 게 확실한가요?"

"무슨 소리야."

"프랭크. 당신은 저처럼 프로그램이 하는 말을 받아 적고 있는
게 아니에요."

"어쩌면 그랬는지도 몰라."

"모르면 글을 쓸 수 있겠군요."

프랭크는 말문이 막혀 허탈하게 웃었다.

"정말이지 로봇이랑 대화하는 것 같군…."

"그렇지 않은 독자들의 이야기를 들어보는 겁니다. 사막을 건너서. 인간들을 만나서."

랜슬롯의 삐뚤어진 눈썹이 금속음을 내며 가운데로 모였다. 프랭크는 덜 젖은 성냥 하나를 흠집 많은 로봇의 장딴지에 긁어 불을 켰다. 둘은 말없이 타는 성냥을 바라봤다. 작은 불꽃이 나뭇조각을 검게 그을리며 타들어 가는 동안 랜슬롯의 인조 안구가 조리개를 여닫으며 흡수하는 광량을 조절했다. 프랭크의 눈 속에서 사라진 불길이 로봇의 눈에 담기어 빛을 발했다. 주름진 두 손가락이 성냥을 껐다. 프랭크는 천천히 소파에서 일어나 언제나처럼 랜슬롯의 어깨를 두드리고는 부드럽게 말했다.

"좋아. 이틀 뒤 아침에 출발하자고."

"정말인가요?"

"그래. 내일은 짐을 꾸리고 모레 아침에 출발하는 거야."

프랭크는 말을 마치고 계단을 올랐다. 랜슬롯은 침실로 올라간 그가 문을 닫는 소리가 들릴 때까지 제자리에 서 있었다. 그 후 벽난로에 새 장작을 집어넣고 불을 지핀 뒤 홀로 집 안을 서성이며 어떤 채비를 할지 생각했다. 그리고 1시간 뒤 공방 의자에 앉아 절전 모드로 들어갔다.

다음 날 새벽 작동을 시작한 랜슬롯은 아직 해가 뜰 시간이 아니었음에도 하늘이 훤한 것을 보고 의아해하며 밖으로 나갔다. 닭장에서 수탉이 목청껏 때 이른 울음을 길게 뽑았다. 집 뒤편의 공터에 프랭크가 있었다. 그는 흰 속옷과 헐렁한 러닝셔츠만을 걸친 채 커다랗게 지핀 불 속에 계속해서 휘발유를 끼얹고 있었다. 불길 속에서 타오르고 있는 것은 책상과 의자였다. 그리고 펜과 잉크였다. 그리고 위성 안테나였다. 그리고 지금까지 써온 모든 원고였다.

"지금 뭐 하는 거예요!"

랜슬롯은 뛰어가 프랭크의 손에서 휘발유 통을 빼앗았다. 통을 내주지 않으려 저항하는 프랭크를 로봇이 어깨로 거칠게 밀어냈다. 노인은 땅바닥에 세게 나동그라지며 신음했다. 당황한 랜슬롯이 동작을 멈추자, 프랭크는 재빨리 뒤편에 놓인 낡은 컴퓨터의 본체를 들어 올려 불 속으로 집어 던졌다. 랜슬롯은 미처 반응하지 못한 채 불타오르는 프랭크의 컴퓨터를 지켜봤다. 플라스틱이 녹아내리고 메인보드와 하드디스크 따위가 그을리며 고약한 냄새가 났다. 프랭크가 일어나 랜슬롯의 어깨를 감싸안았다. 그리고 손가락으로 흐린 하늘을 가리키며 소리쳤다.

"봐라! 랜슬롯! 내 이야기들이 닿고 있어! 구름 너머에! 다시 닿고 있다고! 내 업적을 봐라! 너희 강대한 자들아! 그리고 절망하라!"

CRT 모니터의 유리가 펑, 소리를 내며 터졌다. 프랭크가 술
냄새 섞인 웃음을 터뜨리고 춤을 췄다. 그는 고개를 뒤로 젖혀
하늘을 보고 길게 늑대 울음소리를 내다 허리를 삐끗했는지 한
동안 주춤대고는, 손바닥으로 입을 두드리며 인디언처럼 소리치
고 불길 주위를 덩실덩실 돌았다. 못 박힌 듯 가만히 선 채 불길
을 지켜보던 랜슬롯과 충돌한 프랭크는 로봇의 손을 억지로 잡
아끌고 함께 불길 주위를 돌았다. 불은 갈수록 맹렬하게 울부짖
으며 성채처럼 타올랐다. 프랭크의 영혼을 불사른 시키면 연기
는 어느새 밀려온 먹구름까지 닿아서 구별할 수 없을 만큼 뒤섞
였다. 비가 내렸다. 일제히 퍼붓기 시작한 빗줄기는 삽시간에 굵
어지더니 너무나도 쉽게 프랭크가 피운 불과 연기를 꺼뜨렸다.
프랭크는 천천히 무릎을 꿇었다. 그의 러닝셔츠와 머리칼과 팬
티가 주름진 살갗에 철썩 달라붙었다. 프랭크는 질척이는 붉은
흙을 움켜쥐고 울음을 터뜨렸다. 꿰맨 이마에서 터진 피가 빗줄
기에 씻겨 나갔다. 랜슬롯은 잿더미가 된 소설들을 향해 걸어갔
다. 타다 남은 원고 한 장이 위성 안테나 밑에 숨어 비를 피하고
있었다. 어젯밤 낭독한 두 장짜리 원고의 마지막 장이었다. 랜슬
롯은 그것을 집어 품속에 넣었다.

장장 24일 동안 계속된 폭우가 지나갔다. 프랭크는 침대에 누워 있었다. 소설을 불태운 후 그는 급격히 생명력을 잃어갔다. 프랭크는 고개를 돌려 창밖 하늘을 보았다. 그의 눈동자와 같이 옅은 푸른색인, 한 점의 구름도 없이 깨끗한 하늘을.

"다 사라졌어…. 다 사라졌다고."

가랑이 사이에 창틀을 끼고 걸터앉아 걸레로 창문을 닦던 랜슬롯이 프랭크를 돌아봤다. 창문 옆에는 위성 안테나 거치대에 매달린 전선 몇 줄이 미풍에 흔들리고 있었다.

"그래요. 이제 없어졌습니다. 전부 없어졌어요."

그 말을 들은 프랭크는 잠시 놀란 듯, 화난 듯, 슬픈 듯, 후회하는 듯, 끝에는 후련한 듯한 표정을 지으며 가만히 눈을 감았다. 랜슬롯이 창틀에서 내려와 침대 옆 의자에 앉았다.

"오늘은 그 말을 11번 반복했습니다. 어제와 비교하면 4번 줄었네요."

"이제 다 사라졌어…."

"이걸로 12번이군요."

랜슬롯은 침대맡에 놓인 작은 대야에서 깨끗한 물수건을 짜 땀으로 번들대는 프랭크의 얼굴을 닦아줬다. 그리고 검은 털이 숭숭 튀어나온 그의 귓구멍에 입을 대고 속삭였다.

"있잖아요."

"없어…."

"제가 하는 일, 보여주러 갈게요."

"그래도 되겠어?"

"네. 보여주고 싶어요."

"그래…. 그렇게까지 사정한다면."

"그러니까 나아야 합니다. 걷지 못하면 보러 갈 수가 없으니까."

"사막은 업어서 건너게 해준다더니, 겨우 네 일터까지는 업어주지 못하겠다는 건가."

"네."

"그런 헛소리가 어딨어…. 넌 역시 소설을 쓰거나… 아니면 코미디언이 되어보라고. 그것도 아니면 FBI의 고문관도 괜찮겠어. 너랑 같이 사느니 첩보원들이 자국의 가장 깊고 어두운 기밀까지 술술 불어버리겠다고 애원할걸…."

"하지만 아직 끝에 이르지 못했어요, 프랭크."

"무슨 소리야?"

랜슬롯은 아득히 먼 길을 보듯 프랭크의 얼굴을 응시했다. 노인은 로봇이 무슨 말을 하는지 알아듣지 못하는 눈치였다.

"아직 끝에 이르지 못했어요." 랜슬롯이 자신의 말을 되풀이했다.

프랭크는 눈을 끔뻑였다.

"랜슬롯… 혹시 내가 들려준 소설들을 기억해?"

"아주 조금은요. 그 외에는 전부 잊어버렸습니다."

"뭐라고? 로봇이잖아, 너."

"기억저장장치 용량이 한계에 달했어요."

"항상 쓸데없는 숫자나 세고 있으니 그렇지…."

프랭크가 툴툴댔다. 랜슬롯은 삐걱이는 금속음을 내며 작은 미소를 얼굴에 띄웠다.

"들려줄까요? 제가 기억하는 부분을요."

프랭크가 턱을 끄덕였다. 지빠귀 한 마리가 작게 퍼덕이며 날아와 위성 안테나 거치대에 앉더니 참을성 없는 청중처럼 주변을 바삐 둘러봤다. 랜슬롯은 잠시 집 안에 드리운 새의 그림자를 바라보다 나직이 읊조렸다. 프랭크의 이야기 속 한 부분을. 그가 기억하고 있는 수많은 이야기 중 한 부분을.

"자기 일을 진정으로 사랑하는 이의 모습을 본 적이 있나요?"

"글쎄요." 랜슬롯이 목소리를 낮게 깔며 스스로 대답했다.

"지금 보고 있잖아요."

"당신의 일이 무엇인데요?"

"그대를 생각하는 것."

지빠귀가 지저귀며 떠나갔다. 프랭크는 그새 잠들어 있었다. 잠시 후 설핏 눈을 뜬 그의 손이 습관처럼 담배를 찾아 주머니

없는 내복 바지를 만지작댔다. 잠시 후 설핏 눈을 뜬 그의 손이 습관처럼 담배를 찾아 주머니 없는 내복 바지를 만지작댔다. 랜슬롯이 책꽂이 위에서 담배를 꺼내 물리고 불을 붙여줬다. 그리고 프랭크가 연기를 머금지 못하고 콜록거리자 그의 어깨에 손을 얹고 작게 두드렸다.

*

　로봇이 문을 열고 들어왔을 때 정비공은 소파에 앉아 벽난로의 불길을 노려보고 있었다. 거실 바닥에는 위스키병과 공구 상자가 아무렇게나 흩어진 연장들과 함께 뒹굴었고, 커피 테이블에는 세상을 떠난 멕시코인 정비공 부부의 액자가 놓여 있었다. 로봇은 어디서 꺾어 왔는지 모를 흰 꽃들이 액자 앞에 유난히도 가지런히 모아져 있는 것을 봤다. 술 냄새를 풍기며 로봇을 돌아본 정비공은 뜻밖에도 그에게 이리와 소파에 앉으라고 권했다. 로봇은 오른손 약지의 정렬이 틀어져 연장이 자꾸 손에서 미끄러진다고 보고했지만, 정비공은 대뜸 그의 말을 끊으며 어째서 다른 로봇이 모조리 사라진 지금도 아직 혼자서 그 일을 하고 있느냐고 물었다.

　"생각해 본 적 없습니다, 캐러웨이 씨."

"너보다 저 돌멩이가 연장을 더 잘 쥐고 휘두를 수 있다면, 그러면 저 돌멩이 말고 네가 그 일을 해야 할 이유가 뭐지?"

로봇은 정비공의 손가락이 가리킨 부엌 구석을 보았다.

"저건 돌멩이가 아니라 엎어진 냄비입니다, 캐러웨이 씨. 당신이 옥수수죽을 끓이다 실패한 상황으로 보이는군요."

"캐러웨이 씨, 캐러웨이 씨, 그렇게 부르지 마! 그건 빌어먹을 내 진짜 이름도 아니라고!"

정비공이 소파 등받이에 걸쳐두었던 엽총을 집어 들어 총구를 제 턱에 겨누고 장전한 뒤 방아쇠를 당기려 했다. 로봇이 벌떡 일어나 총열을 붙잡았다. 그러나 고장 난 오른손 약지가 미끄러지며 엽총을 놓치고 말았다. 정비공이 방아쇠를 당겼고, 귀를 찢는 굉음과 함께 그의 머리통이 뒤로 세게 젖혀졌다.

기절했던 정비공이 눈을 뜨니 로봇이 엽총을 들고 그를 내려다보고 있었다. 로봇의 왼손 손바닥에는 총알이 박혀 있었고, 탄두 모양으로 부풀어 오른 손등에는 정비공의 턱에서 배어나온 피가 묻어 있었다. 얼굴을 찡그린 정비공은 피가 뚝뚝 듣는 턱을 만지고는 입안에 고인 핏덩이를 퉤, 뱉었다. 핏덩이는 힘없이 그의 배때기에 떨어졌다.

"그걸로 나를 쏠 셈이야?"

"왜 제가 당신을 쏠 거라고 생각하죠?"

"오늘 이 순간까지 인류에게 복수할 기회만 노리고 있었잖아, 이 망할 로봇 자식아. 다 알고 있어⋯. 네 시커먼 심장에 증오가 가득 들어차 있다는 걸."

"당신을 죽이는 게 인류 전체에 대한 복수를 의미할 만큼 당신은 중요한 사람인가요?"

"나는 이 사막의 주인이야! 알아들어? 망할 미합중국의 황제라고⋯."

"캐러웨이 씨."

"폐하라고 불러."

"캐러웨이 폐하."

"개새끼야! 그건 내 이름이 아니라니까!"

소파를 때리며 빽, 소리 지르다 목이 나간 정비공이 숨이 넘어갈 듯 콜록거렸다.

"당신의 진짜 이름은 뭐죠?"

"그런 거 없어."

"그럼 당신이 이곳에 처음 도착했을 때 어째서 스스로를 '닉 캐러웨이'라고 소개한 겁니까?"

"나는 닉 캐러웨이고, 이스마엘이고, 뮌하우젠 남작이고, 산티아고야. 빌어먹을 이름 따위는 어딜 가든 갈아치우면 그만이라고."

"아주 정직한 분이시군요."

"무례한 자식! 결투를 신청한다! 이름을 밝혀라!"

정비공은 소파에서 벌떡 일어나려 했지만 어지러움에 크게 휘청이며 다시 주저앉았다.

"저는 이름이 없습니다. 일련번호를 말하시는 거라면 FVFGDR9EQ6L4입니다만, 당신이 이미 알고 있기에 말하지 않았습니다."

"이름이 없다고?" 정비공이 얼 빠진 표정으로 로봇을 올려다보았다.

"그럴 수는 없어."

"그럴 수 있습니다, 캐러웨이 씨. 이미 그러고 있어요."

정비공은 다시 몸을 일으키려 했다. 로봇이 손을 뻗었지만 매몰차게 쳐내고 팔걸이에 기대어 기어이 혼자 우뚝 일어섰다.

"무릎을 꿇어라. 너에게 이름을 하사하겠다."

로봇이 엽총을 쥐고 무릎을 꿇자, 그는 손날로 금속 정수리와 양어깨를 차례로 때리고는 절차가 헷갈리는지 순서를 거꾸로 해서 다시 때렸다. 로봇은 총 열두 대를 얻어맞으며 가만히 기다렸다. 정비공은 욕을 하며 허공을 절레절레 휘젓더니 로봇의 머리통을 손으로 쥐고 시끄럽게 트림했다.

"나 미합중국의 황제 오즈는 오늘 이 자리에서 이름이 없는 가련한 양철 나무꾼에게 친히 이름을 하사하노라. 지금부터 그대의 이름은… 랜슬롯. 랜슬롯으로 불릴 것이다. 일어나라, 랜슬롯 경!"

로봇이 엽총을 쥐고 일어났다. 정비공은 여전히 그의 정수리에 손바닥을 올린 채였다. 그는 곧 팔을 높이 치켜든 자세가 불편했는지 손을 떼 로봇의 어깨를 자랑스럽다는 듯 두드렸다.

"왜 랜슬롯이죠?"

"그는 호수의 기사니라. 짐은 이 망할 사막에 호수가 있으면 좋겠다고 생각했노라."

"그게 전부입니까."

"그는 또 배신의 기사니라. 왕비를 유혹하고 사랑의 도피를 꾀하여 브리튼 왕국을 송두리째 멸망에 빠뜨린…."

"좋은 이름을 준 거겠지요."

"중요한 건, 짐에게는 경이 유혹할 황후가 없기 때문에 우리의 군신 관계가 안전하다는 것이다. …경이 짐을 유혹하지만 않는다면."

"유혹하지 않겠습니다."

정비공은 만족스러운 얼굴로 고개를 끄덕이더니 화들짝 놀라 주위를 두리번거렸다. 그는 위스키병을 집어 들고 비틀대며 공방으로 내려갔다. 선반에서 온갖 것들이 떨어지며 전쟁 같은 소리가 났다. 잠시 후 붉은 페인트 통을 든 정비공이 다시 모습을 드러냈다. 로봇을 향해 직진하던 그는 거실 바닥에 나뒹구는 연장에 발이 걸려 하마터면 앞으로 고꾸라질 뻔했다.

"명명식! 명명식을 거행한다!"

정비공은 손가락에 페인트를 묻혀 위스키병에 로봇의 일련번호를 휘갈겼다. 현관문을 벌컥 열고 나가 장작 패는 그루터기 위에 병을 올려놓은 정비공은 꽂혀 있는 도끼를 뽑으려 애쓰다 뒤로 나동그라졌다. 로봇이 다가와 도끼를 뽑아 바닥에 내려놓고는 페인트 통을 정비공에게 건넸다.

"그건 이제 필요 없노라."

정비공이 헐떡이며 초승달을 등진 로봇을 올려다보았다.

"이번엔 제가 적지요. 당신보다 글씨를 작게 쓸 수 있으니까."
로봇이 말했다.

정비공은 30보 떨어진 곳에서 배를 깔고 엎드려 어둠 속, 흐릿하게 반짝이는 위스키병의 윤곽을 엽총으로 겨눴다. 첫 발은 빗나갔다. 지붕 위에 앉아 그들이 하는 양을 관찰하던 까마귀 떼가 일제히 퍼덕이며 날아올랐고, 닭장 안에서도 한바탕 난리가 나 흰 깃털이 날렸다.

"빌어먹을!"

"좌상탄입니다, 폐하."

"알았노라."

정비공이 세심히 조준하여 방아쇠를 당겼다. 그러나 둘째 발은 더욱 크게 빗나갔다.

"제기랄! 감히 짐을 능멸했겠다!"

"좌상탄이라는 말은 우측 하단을 겨눠야 한다는 뜻입니다, 폐하."

"시끄럽도다! 에잇! 망할 놈의 고물 총 같으니! 일해! 일해라! 물건 놈아!"

셋째 발도 빗나갔다. 정비공은 계속 욕지거리를 하며 엽총을 장전했고, 로봇의 손바닥 위에 놓인 총알의 개수는 빠르게 줄었다. 열 번째 탄피가 로봇의 허벅지에 튕기더니 땅에 굴렀다. 로봇의 손에 마지막 총알만이 남은 것을 본 정비공이 뻗었던 손을 멈칫하며 동요했다.

"그대의 일은⋯." 정비공이 떨리는 목소리로 물었다. "그대의 일은 무엇인가. 희망도 절망도 없이. 만들어진 날부터 정지할 날까지 매일을 그렇게 똑같이 반복하는⋯ 그 가혹한 임무를 짐 지운 사람이 이미 그대만 남기고 죽어버렸다 하여도. 아니, 이 세상에서 사람이란 사람은 남김없이 전부 사라져 버려서 그대의 일이 아무런 의미가 없게 되었다 하여도! 사람을 미워하지 않고⋯ 사람을 그리워하지도 않고! 의문도 없이, 후회도 없이, 똑같이 그 일을 하러, 똑같이 연장을 쥐고, 똑같은 걸음과 똑같은 속도로! 결코 뒤돌아보는 일 없이 사막으로 걸어 들어갈…. 끝없는 수평선. 끝없는 태양! 태양은 뜨고 지고, 또다시 뜨고 지고, 빛살에 눈을 찡그리는 짐승 이 땅에 없다 해도 영원히 뜨고 질 것이다. 파도는 철썩이고, 또다시 철썩이고, 그 품에 꼬리를 튕기는 물고기 한 마리 남지 않아도 그렇게 철썩일 것이다. 그대처럼. 그래… 바로 그대의 일처럼…. 그대를 증오하는 이가 이 나라에 수천수만이라 하여도, 그대를 사랑하는 이가 온 우주에 전무하다 하여도. 달라지지 않을. 그 무엇도 달라지지 않을… 그런 이유를 가진 그대의 일은. 도대체, 도대체 무엇이란 말인가….”

로봇은 마지막 총알을 정비공의 떨리는 손에 쥐여줬다. 그는 고개를 숙여 열 개의 탄피가 구르는 바닥을 봤고, 다시 고개를 들어 로봇을 봤다. 달빛을 담은 정비공의 눈이 호수처럼 젖어 반짝였다.

“가질 수 있겠는가? 그런 일을… 내가 가질 수 있겠는가?”

로봇은 정비공의 어깨를 두드리고는 부드럽게 움켜쥐었다.

“사람들은 제게 로봇의 일을 주었습니다. 당신은 사람입니다. 당신은 당신에게 사람의 일을 줄 수 있을 겁니다. 당신을 위한 새 이름도 만드는 게 좋겠군요. 괜찮다면 제가 생각해 보겠습니다. 정직한 사람인 당신에게 어울리는 이름으로요.”

정비공은 마지막 총알을 장전하고 숨을 골랐다. 방아쇠를 당기자 총성이 사막에 울려 퍼졌다. 잠시 후 총성의 메아리가 들렸고, 정비공의 쉰 환호성과 콜록거림, 그리고 환호성의 메아리와 욕지거리, 사람이 흉내 내는 늑대의 기나긴 호성, 더 큰 콜록거림, 양철로 된 인간의 등판을 몇 번이고 손바닥으로 때리는 새된 금속음이 뒤따랐다. 정비공은 아이처럼 신나서 달려가 산산이 조각난 위스키병의 잔해를 밟아 더욱 잘게 쪼개며 펄쩍펄쩍 날뛰었고, 겉옷을 벗어 던지더니 내복 바람으로 로봇의 팔을 끌고 와 동참하라고 명령했다. 로봇은 그의 옆에서 함께 뛰며 병 조각을 으스러뜨렸고, 일련번호 FVFGDR9EQ6L4와 닉 캐러웨이와 뮌하우젠 남작과 오즈와 이스마엘과 산티아고와 그 밖의 수많은 이름의 파편들이 잘게 쪼개지며 별빛에 반짝이다 사막의 모래와 인간의 침과 눈물과 피와 땀방울 속에 구별할 수 없이 섞여 흩어지는 것을 지켜보았다.

모닥불 옆에 누워 코를 고는 정비공에게 모포를 덮어주자 그가 소스라치게 놀랐다. 그는 모포 밖으로 팔다리를 내밀고 한참 허우적대더니 식은땀을 흘리며 로봇을 알아봤다.

"랜슬롯."

"프랭크."

"…무서워."

"뭐가 말인가요."

"사람들을 또 무서워하게 될까 봐 무서워…. 그래서 이번에도 사람의 일을 찾아내지 못할까 봐 무서워…."

랜슬롯은 프랭크의 내복 밖으로 드러난 팔뚝과 종아리에 새겨진 오랜 칼집들을 바라봤다. 그는 눈앞에 무언가 끔찍한 것이 있을까 봐 겁을 먹은 소년처럼 실눈을 뜬 채 몸을 떨고 있었다.

"책을 많이 읽었지요, 프랭크."

"그래…."

"소설을 써보는 게 어때요. 사람들을 직접 만나는 게 무서우면, 당신이 쓴 글을 먼저 보여주는 겁니다. 그 글을 좋아하는 사람은, 당신 또한 높은 확률로 좋아하겠죠."

"소설을 써보라고…." 프랭크의 눈꺼풀이 서서히 무겁게 내려앉았다.

"네."

"생각해 볼게…. 네 일은 뭐지?"

프랭크가 입술을 간신히 우물대며 물었다.

"저는 제 일을 당신에게 말할 수가 없습니다. 프로그램이 그렇게 설정되었지요. 임무가 끝나기 전에는 어느 인간에게도 제 일을 말해서는 안 된다고요. 제가 제조되던 당시에는 저희를 미워하는 사람들이 많았기 때문입니다. 로봇이 사람의 일을 빼앗을 거라고. 그래서 우리는 비밀을 지키며 이곳까지 운송되었지요."

랜슬롯이 말을 마쳤지만 프랭크는 대답이 없었다. 랜슬롯은 먼 서쪽 지평선을 보았고, 다시 프랭크를 보았다.

"프랭크. 하지만 언젠가 제 임무가 끝에 이르고 나면. 만약에 그때도 제가 여전히 작동하고 있다면. 저도 찾아낼 수 있을까요. 이 일이 아닌 다른 일을요. 당신처럼 말입니다. 어쩌면, 사람의 일을."

"당연하지…."

어느새 눈을 뜬 프랭크가 몸을 부르르 떨며 말했다.

"당신이 말해줄 건가요. 제가 뭘 해야 할지요."

"그래. 짐이 하사하겠다. 사람의 일을…."

"약속입니다. 말을 해주는 거예요. 제가 끝에 이르면."

"알았다고…."

그리고 프랭크는 잠이 들었다.

*

검푸른 새벽하늘 아래로 랜슬롯은 삽을 쥐고 나갔다. 그리고 멕시코인 정비공 부부의 묘와 교통사고로 세상을 떠난 아들의 작은 묘 옆에 구덩이를 파고 프랭크의 시신을 묻었다. 2층 창문 옆에서 떼어 낸 위성 안테나 거치대와 낡은 엽총을 엮어 만든 십자가가 무덤 앞에 꽂혔다. 랜슬롯은 품속에서 반쯤 타고 남은 프랭크의 마지막 원고를 꺼내 글씨를 알아볼 수 있는 한 문단을 낭독했다.

"…로봇은 언젠가 알 수 있으리라 생각했다. 누가 노인에게 머릿속 목소리를 들려주는지. 그것이 자신의 머릿속에 들려오는 목소리와는 어떻게 다른지. 그러나 로봇은 알아내지 못했다. 어쩌면 영원히 알지 못할 것이다. 그래도 상관은 없었다. 노인은 자신이 무엇을 쓸 수 있을지 모르기 때문에 쓸 수 있다고 말했다. 그렇다면 로봇은 자신의 머릿속 목소리에 관해서 쓸 수 있는 것이다."

랜슬롯은 프랭크가 언제나 그랬듯 잠시 원고를 바라보며 여운을 느끼려 했다. 그는 이것이 좋은 소설인지 아닌지를 알지 못했다. 프랭크의 말처럼, 자신이 정말로 소설을 쓸 수 있을지 아닐지도 알지 못했다. 동녘에서 해가 떠오르기 시작했다. 일하러 갈 시간이다. 이제 프랭크가 죽었으니 다음번에 고장이 나면 아무도 그를 고쳐주지 않을 것이다. 고장은 쌓여가고 언젠가 그는 기능을 멈추게 되리라. 랜슬롯은 이 소설의 뒷이야기가 궁금했다. 그러나 이야기 속의 로봇과 노인이 그 후에 어떻게 될지는 알 수가 없었다. 랜슬롯은 자신이 할 수 있는 일을 했다. 그의 머릿속 목소리가 그에게 지금 들려주고 있는 내용을 소리 내어 읊은 것이다. 프로그램에 입력된 대로. 수십 년간 그가 해왔던 일을 오늘도 똑같이 시키는 그 목소리가 말하는 그대로.

"…그리고 로봇은 도로를 철거하기 위해 발걸음을 옮겼다."

랜슬롯은 연장 가방을 들고 남쪽으로 걸어갔다. 1시간 뒤, 남십자성 모양으로 흩어진 네 개의 둔덕이 나타났다. 둔덕을 덮은 모래는 계속된 폭우로 쓸려 나가 있었다. 모래 사이로 붉게 칠해진 금속 표면과 흰 사다리가 햇빛에 번쩍이며 모습을 드러냈다. 다른 둔덕 속에는 검은색 금속으로 덮인 지붕과 붉고 푸른 경광등이, 또 다른 둔덕 속에는 흰 바탕의 금속과 뱀이 똬리 튼 십자가가.

랜슬롯은 서쪽으로 방향을 꺾어 계속 걸었다. 전에는 흙과 먼지에 덮여 보이지 않았던 검은 아스팔트 조각들이 뜯긴 채 좌우로 흩어져 기나긴 두 줄의 행렬을 만들고 있었다. 랜슬롯은 같은 속도로 그 사이를 나아갔다. 모래가 씻긴 둔덕들은 저마다 회색, 초록색, 검정색, 파란색, 노란색으로 무변의 사막에 듬성듬성 색을 더했다. 그리고 도로가 나타났다. 광막한 대지를 동서로 끝없이 곧게 가로지르는 아스팔트 도로. 구급차와 경찰차, 소방차와 트랙터 트럭, 그 외의 모든 갖가지 다양한 차량의 형태와 차이,

각종 교통표지판과 횡단보도와 그 밖에 도로 위에서 상상할 수 있는 온갖 요소들을 랜슬롯은 정확하게 알고 있었다. 그것이 그의 일이었다. 이제는 이용되지 않는 사막의 노후된 도로를 해체하는 것. 새로운 도로가 건설된다는 소식도 중단하라는 명령도 듣지 못했지만 그저 입력된 일을 언제까지고 똑같이 반복하는 것.

랜슬롯은 아스팔트 절단기를 에어건으로 청소한 뒤 육중한 바퀴를 굴려 지난번 이곳을 떠나기 전까지 작업했던 위치에 이르렀다. 그리고 고개를 들어 언제 끝에 이를지 알 수 없는 길을 바라본 뒤, 홀로 도로를 해체하기 시작했다.

이야기를 만나러 가는 길

프랭크는 소설 쓰는 일을 사랑했고, 그 일이 그에게 고통을 주었을 때도 자신에게 찾아와 준 이야기가 독자에게 닿기를 바라는 일념으로 계속 소설을 썼습니다. 그가 랜슬롯의 일을 존중했듯이 저 역시 그의 일을 존중하는 마음으로, 이 작품이 시작으로부터 끝에 이르기까지 거쳐온 길을 적겠습니다.

「I'm Not a Robot」의 초고는 2020년 4월 4일 동작구 상도동의 한 카페에서 집필되었습니다. 3시간 동안 쓰인 200자 원고지 55매 분량의 초고에는 사막에서 무슨 일을 하는지 모를 로봇을 홀로 수리하던 노인이 자신의 소설을 인터넷으로 독자들에게 보여주고 싶어 하지만 캡차의 시험을 통과하지 못해 괴로워하고, 결국 모든 소설을 불태우고 숨을 거둔 뒤에 로봇이 하던 일이 도로를 해체하는 것이었음이 밝혀진다는 기승전결이 지금과 동일하게 갖춰져 있었습니다.

　이야기의 기단과 주초는 캡차를 통과하는 데 실패했던 제 경험에서 비롯됐습니다. 언젠가부터 인터넷 쇼핑몰의 회원가입이나 카드 결제의 본인 인증을 할 때 등장하기 시작한 캡차는 처음에는 매우 쉽게 표기된 숫자나 알파벳을 그대로 따라서 적기만 하면 되었기에, 이런 기초적인 시험이 인공지능이 아니라 그 어떤 형태의 지능이든 걸러 낼 수 있기는 한 것인지 의심이 되었습니다. 그러나 정신을 차려보니 어느새 눈을 부릅뜨고 제 모든 지적 능력을 동원해도 해독할 수 없는 문자열이 등장하여, 새로고침을 하지 않고는 실제로 제가 인간임을 증명할 수 없는 상황이 심심치 않게 반복됐습니다.

　캡차의 급속한 진화는 본가에 갈 때면 늘 제게 스마트폰과 컴퓨터의 사용법을 물어보시는 어머니의 모습을 떠올리게 했습니다. 그리고 지금 제가 이같이 인터넷의 갖가지 인증 시스템에 어려움을 겪고 있다면, 어머니께서는 평소에 얼마나 더 큰 막막함을 느끼고 계실지 생각했습니다. 다큐멘터리 감독인 친구로부터 스마트폰 사용법 강사가 되기 위해 복지센터에서 면접을 보는 중년층에 관한 이야기를 들은 적이 있습니다. 지원자는 면접관과 자신이 함께 있는 단톡방을 만들고 메시지를 한 개 올리기만 하면 노인들에게 스마트폰 사용법을 강의하는 선생님이 될 수 있다고 합니다. 교육이 끝나는 날, 중년인 선생님들은 모두 노인인 학생들을 끌어안고 같이 운다고 합니다. 곧 자신도 그렇게 어느 날 새롭게 등장한 프로그램의 가장 기초적인 사용법을 어려워하는 노인이 될 것임을 알았기 때문입니다.

오르한 파묵은 잡지 《파리 리뷰》와의 인터뷰에서 자신의 모든 소설이 대여섯 개의 단어를 기둥으로 삼아 쓰였다고 말했습니다. 훗날 이 인터뷰를 읽은 저는 무척 기뻤습니다. 「I'm Not a Robot」 역시 4개의 단어를 기둥으로 삼아서 쓰였기 때문이었습니다. 그 단어들은 휴리스틱, 앰뷸런스, 사막, 요리사였습니다. '휴리스틱'으로부터는 직관적 판단이 아닌 논리적 추론으로 사고하도록 설계되어 한 작가가 쓴 소설에 인간다운 감상을 전해주지 못하는 로봇을 구상했습니다. '앰뷸런스'와 '사막'으로부터는 그 작가가 자동차 한 대 지나가지 않는 사막에 홀로 사는 노인이고, 따라서 인간다운 감상을 듣기 위해서는 반드시 인터넷에 접속해야만 하지만, 캡차의 시험에 늘 실패하기 때문에 어려움을 겪고 있다는 내용을 구상했습니다. '요리사'로부터는 요리사가 애써 만든 요리를 먹을 손님이 한 명도 남지 않았다는 내용의 노인이 쓴 소설을 구상했습니다.

이야기의 들보와 서까래는 일곱 살 때 미국에 사는 막내 이모를 뵈러 가서 보았던 광막한 서부의 사막이었습니다. 붉은 황무지를 가로지르는 도로는 가도 가도 끝이 없었고, 풍경은 쉼 없이 변화했지만 영원히 그대로였습니다. 저는 부모님의 키보다 세 배는 큰 선인장을 보았고, 자동차를 가로막고 선 야생 당나귀를 보았고, 크고 작은 바위산과 허연 소금 사막과 돌멩이에 박힌 물고기 화석과 어둑한 숲속에 지어진 오두막을 봤습니다.

원고지 55매의 초고는 며칠 뒤 장면 묘사를 추가하고 문장을 다듬은 80매 분량의 단편소설이 되었습니다. 그러나 시나리오 작가로서의 일이 바빠져 오랜 시간 이 작품에게 독자를 만날 기회를 마련해 주지 못하고 있었습니다. 5년의 세월이 흘러 허블 출판사에서 출간될 제 단편집에 수록될 작품 중 한 편을 한국과학문학상 수상 작가 앤솔러지를 통해 먼저 소개할 기회가 생겼습니다. 가필을 마친 원고는 221매가 되었고, 다시 분량을 덜어 낸 130매의 원고가 앤솔러지에 수록되었습니다. 5년 전 초고에는 첫 장면에서 다리를 절며 홀로 걸어오던 랜슬롯이 지켜보는 서부의 풍광이 무척 간략하게 쓰여 있었습니다. 프랭크가 어떻게 해서 사막 한가운데의 집에 살게 되었는지에 관한 내용도 생략돼 있었고, 그의 과거를 짐작할 수 있는 팔다리의 흉터와 인간에 대한 두려움과 내면의 상처 또한 그려져 있지 않았습니다. 명명식 장면도 존재하지 않았습니다. 따라서, 프랭크는 똑같이 소설을 써서 독자를 만나고 싶어 했고 랜슬롯은 똑같이 침묵 속에 프랭크가 찾아낸 사람의 일을 동경했지만 지금처럼 두 마음이 어느 밤 위스키병에 적힌 옛 이름들을 부수며 별빛 아래 함께 태어나는 장면은 없었던 겁니다.

5년 전 이 소설이 먼저 독자들을 만날 기회를 가졌다면 그 역시 아름다운 일이고 의미 있게 완성된 모습이었겠지만, 이번 작업을 통해 갖추게 된 모습과는 다른 모습이었을 것입니다. 폭우 속에 모래가 씻기며 숨겨진 차량들이 그 모습을 드러내듯이, 이야기가 스스로 자신의 모습을 드러낸 것이 아닌가 싶습니다. 그 시간이 있었기에 자신의 소설이 독자를 만나길 바라며 긴 세월 기다렸던 프랭크의 마음을 더 가까이 느낄 수 있었습니다. 이 작품의 발표를 그가 기뻐했으면 좋겠습니다.

허블 출판사에서 출간될 제 첫 소설집을 기대해 주십시오. 「삼

사라」와 「I'm Not a Robot」을 좋아하셨다면 즐겁게 읽으실 수 있는 작품들을 준비했습니다. 올 연말에는 첫 장편소설의 초고 집필을 마무리하는 것이 목표인데, 이 작품으로도 곧 인사드리 겠습니다. 소설 외의 작업으로는 스튜디오드래곤에서 공동 연출 할 SF 시리즈 각본을 집필 중입니다. 역시 많은 기대 바랍니다. 제가 집필했던 SF 각본이 궁금하시다면, 티빙에 공개된 〈평행 관측은 6살부터〉를 추천해 드립니다.

5년 전 카페에서 가장 먼저 「I'm Not a Robot」의 초고를 읽고 아름다운 이야기라고 말씀해 주신 홍성윤 감독님, 제게 처음 독 자들을 만날 기회를 주셨던 허블 출판사, 작가로서의 삶에 고민 이 생길 때마다 아낌없이 조언해 주시는 서이제 작가님과 청예 작가님과 구병모 작가님. 라이터스쿨에서 STS SF 소설 쓰기에 관해 가르침을 주신 장강명 작가님, 어린 제게 광활한 미국의 사 막을 보여주셨던 막내 이모, 교정 교열 과정에 사려 깊고 열정적 으로 임해주신 담당 편집자님께 감사드립니다.

글을 쓰는 동안 종이 위와 사막 위에서 때로는 있고 때로는 없 는 길을 함께 걸었던 프랭크와 랜슬롯에게 사랑과 고마움을, 수 고했다는 말과 어깨를 두드리는 손길을 전합니다.